2024

铸牢中华民族共同体意识

中国少数民族文学之星丛书

花 豹

北 雁

——

著

作家出版社

编委会名单

主　任：邱华栋

副主任：彭学明　黄国辉

编　委：赵兴红　郑　函

以民族的情意，打造文学的星辰

——"中国少数民族文学之星"丛书总序

邱华栋　彭学明

　　"铸牢中华民族共同体意识——中国少数民族文学之星"丛书是中国作家协会少数民族文学发展工程的项目之一，于 2018 年开始实施，由中国作家协会创作联络部具体组织落实。出版这套丛书的初衷，是在少数民族文学创作领域贯彻落实习近平文化思想，不断夯实铸牢中华民族共同体意识的文学责任，培养少数民族文学中青年作家，打造少数民族文学精品，为那些已经在少数民族文学界和全国文学界成绩斐然、广有影响的少数民族中青年作家再助一力，再送一程，从而把少数民族文学最优秀的中青年作家集结在一起，以最整齐的队伍、最有力的步伐、最亮丽的身影，走向文学的新高地，迈向文学的高峰，让少数民族文学的星空星光灿烂，少数民族文学的长河奔流不息。以文学的初心，繁荣民族的事业；以民族的情意，打造文学的星辰。

　　入选"中国少数民族文学之星"丛书的作家，必须是年龄在 50 岁以下的、在少数民族文学界和全国文学界广有影响的少数民族作家。不管是否出版过文学书籍，只要其作品经过本人申请申报、各团体会员单位推荐报送、专家评审论证和中国作协书记处审批而入选的，中国作协将在出版前为其召开改稿会，请专家为其作品望闻问切，以修改作品存在的不足，减少作品出版后无法弥补的遗憾。待其作品修改好后，由中国作协统一安排出版，并进行广泛的宣传推广。

中国是一个多民族的大家庭。每一个民族都沐浴着党的民族政策的光辉、感受着党的民族政策的温暖，都在党的民族政策关怀下，蓬勃发展，欣欣向荣。在这个伟大的新时代，我们正创造着中华民族的新辉煌。每一个民族的发展与巨变，每一个民族的气象与品质，都给我们提供了生生不息的创作源泉。我们每一个民族作家，都应该以一种民族自豪感，去拥抱我们的民族；以一种民族责任感，为我们的民族奉献。用崇高的文学理想，去书写民族的幸福与荣光、讴歌民族的伟大与高尚；以文学的民族情怀，去观照民族的人心与人生、传递民族的精神与力量。

我们期待每一位少数民族作家，都能够到火热的生活中去，到广大的人民中去，立心，扎根，有为，为初心千回百转，为文学千锤百炼，写出拿得出、立得住、走得远、留得下的文学精品。不负时代。不负民族。不负使命。

目 录

❦

礼赞大地根系　镌刻乡村群雕

纳张元

北雁的中短篇小说集《花豹》是一部献礼新中国成立七十五周年的现实题材作品，一部特色鲜明的时代主旋律书写成果。全书收录了北雁近年创作的九个中短篇小说，作家用不同的视角，全方位展示了扎根基层的一系列农村工作者形象，有驻村干部、扶贫干部、山村教师、文化讲解员、产业振兴工作队员、回乡创业大学生，还有乡村振兴中带动群众开展篮球运动强身健体的运动员，以及两代人扎根农村、向往农村的农业干部等，他们是党和政府扎根人民的大地根系，是脱贫攻坚延伸到人民群众心灵深处最敏锐的触角神经，他们舍小家、顾大家，并长期驻扎在群众最迫切需要的地方，其中既有汉族村落，也有偏僻贫穷的白族、彝族、苗族等少数民族村寨，实施精准帮扶，助力乡村振兴，把智慧和汗水奉献给群众，用心用情铸牢中华民族共同体意识，真正诠释了新时代的干群鱼水情。这既是对新时代广大农村工作者建功新时代的热情讴歌，也是对当下乡土中国农村嬗变史的最真实记忆。

聚焦脱贫攻坚　见证山乡巨变

"一个时代有一个时代的文艺，一个时代有一个时代的精神。"文艺是时代的晴雨表，是社会的风向标，通过艺术审美来反映和表达时代，任何一种文艺作品都具有相应时代的印记。法国哲学家丹纳在《艺术哲学》中指出："艺术品的产生取决于时代精神和周围的风俗。"文学作品自然也会因作家的时代性而带有相应的时代烙印，在反映时代气息，展现时代精神方面有着不可忽视的作用。在中国现当代文学史上，茅盾、赵树理、周立波、梁斌等作家都是以文学记录中国社会百年巨变的代表性作家，他们以厚重的文字呈现了百年乡土中国现代化的历程。进入新世纪以后，中国社会进入了一个全新的发展阶段，中国人民的脚步从站起来迈向了强起来的新征程，为当代文学如何表述当下之现实提出了重要考验。尤其是党的十八大以来，脱贫攻坚战略无疑构成了文学创作一个显在的大背景，某种程度上，它构成了文学的装置性结构性存在和生产机制，催生了大量以脱贫攻坚为题材与主题的文学作品，如纪红建的《乡村国是》、关仁山的《金谷银山》、潘红日的《驻村笔记》等，彰显了当代作家深入现实生活、扎根实践的创作导向和宗旨。

纵观脱贫攻坚题材的文学，大多以底层百姓为书写对象，记录他们如何在脱贫历程中摆脱了在物质乃至精神层面的贫穷的故事，是社会主义新时代文化的经典产物。北雁作为一名有着深沉的现实主义胸怀的作家，他的创作从火热的现实出发，紧握时代脉搏，创作了大量以脱贫攻坚为题材的作品。不过，北雁的创作与那些聚焦如何"脱贫"的作品不同，他更加侧重于表达脱贫攻坚历程中的人情冷暖，关注平凡人物的琐碎生活，以平民化的写作立场关照普通人的人生，挖掘个体在日常生活中细微、具体的情感体验。小说里，作家没有将帮扶者塑造成高高在上、无所不能的"启蒙者"形象，亦没有将被帮扶者放置于被拯救的被动位置。而是从大的时代背景入手却不陷于宏大叙事，从小人物细微的生活与心理世界处起笔，道出了驻村干部与村民间的浓浓情意，在反映偏远地区贫困山民生活现状的同时还彰显了驻村干部立足生活、融入现实、关爱百姓的家国情怀。比如，《归程》里的驻村干部蓓佳为让其帮扶对象欢欢摆脱精神疾病、早日重返校园而一次次申请延长驻村时间，为能让村民杨明菊一家走出生活困境，蓓佳宁愿放弃自己的终身大事。最终，苍天不负有心人，经过蓓佳的不懈努力，欢欢不但重获心灵健康，曾经和她说要分手的男朋友也来到乡下陪她一起驻村。《油葵花开》以脱贫攻坚第一线为创作背景，围绕刘大进与村民之间的温馨互动，来讲述一个驻村扶贫工作者如何通过运用推售农产品、发展本地产业、启动乡村旅游业等手段把一贫如洗的背阴村带上致富道路的故事，以厚重的现实主义精神展示了新时代村民的日常生活，张扬了扶贫干部在脱贫攻坚历程中获得的积极经验，展现了文学对小人物的人生之记录。《黑马村的篮球世界》中的驻村干部事事亲力亲为，以组建篮球队伍的方式来筑牢乡村凝聚力，强健村民意志，在脱贫攻坚历程中写下了一篇篇与村民胜似亲人的美丽故事。除以上所列举的篇目外，小说集《花豹》里还有很多取材于脱贫攻坚的小说。不难发现，北雁对时代有着敏锐的感知，是一位既能够做到积极呼应国家主流意识形态，又可以做到将艺术的审美特性与政治功用结合起来的作家，其作品以深入底层生活的生产方式为脱贫攻坚留下了一份珍贵的历史记忆。

当然，北雁小说的现实主义精神是辩证性的，作家并非一味歌颂美好，相反，他还看到了底层世界交织错杂的矛盾纠葛与人情世故，道出了民间社会"藏污纳垢"的粗野民风。如《黑马村的篮球世界》里，鲁川家与大兵家为细小的纠葛而不断给对方出难题，直至他们真正地成为了仇人，《油葵花开》中山村人民的喝酒陋俗，《梅花谷绝响》中部分村民在金钱和个人利益上的不理智等，作为一位扎根乡土的作家，北雁经历过农村的贫穷落后，了解乡土生活逻辑、乡村伦理及乡风民俗，也见证了驻村工作的艰巨繁重，目睹了贫困地区在新时代的变化发展。因此，其创作不是对现实生活的简单描摹，而是在尊重现实、融入现实的基础上，找到了展示乡村巨变、揭示乡村日常生活面貌的写作入口，这使其文本镀上了一层浓郁的现实光辉。

盘点乡土记忆　感悟烟火人生

中国源远流长的农耕文明培育了人对土地、村落、乡人的浓厚情结，这种情结不仅存在于乡土空间里，而且根深蒂固地埋藏于中国传统文化中，成了不可磨灭、不可割舍的血脉基因和集体无意识。自然，在作家的艺术世界里，乡土经验就成为了他们情感的深层根源与不竭的创作源泉。正如福克纳所说："我的像邮票那样大小的故乡本土是值得好好描写的，而且即使写一辈子，我也写不尽那里的人与事。"北雁就是这样一位作家，作为一位生长于滇西大山深处的写作者，北雁深爱着脚下的泥土、林立的高山、高远的天空，他的创作被故乡的地理与人文所融合而成的文化资源所滋养着。《花豹》里作家熔铸了原乡风土人情，字里行间流露着浓郁的烟火之气与地域韵味，具有鲜明的云南民间色彩与地理标识，道出了乡土社会无限的地域风光与朴素美好的人性底色。

自然风景是乡土记忆的重要载体，是作品乡土气息的直接来源，独具色彩的自然环境总是赋予作品以富有个性的乡野特色，为作家表达乡土情结提供了情感出口。北雁小说里的自然风景呼应着"山乡巨变"，展现着当下生活，又面向未来敞开，是读者理解作家所生活的那一片地域风貌的重要视角。面对澜沧江的高山深峡、水流湍急时，作家这样说道："刀劈一般的危崖下面，大江奔流，急浪滔天，这就是被称作'东方多瑙河'的澜沧江，在群峰如簇的滇西高原一泻千里。……据说当年滇缅公路贯通之后，这条湍急的江流，不仅淹没过整辆的大型卡车，还曾将坠入江中的日寇飞机瞬间化为无迹。"笔落此处，作者没有直接说明绕山河恶劣的生存条件，而是以俯瞰澜沧江的视角从侧面巧妙道出了绕山河雄伟壮阔的自然风景，为后续赞扬绕山河百姓在脱贫攻坚政策扶持下，如何凭借顽强的奋斗精神战胜先天性困难，从而获得幸福生活的坚强意志埋下了伏笔。写黑马村时，作家突出了海拔之高与地广人稀的荒芜，接着再将笔端落在黑马村百姓及村庄的发展历程之上，将人们勇于进取，不畏艰难的求生意志表现得淋漓尽致。写云鹤村时先说其位居云天之上，山势陡峭，天宽地窄，再落笔到村庄的烟火气息处。不难发现，北雁把自己最真挚的情感灌注在他创作的乡土自然风景里，其笔下雄浑的自然风景孕育着人们积极向上、饱满充沛的精神状态。如此，作家写自然风景时就不是只谈风景，而是从景观入手，道出乡间百姓不息的生活梦想与乡土世界的转型发展，指向了乡土中国的历史与未来的生成和发展。

　　一部好的乡土小说，应当浸润着作家对所生活的那片土地乡土文化的体验与思考，对某一地域的群体性精神风貌、情感价值和民俗风情有着诗意的刻画，使其作品呈现出鲜明的乡土意义。北雁的小说里，其乡土情结表现在作家对淳朴的人性的挖掘上。《花豹》中作家以深情的笔调抒写了四爷爷对农村魂牵梦绕、难以割舍、沉淀于灵魂深处的乡土情感，"不论在何岗位，也不论到了哪里，他对土地的那份热爱从未改变。"不只是主人公四爷爷对乡土爱得深沉，四奶奶与她的女儿雪萍同样有着深厚的农村情结，他们一家人淡泊名利，甘愿在喧嚣的世界做隐遁于世的清贫者，只为将自己的青春与财富全都奉献给乡村大地与贫穷的乡人。一方水土养育一方人，地域环境对人的性情心理有着潜移默化的影响，北雁所生存的那一方大地，雄浑大气而又朴实无华，孕育了大山儿女质朴、善良、高尚的品格，他们的性情中蕴藏着都市里所没有的温情、友爱与宽容，他们身上烙印着作家所理想的人格精神，张扬了作家对高尚品格与侠义之气的礼赞。又如《安居》中，人对动物充满怜惜，面对误入大山的外来客，他们会对其进行无私帮助，彰显了热情好客、朴素大方的品质。人并非独立存在，而是一切社会关系的总和，北雁从大山子民的生活图景、人的行为方式所折射出的文化心理，透视着乡土人性的纯粹友善，彰显着高原大山深处的精神文化价值，阐释着对美好人性的呼唤，传递着作家独到的道德观念与价值判断。

直面现实矛盾　点燃奋斗的青春

小说的人物很重要，人物形象既是小说作者刻意创造的核心内容，也是读者解读小说的一把"钥匙"。塑造人物形象是小说反映社会生活的主要手段，无论情节的设置，矛盾的安排，还是环境的描写，都是为塑造人物形象服务的。如果把一篇小说比作一件衣裳，那么人物就是这件衣裳的衣领，衣领具有统摄全局的重要作用。而一个作家写什么样的人物，是由他的思想倾向与价值观念决定的，成熟的作家不会停留于塑造单一的人物形象，其小说里的众多人物之间总是存在或鲜明或细微的差异，每一类人物形象都有自身的特色与价值，在文中是不可替代的。作为一名长期执着于探索小说这个文体的作家，北雁在小说人物形象刻画方面已摸索出了一套自己的办法，在刻画人物形象的艺术手段、人物类型的多样化书写等方面都达到了一定的艺术高度。小说集《花豹》里，作者以丰富多姿的艺术策略塑造了诸多极具鲜明个性的人物。《我不就是出了本书》中作者塑造了刘海春这个朴实的追梦者形象，作者为主人公刘海春设定的身份是偏远山村的民办教师，突出了他作为底层小人物的身份定位，于是，小人物的艰辛和挫折接踵而至，刘海春单纯地执着于出版著作却被利欲熏心的书商欺骗；刘海春带着纯粹的文学理想进入文学圈子，遇到的却全是借着文学的名义追逐名利、虚伪互捧的丑陋面貌，等等。刘海春一次次被卷进矛盾漩涡中，在与人和社会关系的反复周旋中，其诚恳、老实、卑微却自尊的形象就已跃然纸上。《梅花谷绝响》是一篇矛盾冲突层层交织的小说，主人公罗万春置身于变化多样的矛盾体系中，先后经历了爱情、家庭、事业等种种变故，作者通过揭示矛盾及其成因来推动故事情节的发展，而故事的发展过程也是建立人物关系、确立人物性格的过程，向读者展示了富有爱心、魄力、勇气与毅力的主人公形象。著名戏剧和电影作家夏衍在其著作《写剧本的几个问题》中说："矛盾和冲突总是伴随人物同时出场，不能单单只是为人物而介绍人物，这样会造成人物与情节、主题思想脱节。"所以要应用人物揭示矛盾所在。矛盾和冲突是推动故事进程的催化剂，更是塑造立体生动的人物形象的必要手段。北雁的小说世界之所以引人入胜，令人流连忘返，很大程度上是因为其擅长营造交织错杂的戏剧性矛盾，这些矛盾使得小说达到了逼真、生动、传奇的艺术效果。

北雁小说除用矛盾冲突来塑造人物形象外，在细节描写方面，也是值得认真品味。南帆认为："文学的细节可以是一个脸部表情、一条皱纹、一块衣襟上的污迹，也可以是一个街景、一面悬崖、一阵掠过森林树梢的风声或者一辆斜倚在墙角的自行车。对于文学来说，细节制造的清晰形象和感官活跃是审美不可或缺的组成部分。"一个精彩的细节描写往往胜过无数华丽的辞藻，细节的呈现能够使得人物更加鲜明、情节更加丰满。北雁对人物细节的刻画首先体现为对人物心理活动的刻画上，如《黑马村的篮球世界》里主人公在思考如何筹划篮球节时用了大量的心理描写，通过隐秘的内心独白来展现人物的所思所想和心路历程，让人物形象真实可信，有助于读者通过人物内心世界来理解其思想情感。北雁不但善于从心理描写的角度刻画人物形象，他还擅长从人物行为方面来凸显人物形象。如《归程》这篇小说的首句是："无论做什么，蓓佳都喜欢把事分成两半。从小到大都是这个样子。"作家开门见山，言简意赅地道出蓓佳的习惯性行为，充分反映了蓓佳擅长规划、做事有条不紊的性格心理。再如，《花豹》里这样写四爷爷："除了读书看报和耕田种地，四爷爷最大的爱好就是收藏石头。当然他并不是去收那些价格昂贵的奇石异石怪石，而是滇西大山大水间那些最普通的石头。"通过典型行为的细节描写，突出了四爷爷不慕名利、朴实无华的人生观念与价值取向。当作家找到人物身上所具有的习惯、行为、语言、动作等等独特的特点的时候，其笔下的人物形象才是活生生的。北雁不愧为有着极高的艺术追求的作家，他使得我们在其笔下看到了许多独具个性的人物，并不自觉随着人物的喜怒哀乐而为其喜，为其忧。

巧用方言土语　建构另类乡村

　　除思想深度外，北雁的文学语言也是颇有个性的。语言不是工具，语言就是文学本身。在阅读过程中，唯有生动活泼、富有生命力的语言才能够吸引人将作品读下去。正如阎连科所说："它在你的阅读中，时时提醒你语言的生命和存在，甚至你就是为了那些语言而阅读。"我将北雁的小说反复读了几遍，很大程度上是其语言的魅力吸引了我。北雁小说语言有以下两大特征：一是具有地域特色；二是修辞之美。

　　要论文学的地域色彩，其第一要素就是语言，或者说文学地域性其实就等于地域性的文学语言，语言成了确认文学地域属性的一种方式。北雁的《安居》里直接引用了当地的彝语，如："阿依阿达""阿玛""阿普""阿达""阿母""泡武""务子""务格""依耿""立批麻都"等，这些方言土语透露出浓郁的地域风味，将一个多民族聚居、具有多彩魅力的山村风貌描绘了出来，给读者以别样印象。此外，作者还喜欢引用民间谚语，如"火笑客人到""父教子不学""吃公家饭"等，谚语里蕴藏着民间百姓的智慧，从十足的泥土味里传达出质朴、真挚的地域意味，增强了小说的地域文化含量。与方言土语一样增添小说韵味的还有修辞语言，其中比喻修辞是北雁小说最常用的艺术手法。如《我不就是出了本书》里写道："自己那本书就似一个穷家孩子，三伏天里还穿着厚棉袄，灰头土脑，寒里寒酸，无论装帧、用纸、印刷和版式设计，都无法与人相提并论。"本体和喻体之间的联系恰到好处而又新颖奇特，精妙展现小说的生命力，将主人公的窘迫心情由抽象变为了具象。又如《油葵花开》："汽车越过大桥，开始爬坡了。发动机发出剧烈的轰鸣和震动，像是一头被困的猛兽，在声嘶力竭的吼叫中，急欲撞破牢笼，脱笼而出。"作者将"发动机"比喻为"猛兽"，写出汽车进山时的嘶吼声，从侧面描绘出了贫困山村的闭塞偏远，人民群众出行的艰难。再比如《梅花谷绝唱》开篇就这样写道："喧嚣之声如同气浪一般向四面膨胀，突然一阵汽车喇叭声响起，似一把锋利的尖刀猛地扎在他的胸口上，让他孱弱的身子好似一个被戳破的轮胎，突的一下冲到了半空之中，待气流放尽，又重重地摔了下来。嘭的一声被砸得血光四溅，顿时感觉整个天地都变成了血红色。"一个富有夸张的比喻，表露出了主人公绝望至极的心理状况，同时为故事的展开制造了悬念。北雁善于以本喻体的巧妙组合，淡化本体的"陌生感"，用具体的、形象化的喻体来提升表达效果。除了浓墨重彩的比喻外，北雁的小说里还经常出现拟人、排比、白描、反讽等修辞，多种修辞技巧的运用，对人物性格的刻画和故事情节的推演起到了事半功倍的作用。同时，表明北雁既有很强的生活感悟能力，还有很强的语言组织能力和娴熟的语辞驾驭技巧。

总之，小说集《花豹》从不同的角度，描写了广大农村工作者在脱贫攻坚和乡村振兴的伟大历史征程中，与人民群众建立起来的血浓于水的骨肉情感，谱写了各民族守望相助，手足相亲的动人篇章，为基层干部画像，用文字为我们镌刻了一组农村工作者的不朽群雕。小说做到了思想性与艺术性的统一，既能以浓烈的原乡情结与现实主义精神打动人，同时也因诗意的叙事语言以及生动的人物形象而深入人心，是一部值得花时间和精力去认真品读的精品力作。

（纳张元，中国少数民族文学学会副会长，云南省作协副主席，大理大学文学院院长、二级教授，博士生导师。）

归　程

一

无论做什么，蓓佳都喜欢把事分成两半。从小到大都是这个样子。比如看一本书，三百页的厚度，那前一百五十页是出发，后一百五十页就是回来。做作业也一样，十道题的总量，前五题是进攻，后五题便是凯旋。田径场上，她依然是这个样子，两千米的长跑，前一千米是去程，后一千米是回程。这就如同爬山。快到达峰顶的时候，也就是即将下坡的时候，这时不但步子变得轻快，还给人一种胜利在望的感觉，无形之中会让人越爬越快，越战越勇。以此类推，无论多么艰巨的任务，似乎都变得不再艰难。

因此，她从不惧怕任何困难和挑战。并且常常在心里告诉自己：前进的路如同攻城拔寨，每到达一个预定目标，都会使自己距离峰顶更近一步；回程的路上，每多跨一个步子，都能让自己更接近终点。

离开单位前往青羊厂驻村的第一天，蓓佳就把时间划分成了两段，前六个月算作是起程，后六个月自然就是归程。这有什么难熬的呢？不就是一年时间吗，用得着那样摇头晃脑、夸张恐惧和唉声叹气吗？

蓓佳甚至有些看不起那几个同行的战友，娇滴滴的，就跟塑料大棚里结出的黄瓜似的，轻轻一碰，就断成了两截。我们不是去刑场，而是去扶贫，是到人民群众最需要的地方完成一项伟大的历史使命！你要是娇气成了这样，那你干脆别来好了，回到你的温室，继续做你的嫩黄瓜！……

"你就吹吧，黄蓓佳，吹成个气球飞上天，看谁还能把你抓得回来！"

骂她的是李云雷。李云雷是梅城一中的体育教师，是蓓佳的男朋友，还是她的高中同学和大学校友。他们从大学三年级开始恋爱，后来李云雷回到梅城一中教书，蓓佳留在学校读研究生。李云雷等了她三年。然而，蓓佳考上市教育局选调生后的第二年春天便开始驻村。转眼之间，三年时光又已悄然逝去。李云雷等来的不是婚姻殿堂，而是继续漫无边际的等待。这让他感觉两人的爱情，就像一场没有终点的马拉松，永远都看不到胜利的曙光。

所以，如今和蓓佳在一起，她的每一句话，甚至每一个词，都可能被他无限放大，甚至化为一通气势汹汹的咒骂。骂得咬牙切齿、没心没肺。

"你凶成那个样子干什么？我这不是告诉你，我已经在归程了吗？"

"归程？你的归程就那样遥遥无期？从最初的一年，变成了现在的四年，搞不好还要变成无数年。我说黄蓓佳同学，你能不能给我一点光亮，让我看到那么一点点希望？"

李云雷似乎变了，变成了一个没有耐心也没有教养的孩子，一张脸说黑就黑，完全没有了最初的风趣幽默，也不像后来的借题发挥和冷嘲热讽，完完全全是一种赤裸裸的骂，一种赤裸裸的挖苦和人身攻击。

蓓佳知道李云雷真的动怒了。其实她也是个有脾气的人，完全可以和李云雷来上一场对骂，但这样能解决问题吗？说实话她已经够对不起李云雷了，说好了驻村一年回来，两人就结婚，可她如今又主动申请了第四年驻村。这是起程还是归程呢？有时连她自己都说不清楚。

记得第一年驻村，李云雷专门向学校请了两天假，开着他那台两厢小"波罗"，跟在工作队的大车后面，绕山绕水二百八十公里，硬是把蓓佳一路护送到遥远的青羊厂。据说回程的路上，他那小"波罗"的右后轮还被一个钉子戳破了，他只能一个人顶着烈日，在车流不断的国道上艰难地换上备胎，回到梅城时天已经完全黑透。所有这些，都被蓓佳锁在记忆深处，每想一次，都会盈满两眶幸福的泪水。

不承想一年过后，蓓佳居然又傻头傻脑地向上申请继续驻村。誓师动员大会依旧在梅城行政中心召开。这次李云雷没有来送她，蓓佳有些失望地登上大巴车，但偶然间往车窗外一看，发现李云雷还是出现在送行的人群中。她激动不已，立马掏出手机给李云雷发了条信息："你等着，我这一年就是归程！"

李云雷给她回复了一个调皮的表情，如同催泪剂一般，瞬间让蓓佳泪流如注。

可一年过去，蓓佳竟然又失约了。她怕面对李云雷，所以没有回城参加誓师大会，一个人悄悄搭车来到村上。当天黄昏时分，李云雷还是给她发来了信息。她感觉自己的整颗心都要碎了，只想赶紧回到李云雷身边，像个孩子一样扑进他怀里。

左盼右盼，好不容易到了春节假期，两人终于见面了，可李云雷却听到她申请第四年驻村的消息，当场大光其火，把门一摔，便扬长而去。按照惯例，李云雷生气几天，这事也就过去了，可没想到她继续驻村都一个星期了，李云雷居然连个电话都没有。蓓佳有些心慌了。她想和李云雷好好聊聊，并借此表达一番歉意。李云雷却不接电话。不是挂断，而是不接。不论她打多少次电话，李云雷都听任铃声无休止地响下去，直到她自己感觉无趣为止。

火上浇油的是母亲。她似乎从哪里嗅到了些紧张空气，一个个电话如同疾风骤雨："我说你也真是的，咱不是不懂奉献不知道进步，但一个女孩子家，你得先看看你这年龄，都三十岁的人了，咱们等不起啊！看看咱们院子里和你一起长大的刘婷婷和李莲莲，都已经抱上了孩子，特别是李莲莲，她连二孩都生一年多了，你还要让我们老两口等到什么时候？"

母亲话没说完，电话又被父亲抢了过去："我说佳佳，云雷可是一个好孩子！自从被你带进家门的第一天起，我们已经完完全全把他看作是自己的儿子。我看如今这社会，能像他这样有情有义的小伙子并不多。够关心也够体贴，而且忠厚老实，相貌堂堂，真若把这么好一个人给看丢了，我看你可要后悔一辈子！……"

父亲和母亲那一轮又一轮的连番轰炸，让蓓佳更觉心慌意乱。其实老两口对她一贯的执拗也颇为不满，但最终拗不过，只得听之任之。蓓佳知道，他们和自己一样，对李云雷非常中意。父母的话说得有些难听，可哪个父母不是向着自己的子女呢？作为独生女的蓓佳，只得把这一通唠叨当作另一种爱罢了。

让蓓佳没想到的是，李云雷突然在周末来到村里。失落的她立时变得高兴万分，刚要像往常那样扑进李云雷的怀抱时，却发现他一张脸如同挂面一般拉得老长，亦如同植被稀少的青羊厂山包，大雨过后，只需轻轻一碰，便会迅速垮塌下来。

他提着一个大旅行包，往蓓佳的房间里一放，转身就要离开。

蓓佳知道，被塞得鼓鼓胀胀的包里，全是她留在李云雷学校宿舍的衣物和各种零碎东西。于是她赶紧把李云雷拉了回来。

"别闹了，怎么一下子变得这么小气？"蓓佳像以往一样撒起了娇。

可李云雷根本不吃她这套，屁股刚落座又站了起来，仿佛凳面上放了块烧红的铁板。他把头扭到一边，面无表情地说："我想我们算是有缘无分，今天我是来跟你告别的，咱们好聚好散，从今天开始，就各走各的路，各过各的桥！……"

蓓佳不容他多说，伸手把他从后面抱住。这是她以前惯用的小伎俩。小小的柔情，就能把李云雷重新俘获，不论再大的误解和矛盾，都能迅速烟消云散。可这次，故技重施的蓓佳成了彻头彻脑的失败者，李云雷已经完全失去了耐心。而且作为体育老师的他浑身充满力气，轻轻一挣，就挣开了她的双手。"我是认真的，蓓佳，咱们这爱情的长征已经够长了，继续这样下去，对咱俩谁都不是好事。都说长痛不如短痛，我看咱们还是分了吧，谁也别再折磨谁了，我只想今天晚上回到梅城可以睡个好觉！"

李云雷说完，果断走出蓓佳的房子，开着他那辆小"波罗"走了。

蓓佳这才发现李云雷来真的了。她哭着追出去，一直追到大门外，还跟着李云雷跑出几百米，可李云雷并没有停车的意思。车在青羊厂蜿蜒的盘山公路上奔驰，犹如大风卷地，扬起一路灰尘，绕一个圈就不见了踪影。

八年的感情，难道就这样说散就散？蓓佳心里难受极了，满脸的泪水如同泄洪一般，再也止不住。

二

蓓佳是在第二天午后被杨明菊送回村委会的。

杨明菊家就在村委会附近。当时她正在做饭，听到蓓佳的声音和汽车发动机的声响，她慌忙放下锅炊从房子里跑出来，只见一道白色的车影如同电光一般在眼前闪过，便消失在青羊厂大山深处。她认得那是李云雷的车子，同时看到蓓佳正追向那一道车影，突然脚下一空，她便重重地摔倒在地。她赶紧跑过去把蓓佳扶起来。昏天暗地的蓓佳，头也不抬便扑进她的怀里放声号啕起来，像是一个受尽委屈的女儿扑进了母亲的怀抱。

"妹子不哭，妹子不哭啊！是不是咱兄弟哪里惹到咱妹子了？……"

蓓佳没有说话，只是一直在哭。当然，如果换作两年前，或是面对其他任何人，这样的场景根本不会发生。蓓佳是个要强的人，而且时刻记得自己是位扶贫干部，按理说，她才是生活的强者，怎么可以在村里人面前，特别是在自己的挂钩户面前痛哭落泪？但她面对的是杨明菊，那她就可以放心大胆地扑进她的怀里，并且从她那里得到最温暖的抚慰。

杨明菊抱着蓓佳，用手一遍遍地抚摸着蓓佳的后背。杨明菊对李云雷的印象一直不错，他曾和蓓佳一起到过她家，端过她家的碗，吃过她家的饭，甚至还有好几次，和蓓佳一起到过她家的地里，笨手笨脚地帮她割荞收麦，上树打核桃，大太阳下面汗流满面的样子，像是刚从水缸里捞出一样。这几年来，她如同蓓佳的亲大姐，对这个默认的妹夫非常中意。说实话，她才是最不想看到这样的事发生的人。

杨明菊担心蓓佳独自回去会做傻事，就把蓓佳留在她家里住了一天一夜。杨明菊是蓓佳的挂钩户。在遥远的青羊厂，杨明菊就是蓓佳的亲人。蓓佳一而再、再而三地把驻村时间延长，无外乎是因为杨明菊，确切地说是因为杨明菊的女儿刘欢欢。

第一年驻村的第二天，刘支书把蓓佳带到杨明菊家，蓓佳就把一脸泪水重重地洒在杨明菊家里。大雨之下，一个"口袋房"摇摇欲坠，简直漏成了一把筛子，屋子里的一切都泡在水里，床铺、被褥、衣物、粮食、桌凳、火塘、柴火……

其实那时还不到真正的雨季。然而一场稍微有些大的春雨，就让杨明菊和女儿没有了睡觉的地方，甚至去年的收成和一点口粮都泡在了雨水之中。蓓佳从小生活在城市，根本想象不到这山里比她大不了几岁的杨明菊，竟然是这样一种生活状况。刘支书简单地告诉蓓佳，杨明菊的男人在一年前得病去世了，杨明菊一个人拉扯着相依为命的女儿，生活充满了艰难……

那一天，蓓佳是在泪水中告别杨明菊的。第二天雨过天晴，她独自一人来到杨明菊家，陪杨明菊一起翻晒衣被和粮食。可从走进家门的那一刻起，她总感觉有一双眼睛在看着她，当她与对方对视时，却发觉那双眼睛呆滞无神、空洞无物，如同断了线的风筝，忽一下子便再也看不到踪影。

那眼睛的主人就是杨明菊的女儿刘欢欢，自始至终，她好似患了软骨病一般，躲在"口袋房"的一个角落，不发声，亦不说话。蓓佳小心地走到她的旁边，突然震惊地发现她的指头缠满纱布，并且被几根布条从不同方向拴在中间，如同结网的蜘蛛一般。

蓓佳感到诧异也感到震惊。孩子不送学校，居然被绑在墙角？一时间，"虐童"和一连串与之相关的词语呈汪洋之状涌入大脑，当她差不多要叫出声的时候，却看见外表刚强的杨明菊在旁边抽了筋似的倒在地上，先于她之前痛哭出来："妹子你不知道，这孩子，就是姐心里最大的痛啊！但姐要不把她这样绑着，冷不防，她那颗头就会重重地撞到墙上，或是撞在旁边的柱子上……"

蓓佳这才知道，欢欢曾经是一个非常聪明的孩子，在班里是当仁不让的第一名，在全镇上千个孩子中都排得上号，学习成绩优异，自然也是杨明菊最大的骄傲和希望。很多人对杨明菊说："好好把孩子供上大学，你和你男人这辈子就有指望了！"

在人们的赞叹声中，杨明菊把头点得像是小鸡啄米。可杨明菊没想到的是，自打男人去世后，欢欢竟然变了，变得郁郁寡欢、喜怒无常。她和欢欢说话，欢欢像是没有听见一般不理不睬。当她一个人独处时，杨明菊却常常听见她自问自答，尽说些没头没脑的话。杨明菊感觉有些莫名其妙，但当时她正沉浸在失去丈夫的悲痛之中，对欢欢的变化并没多想。办完男人的丧事，又将女儿送回学校上学。然而直到青羊厂小学的马校长把欢欢送回家，杨明菊才知道，欢欢已经不愿和同学说话，也不愿和同学相处；在课堂上完全没有了往日的活跃，相反时常呈现的是一副呆若木鸡、六神无主的神情；做作业和考试，把最简单的题目做错，或是落下长达数页的空白。

老师发现她情况异常时，曾把她叫到一边关心地询问。她却不言不语，要么把头深埋，要么眼神空洞地向四处张望。独自一个人的时候，她居然大把大把扯自己的头发，或是像一只发狂的猫，把一双小手当作猫爪一般在木板上抓，把头往墙上撞，最终变得鼻青脸肿、指甲脱落、血肉模糊。老师们没办法，只得把她送了回来。

看着欢欢这个样子，杨明菊一颗心都要碎了。村人们建议她把孩子送到梅城第二人民医院看看，可她听说第二人民医院是精神病医院，当场就跟人们红了脸："我们家欢欢好好的，哪是什么精神病，你娃才是精神病呢！……"

可骂归骂，骂完了回到家，她却像个泄了气的皮球瘫在床上，用绝望的眼神看着灰蒙蒙的天空，感觉整个天都要塌下来了。她怎么都不敢相信，女儿竟然变成了这样。当她一次又一次地看到欢欢把头重重地撞到木板上时，她不得不挣扎着起来把欢欢绑成了一个蜘蛛人。她心里清楚地知道，欢欢还只是个三年级的孩子，她应该有大好的前程，应该和每一个孩子一样，生活中的每一天都应该充满幸福的阳光，可如今，这一切就像缀满草地的露珠，刚才还闪烁着好看的晶莹，怎么太阳一晒，便完全消失不见了？

"不晓得这是什么冤孽，居然让这么个聪明伶俐的孩子降生到我这苦难家庭？……"

杨明菊在哽咽声中向蓓佳说完，又痛声哭了起来，撕心裂肺，像是把人拽入了茫茫无际的冰海雪原。要知道在此之前，要强的杨明菊从未向任何人哭过，可当她看到蓓佳时，就感觉这是一个真正可以掏心窝子说话的人，她可以哭得毫无戒备、毫无保留。

蓓佳在满脸泪水中听杨明菊说完，她开导杨明菊说："孩子不过是有些抑郁情绪罢了！"蓓佳是心理学硕士，她告诉杨明菊："这是一种常见的情感成分，当个体遭遇挫折、失败、生死别离、意外事故或是期待落空、看不见希望等消极事件时，就会出现这样的情绪反应。抑郁情绪不等同于抑郁症，是可以借助自身和外部力量摆脱的。当然，就目前这种情况，最好是把欢欢带到第二人民医院治疗一下……"

尽管她说得很耐心，但那些充满学术味的话语，却无法说通杨明菊。这个固执的女人，一个劲儿地认为女儿一旦到了精神病院，就被看作是真正的精神病人了，那老师、同学或是村里的人会怎样看她？更重要的是，孩子曾经金子般的前程，是否也会从此烟消云散？

无奈之下，蓓佳只得自己约好一位心理学专家，让李云雷在一个周末带他到青羊厂，如同看望亲戚一般，给欢欢做了一次诊疗，开了一些药物。在蓓佳一次又一次的鼓励下，欢欢终于服下了第一次药。

此后很长一段时间，蓓佳更是把欢欢的治疗当作一件重要的事情来对待，除了不定期地让李云雷把心理学专家带到青羊厂，还常常独自来到杨明菊的小院，给欢欢讲故事，跟欢欢玩玩具、做游戏，烹制和分享美食，听美妙的钢琴曲，阅读文学名著，或是带欢欢出门散心，登山爬坡。蓓佳常常充满深情地给欢欢朗读《钢铁是怎样炼成的》《老人与海》《基督山伯爵》《假如我只有三天光明》……只要是励志的、阳光真善的书，蓓佳都会带来和欢欢一起分享。

　　人是感情动物，欢欢自然也能体会到黄阿姨对她的好，渐渐地，她脸上露出了久违的笑容，并变得开朗和健谈起来。黄阿姨到她家的时候，她会比任何时候都高兴。黄阿姨离开时，她比任何时候都失落难舍。

三

　　经过几个月的调理，蓓佳和杨明菊都以为欢欢康复了，便在当年学期的最后一个月，把欢欢重新送回学校。

　　蓓佳不论多忙，几乎每个晚上都去看她。她们有一个小小的约定，就是每天太阳落山时分在校门口相见。欢欢自然也对黄阿姨特别依恋，每天晚饭后，就准时守在学校门口等黄阿姨出现。她们形如一对母女，有时在校园里的核桃树下聊天，有时在操场上一起散步。欢欢会把一天里发生的各种大事小事给蓓佳讲述一遍，有时激动起来，也会像那些高兴的孩子一样眉飞色舞，甚至上气不接下气。没有了这些，欢欢会觉得这一天是不完整的，蓓佳同样也会觉得自己的这一天不完整。

　　然而有一天，蓓佳到镇里参加一个雨季防汛工作的紧急会议，其间还掺杂了脱贫攻坚方面的好几项议程，接着又开始填表，直到天色完全黑透依然没有结束。镇里和青羊厂相距三十多公里，而且全是山路，有些路段还特别危险，常有落石、滑坡现象发生。蓓佳当晚肯定是回不去了，她心急如焚，只得给学校老师打了电话，让他们帮忙给欢欢解释并替她道歉。

　　第二天还在返程路上，蓓佳就接到老师的电话，回到村委会她来不及把包放下，便迫不及待来到学校。老师们告诉蓓佳，昨晚听到讯息时，欢欢有些失望，但看上去也没什么异常，可晚自习后回到宿舍，欢欢又变得有些异样了。果然，早上上课时，老师就发现她手指上血迹模糊，指甲全秃了，要命的是她还超剂量服下了瓶子里的所有药片。

　　幸好蓓佳是个心细的人，那些小药片，她每次都是定时定量给欢欢服用的，那天由于开会，她也只是给欢欢多留了两份。但她心里还是不安宁，在把欢欢送往镇医院的路上，她心里难受极了，同时意识到欢欢的病根本没有好。表面上风平浪静，但极度的心理自卑和创伤，还一直埋在欢欢的内心深处，如同一颗定时炸弹，没准什么时候被引爆，那么这个孩子就完了，跟着一个母亲、一个家庭也就完了。

　　蓓佳不敢往深里想。虽然这次没事，但不代表以后也没事。与其眼睁睁看着悲剧发生，还不如勇敢地将之堵在路上。从医院检查回来，蓓佳就作出决定，让欢欢搬到自己的宿舍来住。蓓佳还没结婚，也没有自己的孩子，可她已经决定要把欢欢当成自己的孩子，用心守护欢欢成长。

　　蓓佳说到做到，当天晚上，就在老师的帮助下，让欢欢搬进自己的宿舍。从那以后，她开始全身心照顾起了欢欢，每天一起阅读、谈心、散步、听音乐，还一起讲故事做作业。如到镇里、县里、市里参加会议、调研、学习，当晚回不来时，她必定会提前通知杨明菊来陪欢欢过夜。甚至常常不惜高价打车回到青羊厂。

　　刘支书和村干部把这一切都看在眼里，自然也想为蓓佳做一些分担。将具体事务落实落细，那就是对杨明菊的帮扶，在实施危改和易地搬迁重建时，给杨明菊在村委会前批了一小块地，让她把房子建到了这里。

　　施工队抢时夺效，不出两个月，一座三室的小平房顺利完工了，母女俩终于告别了漏雨的危房。可蓓佳却不能放心地把欢欢送回家。因为作为母亲的杨明菊得干活，所以照顾欢欢的事，还是落在蓓佳的身上。

蓓佳却乐此不疲。一年驻村生活中，她能将多年的学识用于实践。并且和欢欢长期相处，无穷无尽的童真和童趣，如同甘甜的山间清泉滋润心田，让她感觉自己的驻村生活非常有意义。为了抚慰欢欢的心灵，她还专门研读了许多心理学著作。

时间过得很快，不知不觉，蓓佳驻村已满一年。春节临近，她早早收拾好行李，到杨明菊家告别，称自己基层锻炼即将结束，春节过后就要返回单位了。杨明菊一脸泪水，半是感激，半是难舍。欢欢却一言不发，没有泪水，也没有说话，靠在一根柱子上，面无表情地看着另一边。

蓓佳问欢欢："黄阿姨要走了你知道吗？你会不会想黄阿姨啊？你可要记得给黄阿姨打电话啊……"

一连十几个问题问完，欢欢依旧无动于衷，像是傻了一般不理不睬。这让蓓佳和杨明菊很是纳闷儿，但她很快醒悟过来，一把把欢欢拉了过去，发现她的小手又已在柱子上抓出了几道深深的血痕。心疼得蓓佳一把把她搂进怀里："黄阿姨不走了，黄阿姨过完年还会回来，像往常那样继续陪着咱们的小欢欢！……"

欢欢这才重重地哭出声来："欢欢就是舍不得黄阿姨离开啊！……"

就这样不知不觉间，蓓佳已在村里待了整整三年。脱贫攻坚刚一结束，又紧锣密鼓开启了乡村振兴。在蓓佳的悉心照顾和药物治疗的双重作用下，到了五年级下学期的时候，欢欢的情绪基本趋于稳定，成绩也重新回到了全班第一的位置。这是蓓佳和杨明菊，也是刘支书和老师们，乐意看到的结果。

让蓓佳感觉有意义的是，她把照顾欢欢做成了一项重要的事业。起先，李云雷是能够理解蓓佳的，事实上他也非常喜欢欢欢，每次来村时，都不忘给欢欢带上一些东西，有时是些好吃的糖果零食，有时是些好看的文具和有趣的儿童读物，或者是漂亮新潮的 T 恤和外套。可他不能理解的是蓓佳的执拗。她到底还要在这大山里待多久？欢欢不是已经好了吗？即便蓓佳不为他和父母考虑，也得为她自己的前程着想啊！因为和她同一批次的选调生，有的已经被提拔为副县长，当然，人家的起点是博士，但蓓佳同样才华出众。只有让蓓佳回到教育局的工作岗位，才能真正发挥出她的专业特长和学历优势，做出一番真正的事业来！

可蓓佳却像着了魔一般，固执得不可理喻。难道非要和她撕破脸才肯罢休？

对此，杨明菊心中是有愧的，她已经不止一次劝蓓佳赶紧回去，好说歹劝，蓓佳终于把归程定在第三年结束。转眼春节假期来临，蓓佳前往杨明菊家告别的时候，一眼就看到了欢欢忧郁的眼神，一颗心又放不下了。她开始盘算时间：春节过后，欢欢就到了六年级下学期，这也是小学即将毕业的冲刺阶段，她实在害怕欢欢又有什么三长两短，于是当场决定再一次留下来。

四

对于时间，或者说对于归程，蓓佳其实也是有计划的。下学期欢欢读完小学，就得到镇上读书，杨明菊自然无法放弃农计和女儿一起去镇上，但蓓佳可以啊。她可以向单位申请，把她抽调到镇政府挂职，或者以她这三年多的驻村实绩，硬着头皮跟镇领导说一声，肯定也能成行。她正好可以利用一学期时间，等欢欢适应了初中生活，再选择离开不迟。

偏偏李云雷等不及，硬要搅和出这么一段是非来。蓓佳好恨自己，但更多的是恨李云雷。一个三十多岁的大男人，怎么还做出如此简单粗暴的举动？

目睹这一切后，深为不安的是杨明菊。她忍不住和蓓佳一起哭，哭完后告诉蓓佳："你要是真把我当姐的话，你就走。云雷是个好男人，丢了他，连姐都觉得可惜！你再不走的话，我可要向刘支书汇报了！"

"姐，你别这样，我就是舍不得你，更舍不得欢欢。其实我还有一个更重要的心愿，就是帮你找一个可靠的男人，找一个让我和欢欢都能放心的人！"

蓓佳就是这样执拗，自己决定好的事，谁都改变不了。

可杨明菊不是不知道，如今她这个情况，再找个人家可不是件容易的事啊！换句话说，她把自己再嫁一次倒不是什么难事，关键是人家能否接受得了欢欢？能否接受欢欢那喜怒无常的个性，和她一起守望欢欢渐渐康复，慢慢成长？但无论怎么说，她可不能那么自私。眼前最要紧的，是得把蓓佳送走，万不能误了蓓佳和李云雷的这一段美好姻缘！

于是在第二天，杨明菊把蓓佳送回了村委会，并把蓓佳和李云雷闹矛盾的事告诉了刘支书，还说自己已经脱贫，日子一天好似一天，再不需要蓓佳帮扶了。

刘支书当然知道杨明菊的态度为什么这么坚决。关于蓓佳的事，对他而言也是一个两难选择：一边是这对孤儿寡母，而且因为欢欢的心理问题，说实话，他也不想让蓓佳离开；但另一边是蓓佳的"超长服役"，驻村三年，她实实在在是把自己给耽误了。她的工作和事业都在梅城，而且她和男朋友的事，他早也有耳闻，真要是因为驻村耽误了蓓佳的爱情、婚姻和前途，那毫无疑问，他也会感觉于心有愧！

一段时间以来，刘支书甚至为这事睡不着觉。他曾想到找蓓佳的父母和李云雷好好谈谈，或是直接和蓓佳的单位沟通沟通，再或者以青羊厂村委会的名义，向镇上和县上分别反映，可不论什么办法，他都感觉不妥，弄不好还会伤了蓓佳的心，或是对欢欢有什么影响和伤害，那后果就更不堪设想了。

最终，刘支书决定亲自和蓓佳谈谈。可蓓佳依然是那个执拗的蓓佳，自己决定好的事，根本容不得任何人改变。"这事就这么定了，支书您也不用劝了。李云雷真要是那样的话，我想我也用不着珍惜，或者说我和他就是有缘无分。因为两个人真要走到一块儿，还得彼此间互相包容、心心相印不是?!"

蓓佳把话说得很坚决，而且不留余地。刘支书听完，愣了半天，还是没忍住揭了蓓佳的伤疤："可你包容他吗? 或者，你有没有为他想过?"

这么一问，蓓佳顿时变得沉默不语，而且满脸全是泪水。一下子让刘支书不知道该说什么好。突然，蓓佳哗一下擦掉泪水，说："那就是我对不起李云雷了，我想我和他真是有缘无分!"

谈话就这样中断了。生活还是和以往一样继续着，蓓佳还是那个蓓佳。她每天阳光满面地去看欢欢，送欢欢上学，接欢欢放学，陪欢欢读书、做作业、做游戏，给欢欢讲故事。有人说蓓佳特别伟大，可也有人说蓓佳是个没头脑的傻姑娘。

转眼又一个周末来临，蓓佳去接欢欢放学的时候，马校长突然叫住她，说："蓓佳，告诉你一个好消息，明天，镇里会给我们派个支教老师来……"

"哦，那挺好啊!"蓓佳没有丝毫惊讶，青羊厂学校本来就编制不足，多个支教老师是好事，可也没必要告诉她呀。蓓佳感觉马校长的表情有些奇怪，却也没往心里去，领着欢欢就回去了。

可蓓佳怎么都没有想到，第二天下午时分，那台熟悉的小"波罗"又出现在村委会门口，从车上下来的正是李云雷。

蓓佳远远看到，却不知该说什么好。反倒是李云雷，怯生生的，像个害羞的男孩，缓缓走到蓓佳面前，紧紧地抱住了她。蓓佳感觉到了李云雷手臂上的力气。只听他在自己耳边柔声说道："我说服不了你，也说服不了自己。上次回去以后，我夜里一直失眠，我知道我已经离不开你了。于是，我跟学校申请了支教，你在青羊厂，我就陪你在青羊厂。下学期欢欢上中学，我陪你一同到镇上，只要你不离开，我也不会离开！"

一席话让蓓佳泪如雨下，只顾紧紧地抱住李云雷。

又听李云雷继续说道："明天，咱们就去登记结婚！你若没有归程，我就陪你在这里厮守到老……"

我不就是出了本书

　　刘海春用手扶住楼梯，一步一步往下挪。但他感觉自己一双腿就好似铅灌一般，无论再怎么努力，就是迈不开步子。

　　严肃家住七楼，没有电梯，上楼时刘海春背着二十多本书，却如同一个年轻小伙，噔噔噔噔，几个大步就迈到了严肃家门口。他等严肃十几天了，谁想短短一个小时后从严肃家出来，走下楼梯时居然变得这般艰难，如同走钢丝一般颤颤巍巍、左摆右晃，好容易一双脚落地，他才重重喘出一口气，庆幸自己终于没有从楼梯上滚下来。

　　刘海春其实是土生土长的老城区人，两个子女读书成器，完婚后又先后安居到了省城，老伴和他一前一后前往省城照看孙子，转眼离开梅城已经整整五年。可他却一直期盼回来，特别对于今天的见面，他甚至还有些迫不及待。

　　当然在尚未见到严肃的这段时间，确切地说是刘海春六十年人生中的高光时刻。他先是回到遥远的绕山河，在学校食堂办了两桌菜，把村子里的几位长者请来，陪学校的朱老师一起吃了个饭。五年前，刘海春还是绕山河学校的老师，那时学校还有二十几个学生。如今却仅剩下八个。也许等他下次回来，绕山河学校就永远地不复存在了。所以刘海春就越发感觉自己此行的重要。

刘海春初中毕业时仅有十五岁，便被族里一位亲戚介绍到遥远的绕山河学校担任民办教师，待五十五岁那年退休，他已经有足足四十年教龄。这漫长的教坛生涯，其实只有一句话能够概括：一师一校一辈子。

四十年光阴都在这遥远偏僻的山村度过，他把人生最光辉的岁月，都奉献给了绕山河的三尺讲台。但他无怨无悔，直把他乡当故乡，到退休时离开，他突然发觉鼻音浓厚的绕山河方言，不知什么时候居然就成为了他的日常口语。绕山河的村民至今还把他看作是村里的一员，为他举行了隆重的欢送仪式，可这样一个本该充满喜庆的日子，不知多少人哭得泪水滂沱。

绕山河的村民就是他的亲人，绕山河经历的一点一滴，都是他人生中绝难割舍的一部分。阔别五年后回来，他自己掏钱买鸡买肉还买了酒，只想好好酬谢一下那些比骨肉还亲的老哥老弟。

炊事员是他当年的学生康福，做好了饭，便邀请大伙上席。刘海春让康福给众人倒好酒，自己则从背包里拿出了他带来的礼物，《四十春秋园丁路》，那是他刚出版的新书，厚实得就跟砖头一样，拿在手里还有些压手。他给康福也送了一本，康福赶紧用围裙擦了擦手接过一看，只见朴素的封面上，不仅有恩师的题字，还有一位乡村老教师的侧影：一套整齐的中山装，让他看起来更似一具雕像，腰身微弓，满头斑白，脸孔清癯，手执书卷，像是正站在三尺讲台上给台下的学子传授知识雨露。这时又见恩师一脸庄重地坐在对面，康福心说这不就是恩师最真实的形象？

没错，刘海春就是为自己的人生写了一本书。退休后这五年时光，他没有一天是闲着的，早起晚睡，笔耕不辍，九易其稿，终于完成了这部四十万字的长篇小说。教师被誉作人类灵魂的工程师，是太阳底下最光辉的职业，在这全县最边远的高寒山区，他爱生如子，呕心沥血，两袖清风，坦坦荡荡，甚至在退休那天还舍不得离开。四十春秋园丁路，他把自己作为一个乡村教师的所有喜怒哀乐，以及绕山河学校的巨大变迁，都一起写到了这本时间的著作里。

教书时的刘海春不抽烟不饮酒，绝对算得上一个谦谦君子。但那天在大伙的感激和祝贺声中，他终于有了人生中的第一次酣醉。之后几天，他寻亲访友，走村过寨，背上一个厚实的帆布背包，把一百多本新书分送到早年的一些同事和亲友手中。他每天早出晚归，可谓艰辛备至，但差不多都是在一种恭维声中度过。作为一个曾经的民办教师，并且四十年光阴一直扎根在艰苦的山村课堂，他是时光的亲历者，也是历史的参与者。他的人生多么艰难，他的职业何其荣光？《四十春秋园丁路》，这不仅是他一个人的奋斗史，也是当代中国西部乡村教育的一段重要缩影。真实反映了一个乡村教师的苦与痛、泪与笑，还有那么多的大喜和大乐，都是他人生最美的记忆。他有太多的故事要讲，也有太多的话需要倾诉，一辈子，一本书，就是他人生最完美的总结。

当然这一切成果的得来，他最应该感谢的人就是作家严肃。

严肃是《梅城文化》的副主编，比刘海春小十岁，但这么多年来一直都是他最重要的精神导师。很多年前，他来绕山河学校采访过刘海春，两人从此便成了忘年交。他敬重刘海春的人格，也深晓乡村教师的艰难。离开后不久，他就把刘海春一师一校、苦心耕耘的光辉形象写到了他的小说里，读得刘海春一把鼻涕一把眼泪，好不畅快！

刘海春就是在那时候开始写小说的。每天送走学生后，他便展开稿笺，忘我笔耕。所谓闻道有先后，术业有专攻。教书育人，刘海春算得上行家里手，但在写作这一陌生领域，在才华卓著的严肃老师面前，他甘当徒弟。而让他感念的是，作为写作层面的导师，严肃可以俯下身子，字斟句酌为他修改文章，还可以源源不断地为他发稿。《梅城文化》是双月刊，但他每年都会在自己的小说栏目，给刘海春留下一个体量庞大的版块。于是短短几年间，刘海春已经有六七个小说在《梅城文化》发表。看到自己的文字，厚厚重重地登上这本全市唯一公开发行的杂志，让他像是突然觉醒了一般，一下子想到了人生存在的另外一种意义。

也正是在那个时候，他萌生了退休后写一本书的梦想。

然而这个梦想的实现竟是如此艰难。在省城他住过一次院，医生一度给他下了病危通知书，之后不久，他又拖着病体，陪同老伴一起回乡送走了九十一岁的岳母。除此之外，他几乎再没有出过门，每天躲进书房，可谓起早贪黑，抢分夺时，历尽艰辛，终于在这个夏天让书顺利出版了。他迫不及待给严肃打了电话，却听说严肃正在海南参加一个活动，得要十几天后才能回来。

刘海春左等右盼，总算在今天上午，把他这一心血之作送到严肃老师的茶几上。

可他怎么都想不到，这个一直鼓励和支持他的精神导师，在今天居然透透彻彻地给他浇了一身冷水。或者说那根本就不是冷水，而是一把大锤重重地敲到了刘海春的头上，只听砰一声脆响，就把他一个鲜活的身体，如同瓷器一般敲成了粉碎。

"刘老师，我不晓得你究竟是怎么想的？这个时代节奏这么快，文学当然也只能算是期刊为王，那些上得了档次的期刊，哪怕就是个几千字的小短篇，都可能吸引数以万计的眼球。可我不晓得你这大部头，会有多少人去看？"

还好严肃还是粗略地翻了一下。但也仅仅是那么一下，就过去了——估计一个字都不会印入他的脑海。他把书放在一边，扶了扶眼镜颇为正式地对刘海春说:"想想《百年孤独》和《白鹿原》吧,如果马尔克斯和陈忠实都像托尔斯泰那样,采用现实主义手法,那他们只不过是在模仿和重复一部过了时的著作。还好他们能够另辟蹊径,把宏大的题材写薄,反而就成了新的经典。你难道不觉得五十万字不到的《白鹿原》字字珠玑,妙不可言?"

接下来的场面,又回到了当年两人初见时那样,严肃又得给他补课了。话题依然还是小说。从当代到现代,从传统到先锋,再从欧洲到非洲,接着又从拉丁美洲讲回亚洲,最终讲回中国古典文学。说到底,刘海春就是个半路出家的和尚。当年为提升学历参加自学考试,他也曾啃过几本文学理论书籍,什么古代文选、现代文选、当代文选和外国文选,还有现代汉语、古代汉语、文学概论等等,但没有导师的指导,他差不多就是囫囵吞枣,左眼进、右眼出,过了考试这个坎,就把学到的知识全都还给了书本。如今真正走上创作之路,他才发觉自己何其鲁钝,笔下的文字和他一样老实巴交,不知道什么是先锋,也不知道什么是意识流,更不知道什么是魔幻现实主义,什么又是后现代主义。没有设计,没有波澜起伏,谈不上艺术手法,也玩不来创新。所以每当面对高深博学的严肃,他感觉自己就似个透明人,一眼便能被他看透整个身子。

一个小时过去,口若悬河的严肃终于被一个电话打断,他还得去应下一个局。刘海春只得提出告辞。严肃于是给他回赠了几本杂志,省内的省外的,厚厚重重,做工精美,有的还是彩印,其中自然少不了他在上面发表的文章。严肃是一个足够勤奋并且足够高产的作家,多年笔耕,可谓硕果累累。对此刘海春只能顶礼膜拜。

但直到出门,刘海春才发觉自己简直失望至极。他觉得严肃老师太不重视他的作品了,那么轻描淡写地翻一下,就把他这样一棒子打死。他甚至常说:自己根本不用看,只需要鼻子一闻,便能知道一个小说的好坏。刘海春知道严肃在小说界是个重要人物，并且左右逢源，但他那种文字刘海春根本看不懂，把人绕到云里雾里，绕得头昏脑涨，却依然不知道他到底说甚。相反刘海春却是个直人，他笔下的文字是一种不吐不快的表达，完全没有那些弯弯绕绕。相同的题材，相同的故事，他兴许比导师写得更加清晰明了。归根究底，严肃本来就没当过老师，更没真正在遥远的山村长时间待过，没有足够的亲身经历，哪里知道乡村教师真正的艰难与困苦、苦闷与挣扎？仅仅玩一些文字上的技巧，你能懂得老师们究竟想要什么？学生们期待什么？山里的人民又渴盼些什么？

可没办法，曲高和寡，知音难觅。古往今来，都是这个样。

刘海春于是带着这样一腔愁绪回到家里。他在梅城的主城区也有房子。那是一套老旧小区的单元房，几年前儿子小松结婚时就住这里，他和老伴为儿子凑了首付，好歹让小两口有了个住处。后来小松和媳妇通过公考，先后调到了省城，他打算把这房子卖了再帮衬儿子一把。可小松却坚定地说："这是您和我妈的养老房，其中还有她一半的功劳。梅城这么大，我怎能让您和我妈没个去处？"

"我们还可以搬回老房子里去，那房子牢实！"

刘海春指的是他老城区的房子。房子建在一个山坡上，确切地说那就是这个城市的根与脉。有着鲜明的军事防御特色，不仅有高大的城墙，还有很深的护城河。但如今已被抛弃在匆遽的时光后面，甚至大白天都鲜有人迹。父母去世后，那院空锁的老房从此再没有烟火。至多就是在大节小庆来临，他和老伴一起回去收拾打扫一番，贴贴对联，上上香，拜拜祖先，再搬来一把椅子坐下，静静地感慨一番那一去不复返的时光。岁月如梭，老房子早已老态毕显，有一次推门进去，他发现房檐的一角已经塌了下来。修不修补，刘海春犹豫了很长时间。最终迫于经济上的压力，他选择了放弃。

再说他那两个孩子，小松和小雪，从小到大都极为励志，而且也总是这么孝顺。可在刘海春出书这事上，兄妹俩其实是最不支持他的。有一次，小松甚至还奚落起了他："书店里那么多书，无论翻开任何一本，光看一下作者简介，就比你高明了不知几千倍。你看人家出版过那么多著作，或者还曾经在什么重点刊物上发表过文章，不是什么级别的会员作家，就是什么文学院的学员；不是获过什么大奖，就是享受什么津贴，大大小小几十个头衔，数都数不过来，谁会平白无故去买你一个寂寂无名者的书？"

"你以为我图那几个钱啊？告诉你我写这本书，根本不是为卖的！"刘海春被儿子一通话戗得难受，忍不住回敬了他一句。

"你这么几年不吃不睡，千辛万苦写成一本书，花几万块钱只为挣那么点吆喝？我看你这脑子是不是被驴踢了？"

和他说这话的是老伴，说实话她才是最不同意刘海春写这书的人。四十年光阴投身教育，刘海春把整个家庭都留给了她，对于老人的赡养和孩子的教育，他几乎没尽到什么责任。但她却无怨无悔，在菜市场门口摆了个卖菜的小摊，那些年家里办过多少事，可她从没在经济上拖过刘海春后腿。

风风雨雨，一辈子就这么过来了，刘海春总感觉自己是亏欠着老伴的。所以从退休的第一天起，他就把工资卡交给了老伴。寻常的生活用度，全都由她来支配。事实上他也知道，小松和老伴的话其实都对着呢。为出这本书，他已经花费了六万多元，还不算他单独请人设计了封面，到后来还请人做了两轮校对；以及这么多天来，他回乡四处请人吃饭和送书的花费、零零碎碎的邮寄费和交通费。即便他能以定价把一千本书全卖出去，也根本收不回成本。

但骂归骂，在钱的事上，老伴和一双子女都绝不拦他的手。事到临头，一家老小还是爽快地为他完成了转账支付，没让他在老耿和设计师、校对那里有过难堪。老耿是他早年认识的一个笔友，那些年常出现在严肃老师左右，可谓鞍前马后，还自称是严肃老师的学生，但他压根儿没写过什么好文章，为此没少受严肃老师批评。不想多年后，他居然跑到省城独自创办了一个传媒工作室，这么多年来一直鼓励他写一本书。没有他，刘海春这书也出不来。

小松在省城的房子并不大，所以新书出版后，他只能把九百本书托付给物流公司送到梅城，留下一小部分让孩子和老伴送人，自己则专程回来处理这书。

梅城的房子就在五楼，同样没有电梯，为了节省两百块的搬运费，他向门卫借了一个背篓，每趟四十本三十本地往上搬。可仅仅两三个来回，便喘成了一台破了叶的风车。退休后的刘海春就是为这住院的，绕山河天气高寒潮湿，一年之中，他几乎都要患好几次感冒，后来就成了陈年旧疾，渐渐又成了心肺功能障碍，医生嘱咐他再不能做重的体力活。在省城，老伴连桶水都不让他提。

行进中走得太急，突然一脚踩空，让他一个踉跄跪倒在楼梯上，右腓骨被生硬的水泥边重重地磕了一下，幸好他死死拉住了扶手，才没让自己摔倒在地。楼道上一个人都没有，刘海春索性坐了下来，但浑身上下汗如雨下，像是刚从水潭里钻出一般，接着两眼发花，四肢无力，一行老泪随之流出来了。他又惊又疼，又悔又恨，在心里告诉自己："不是每个月都有五千多块的退休金吗？我这么不要命做什么？"

好不容易喘息平定，力气渐渐回来，他抓紧扶手重新起身，决定把书背回屋子，就下楼请人来搬。可真待把书放下，再次下楼时他又舍不得花钱了。为防止类似事故再次发生，他把每次搬运的数量减到二十本，后来又减少到了十五本，起早贪黑整整两天时间，才把九百本书都搬回了屋子。

搬运完毕，他想老耿真不愧是朋友，这书又大又沉，居然黑压压地占据了大半间屋子，刘海春相信老耿从他身上挣不了几个钱。可书就这么码着也不是个事啊，梅城是座雨水丰沛的高原城市，转眼雨季来临，弄不好让书受潮发霉，那才真正是暴殄天物啊！

怎么办呢？那就送人吧！作为一个老师，他当然也算得上一个文化人。而且从尝试写作的第一天起，他就一直觉得，书是一个文化人最重要的标签。给人送书，就是最昂贵最体面的礼物。他一直记得当年严肃老师给他送书时的情景，特别是严肃老师在扉页上的签名，简直是一幅精美的书法作品，流畅厚重，还充满了一个作家的博学、谦逊与涵养。

刘海春知道严肃出过不止十本书了。他似乎也听严肃讲过，十几本书的出版，他自己压根儿没花过一分钱，甚至从来就没有考虑过书的销量与成本。在他那套位居七楼的单元房里，大书小书，落落大满，俨然一个纯粹的图书馆。但刘海春去过那么多次，居然就没见过一本梅城本地作家的书。

想到这些，他也有过一种莫名的恐慌。可他很快又想到，自己和别人不一样，他是严肃老师的弟子而别人不是。包括他那书也和别人的不一样，他的人生充满了艰难和不可思议。"仅仅一个民转公考试，我就考了十一次！"

是啊，千军万马过独木桥，到了今天再次回首，那仍是他最艰难最困苦的十一年，而且还是一天接着一天过去的十一年，加起来超过四千个日夜，每天二十四个小时，每一分一秒，他都充满了期待、异想、憧憬和激越，与之相伴的还有辛酸、苦闷、煎熬、窒息与绝望。但他的确和别人不一样，他不会因为自己的一次次失败或是人生的不顺意便影响了教学，每当走上讲台，每当看到那群充满生气的学生，他又重新焕发了动力，在那遥远偏僻的课堂尽情地挥洒汗水。

幸运的是，刘海春最终还是顺利地考上了，成为一个让万千人仰慕的公办教师。转正后，他变得更加珍惜岗位。为教好山里的孩子，他节衣缩食，想方设法提升学历，函授中师毕业后又参加自学考试，从专科再到本科，似乎四十年来他一直都在考试中度过。老家离主城区不下四公里，可他没住过一次旅馆，也没上过一次饭馆。每次都是天不亮就骑自行车进城考试，从考场出来，老伴一大早起来给他蒸的馒头已被冻成冰坨。有一年天下大雨，他穿上雨衣骑着自行车出门，骑着骑着发觉水已经没到大腿，他才知道自己居然骑到了护城河里，雨实在太大，路与河完全连到了一起。车找不到了。他只能赤着脚回到岸上，往考场方向一路小跑赶去。考试结束，又飞一般回到退了潮的护城河泥滩中找回那辆破车，结果车子三角架都断了，送到电焊工那里被臭骂了一顿，只能送到废品收购站。回到家却心疼了好几天。

然而在绕山河学校，比这更苦的日子还多不胜数。转正之后，虽然有了个公办身份，待遇却并没有改变多少。站在讲台上，他穿的依旧还是打着补丁的衣服。一根粉笔，他能匀上一个星期。一支自来水笔，陪伴他一直到退休。一瓶红墨水，他掺了水再用，而且不到批改作业还舍不得用，精打细算，无论如何都要用足一个学年……

其实不止他是这样，那时候几乎所有的乡村教师都是这样。但唯有刘海春把更多的情感留给了学生。山里交通落后，气候恶劣，广种薄收，家家户户穷得不成样子，他不知垫交过多少学费，也不知给多少外出读书的孩子塞过钱。记得有个住校生连续两天吃不到饭，肚子饿得不行，只能躲在宿舍里睡觉不上课。得知情况后，他当即停下课来，把所有学生一起召集到他的宿舍，再把罐子里所有的米全倒出来，和学生一起淘米，切腊肉，烧洋芋，烤粑粑，最终一起唱着歌，一起吃下一顿让他终生难忘的锣锅焖饭。

刘海春不仅把这些写进了书里，还把自己的一个家也写进了书里。那时一米一饭都那么金贵，钱更是金贵得不得了。假期回家，当得知小松偷了妈妈的五块钱，买了台电子游戏机，他把小松用绳子捆了吊着打。他是一个老师，但他同时还是一个人、一个父亲、一个丈夫、一个儿子，他顾得了学校这个大家，偏偏就顾不了自己那个小家！他对事业的赤诚，同时也让他显得多么狭隘自私。

可人民教师无上光荣。如今国家政策真是好，不断调资加薪，甚至连《教师法》中都明文规定："教师的平均工资水平应当不低于或者高于国家公务员的平均工资水平，并逐步提高。"刘海春越来越多地感受到了这个职业带来的荣耀。但待遇刚刚上去，你就变得这样大手大脚？花上五六万块去出这么一本书，还要往这儿送往那儿送。小松小雪一对子女一向励志，大学毕业后自己考公、买房、结婚，一路充满艰难，却始终没怎么向他和老伴伸手，但人心是肉长的，相对于周边的其他父母，刘海春始终觉得自己是亏欠着他们的。

而且古人就有那么几句话说得好："成由勤俭败由奢""黄金本无种，出自勤俭家"。何况"家有余粮心不慌"，手中多少有些积存，总是件好事。对于他，老天已经算是眷顾，在医院游荡一圈又平安回来，可谁能保证他和老伴就总这么平安无事？难不成事到临头，又向小松小雪开口啊？

刘海春心里每天都充满矛盾。但悔是悔，恨是恨，不论怎么说，这书总算是出出来了，不把它送出去，留在家里又能做什么？生不成钱也下不了娃。他跟小松说这书不是为卖的——这可绝对不是什么气话。作为一个老师，同时作为一个写作者，他其实是清醒的，这个时代谁还有心思读书？包括小松小雪每天下班回来，哪个不是拿出手机就放不下？

一个寂寂无名者的书让人花钱来买，那岂不是西边出了太阳？

几番矛盾过后，刘海春心里的一个我战胜了另一个我。并且他这个我的理由已经变得更加充分："你们都不知道我那书有多精彩。我刚到绕山河的第一个国庆节，就带几个和我差不多大的学生前往乡政府参加全乡的文艺汇演，没有车，也没有经费，我们只能步行上路。谁想中途突遇大雨，我们师生十几个人只能躲到一个破庙里避雨，可雨一直不停，大家饿得不行，只能把一包生荞面全吃光了。你们无法想象，在没有水的时候，生吞一袋面粉喉咙里会是怎样一种难受！好不容易雨停后继续上路，前前后后走了九个小时方才到达乡政府，可天早已经黑透，汇演也早已经结束，我和学生在大宿舍里胡乱躺上一夜，又赶早冒雨回去。可你们是否知道，就是在那些衣冠不整的学生中，后来出了两个博士，四个硕士，还有十一个本科生，七个专科生，六个中专生，可绕山河是多大的地？绕山绕河，又穷又远，兔子过路不拉屎啊！那么多故事，我全写在了书里。……"

但现实却无比残酷。转眼一个月过去，送那么多书出去，特别是托人送出那么多的书，居然没有一个人向他回话，甚至连一条关于书的短信息都没有。刘海春心中不免有些失望，不禁在心里一次次发问："是我写得不好，还是他们根本就没有读啊？"

到了这个时候，刘海春终于觉得严肃老师的冷水泼得真是好，在人们的恭维声中，他发觉自己已经有些膨胀。但俗话说：拿人手短，吃人口短。这些天来他四处请客送书，人家白得你的书还受你吃请，能不说你好吗？可那真是一种好吗？不见得吧！

刘海春终于清醒了。严肃不仅是他的精神导师，同时还是他心目中的"天眼"，透过他这个瞳孔，刘海春可以看清这广袤的文学宇宙。严肃在给他讲小说之余，还常常讲到当下文坛的那些怪事："就说国内最顶尖的那些作家吧，写成个东西先让那些大刊大报抢先发了，得了稿费套了项目出了书，还要全国大大小小的媒体铺天盖地地宣传报道，各种选刊争先恐后发，各种排行榜竞相登载，写评论的更是排起了长队，还要这里开研讨会，那里搞首发式、签售式，还有读书会、读者见面会什么的，接着这里弄个创作基金扶持，那里又获个什么奖，还要拍电影电视广播剧专题片，稍稍有个响动，朋友圈里的信息便是铺天盖地……"

说起这些，严肃似乎也是一肚子气。"一个二个，都已经是那样的人了，还需要这么繁杂的推介、扶持和炒作？有时间你们也照顾一下我们这些小作者啊！"

刘海春不知道严肃是自谦还是着实心里有气，他同样已经是"那样的人"了，还有什么可抱怨的呢？他不敢像严肃那样抱怨，真要说是抱怨的话，那他抱怨的就只是自己的书没受到应有的关注。

冷静下来，他其实还是能想得通的，当年绕山河就是一个又穷又远的山村，像他这般年纪的差不多全是文盲和半文盲，把书送给他们，能指望他们读得出点什么来？还有当年那些和他一起耕耘乡间的同事，有的患上了病，有的都老得看不见、走不动了，而有的又钟情于旅游、健身，国内国外，常常几个月都见不上面，也有的像他一样到大城市领娃带孙，把书送到他们手中，差不多得要周转大半年时间。至于朱老师，刘海春也知道自他退休后，绕山河学校在短短五年时间更换了六个老师。朱老师来了还不满一学期，却一直在找关系调动。送他的书，他兴许根本就不屑一看。

想到这些，刘海春心里真是不好受。有谁知道绕山河小学在中国义务教育发展史上的重要意义？那可不是一个一般的教学点，它位于滇西两州交界之地，鸡鸣三县，这里不仅有绕山河村子里群居的白族和汉族学生，还有远处山头散居的彝族、傈僳族和苗族学生，后来又转来一个从远方被母亲带回娘家的普米族学生，据说他那普米族父亲已经死于一场矿难。那时初中毕业的他仅十五岁，说起来也就是个孩子，可他却一师一校履行着党和国家的庄严使命，不论再苦再累，都没有让一个学生失学。《四十春秋园丁路》，那可是新中国农村义务教育的一部断代史，于他何等重要？

这个时候，他开始觉悟，他需要一个高质量的读者，至少应该是严肃老师那样的读者，说上些有分量的话，那就可以号令群雄、一呼百应，聚焦所有人的视线了。

在经历一夜的失眠后，刘海春终于鼓起勇气给严肃打了个电话，吞吞吐吐，好不容易才向他说清事由，就是要请严肃老师为他的新书写篇评论。哪怕短短几百字，也是一种莫大的鞭策和鼓励……

话未说完，已是大汗淋漓，如同光着身子被人拉到烤炉里烘烤了一遍。他知道严肃老师的文字很干净，除了小说，几乎不写其他任何文体的文字。偶尔有一两个评论作品，写的几乎全是那些省里或是省外如日中天的大家。

他以为严肃老师会骂他沽名钓誉，不承想他却一口答应了，而且一点折扣不打。只是说要写评论，那得先把书读完。不巧自己手中正有一个长篇小说脱不了手，实在拿不出大块的时间来阅读，只能把这事暂且往后搁一下。

完了又让他问问老耿。可刘海春何尝不知道老耿是什么水平？到了现在，老耿早已失去了对文学的那一份初心，完完全全，就是一个穿着文化外套的生意人。

严肃似乎也感觉到了刘海春的失望，便耐下心来对他说："如今就是个自媒体时代，什么抖音、快手、微信、微博，甚至还有那么多的网络平台，任何人都可以把自己一夜炒红。如果说这些你都不会，那也不是仅评论一条路可走，可以搞个新书发布会啊！我看这个周末梅湖宾馆就有一个，主办方多次邀请我，限于自己的时间难以把控，我都婉拒了。你不妨去看一下，说不定你那书往那里一放，就爆红了！"

刘海春嘴里说我那书怕是登不了大雅之堂，心里却记了下来。好不容易等到周末，他匆匆吃过午饭，就带着二十本书来到梅湖宾馆，刚一进门，就被那气势给镇住了。开阔的大厅和中央舞台，一幅气势宏大的海报下面，一摞摞新书被摆成奇形怪状，如山如海，如雕如砌，俨然一件件精美的艺术品。各种媒体占据有利位置，黑压压的长枪短炮，据说还要搞网络同步直播，像是一场隆重的庆典。

刘海春在报到席上签了个名，一个漂亮的礼仪小姐就给他送了一本书。接过来一看，他有些自惭形秽了——塑封精装，烫金的书名，显眼的腰封，曼妙的插画，总之一本书精巧华贵，匠心独具，相较之下，自己那本书就似一个穷家孩子，三伏天里还穿着厚棉袄，灰头土脑，寒里寒酸，无论装帧、用纸、印刷和版式设计，都无法与人相提并论。他只能把自己那书给藏起来。

人渐渐多了起来，各种各样的嘉宾，有的西装笔挺，有的晚装礼服，大红大紫，在标着席卡的位置上坐下来，远远看到，便给人一种仪式感十足的尊贵。时间一到，读书会在妙曼的音乐声中拉开序幕，十几个孩童一起举着书，整齐地朗诵了书中的精彩选段，刘海春此时听清楚了，这是一本养猫的非虚构文本。

在动听的钢琴曲中，一个女主持人缓缓走到舞台中央，晃眼一看，还以为是主持《中国诗词大会》的龙洋，一段别开生面的开场白后，邀请作者上台。那是一个慈祥的女人，矮个，宽胖，短发，不戴眼镜，怎么看都感觉就是个普普通通的家庭妇女。她在创作分享中说自己是个外地人，几年前在梅湖边的海天别院买了个房子，一个人居住，便养了只猫，不想几年来的相处相交，让她一下子感受到了动物的灵性，便产生了写一本书的灵感……

接着在主持人的邀请下，几位嘉宾渐次来到台上，有两位甚至还从上海和北京飞过来，还有一位来自马来西亚。他们在交流中讲述了自己与新书作者的关系，其中无不表露出对其人格的景仰。最后的两位是从省城到来的，分别讲述了自己的阅读体验，又说到了和作者的交往，以及与主人公小猫的关系。接下来是互动环节，再之后是签名送书和合影。两个半小时，紧紧凑凑，气氛融洽。而且越是到了后面，越是高潮迭起，一位女粉还在交流中情不自禁地流下了眼泪，说自己被其中的某个细节给打动了，于是掌声雷动，久久不绝。

主办方还提供了丰盛的晚餐，但刘海春却没有吃。回到大街上，他有些不服气，不就是一只小猫吗？值得你们这么关注？那你们为什么不去关注一下山里的孩子？我那书里都写着呢，那时候他们甚至穿不上鞋，大雪天里赤着一双脚上学；有一年冬天雪载半山，六七个孩子只能和我挤一张床共盖一床被子。他们用不起文具盒买不起铅笔，作业本写完了把字写到本皮上还舍不得丢，但十几年后，这些山里娃有的成了医生，有的成了律师，有的进了央企，有的甚至出了国。这就是大山的奇迹，教育的魅力。你们都别忘了，孩子是祖国的明天，教育是民族的希望！

可不服气有什么用？发牢骚又有什么用？刘海春知道，这样的发布会他办不起。即便他拿得出钱，他能从北京上海和马来西亚请来嘉宾？能让那么多读者都读他的书？还能策划出那么多的话题？他唯一算是认识的作家朋友，或者说是高质量的读者，也仅仅就是严肃老师而已。可直到今天，他给刘海春的仅仅是一通批评，或许他连第一页都没有读过啊！

严肃老师曾经给他讲过，一本书的命运并不在一朝一夕之间。历史上有多少著作，是经历时间的删选和锤炼，方能真正成为经典。又有多少才华卓著的作者，最终甚至连个名字都不曾留下，比如《山海经》《黄帝内经》《古诗十九首》《金瓶梅》，以及日本的《源氏物语》……

可他马上又想，现在毕竟是个信息爆炸的时代，而且还是个快节奏的时代。你能指望这一千本书产生那样的效应？转眼之间，一个月又飞一般过去了，还有六七百本书码在他那蜗居里，没有人读，我出它干什么？

接下来一段时间，刘海春便继续打听各种读书会的消息。他相信参加读书会的应该都是读书人，在这个时代都是难言的知己。所以每当探听到读书会的消息，他都会血脉偾张、激动无比，带上二三十本书，早早出现在门口给人送书。

丑媳妇总要见公婆的，我不就是出了本书嘛，有必要这么遮遮掩掩吗？

他总感觉自己是个浴血沙场的战士，在每一次即将倒下的时候，有一个声音总在心里这样激励自己。但文化圈子他毕竟不熟，而他又是一个毫无影响力的作家。他穿着朴素，那副行头，一度让人以为他是超市门口发传单的。有人远远看到就把他给拒绝了，好像他手里给人送的不是书，而是病毒或是危险物品；也有人刚接过来，连看都懒得看上一眼，便随手丢进了垃圾桶，气得他当场就和人发生口角。有一次，他居然还受到新书发布主办方的严正警告，认为他那是有意干扰主题，混淆视听，如果还不把书收起来，就将他驱逐出去。

刘海春只能把书收好，静静地坐在后面关注别人的新书发布。可那竟是一个何其混乱的发布仪式。作者是一位退休干部，书写得不怎么样，请来的嘉宾几乎全是和他一样年岁的老人。于是到了互动环节，大伙所说的全是些与书无关的事，东拉西扯，有的还因为抢不到话筒而相互斗气，甚至上升到了严重的人身攻击。坐在最后一排的一个白发老头儿，居然直接站到了凳子上，清了清嗓便向大伙高声宣布："静一静，大家静一静！"旁边几个人稍稍静下来，就听他说，"下面，我给大家唱一首梅河山歌……"

话一出口，就再没人理他。可他还是站在凳子上头，自顾自地唱得无比陶醉。

刘海春终于明白，所谓的新书发布会，其实就是一个"卡拉OK大家唱"罢了，关键是你是否拉得来钱，又是否玩得出花样。

我那书可绝不是什么猫猫狗狗的书，也不是一本卡拉OK式的玩味之书啊！刘海春心里极不好受。那些年实行隔年招生，他搞复式教学，一个人得教三个年级，有时是一三五，有时是二四六，大大小小十几门课程，他没有让一个学生掉队，也从不放弃任何一个学生，教学成绩让山下的十几所村小一概望尘莫及，甚至有一年，他把乡小都考倒了。这就是我一辈子的人生之书啊！可我写的不仅仅是我自己，还有我的学生、我亲爱的山村人民，它对我这一生何等重要！对于一个山村、一代人也何等重要！

九百本书终于送出了大半，但依旧没人有丝毫评价。他感觉自己像是往一个深谷里投下一把碎小的石子，却连个回声都听不到。包括严肃也没给他回电话，刘海春自然不敢贸然去电话打断他的写作。周末又有一个读书会的消息传来，他忍不住又去了一次。不想这次的收获，是他终于打听清楚，相关部门也可以为他承办一个读书会。当然他得先交一定的钱，并且按他的出资情况，安排一定数量的评论家，邀请各种媒体，甚至邀请更高级别的访谈嘉宾……

这不挺好的事嘛！刘海春有过拮据的时候，并且直到现在手头依旧很紧，梅城这房子的贷款至今没有还完。但对于钱，他还是看得比较开的。有句话是这样说的："这个年代，能用钱摆平的事，都不是事！"如果他这书也能像那本养猫的书那样受人关注，即便多花些钱，也不是不可以啊！

当然他不能向小松小雪开口，也不能向老伴开口。这钱的事他必须自己解决。可他到哪里去找钱呢？总不能到工地打短工、做零活吧？一来他早没了那个力气，二来也没有什么技术啊！这个时代，花苦力其实是最挣不来钱的。

刘海春陷入了苦恼。但很快，他就想到办法了。梅城这房子老这么闲置着，实在也是一种资源浪费，他完全可以将之用来出租，假若以后从省城回来，老城区那房子，将就一下还是可以住的嘛！

想到这些，刘海春不禁欣喜若狂。第二天一大早，就下楼找到中介，把他的房子挂了出去。不想当天下午，中介就带人来看房了，那是一对刚从学校毕业不久的年轻人，已经领了结婚证，所以他们对租房之事特别着急。彼此都是爽快人，于是房子的事就这么定下来了。临了还给刘海春交了一千块订金。

两人走后，刘海春迅速来到了梅湖宾馆找到梅城读书会，把他刚收到的一千块订金预付给了人家，同时还带去了十本样书。具体细节还未谈，但这不是刚打了个呵欠，就遇到了枕头？已经没有比这更好的事了。

出了梅湖宾馆，天已经快黑了，但他却没有直接回家，而是打了摩的，往老城区赶去。他想他还是先去老房子那里打扫一番吧，说不准什么时候人家催着搬家，就不用那么着急了。

他兴冲冲地来到老房子门前，把门一开，却傻眼了，一栋两层的小楼，不知在什么时候已经塌了大半，残砖断瓦、泥沙土木，填满了狭窄的天井，还把一棵粗壮的柿子树活生生地压断了。这房子还能住吗？他后悔当年没有及时修缮那小小一个塌口，以致今天酿成大错。可这毕竟是他的出生之地，他在这里长大，在这里成婚，在这里生养了小松和小雪，他还一直期望这老房子能成为自己和老伴的终老之地！

他承认这房子的确是有些老了，当年，他还曾经组织过一次大修，那时康福家爹还当村长，听说刘老师家房子塌了，一大早组织村民往山里一走，用半天时间便砍了十几根梁柱再从山里运送下来，半途之中，有一个村民还扭伤了腿。山里人都是这么善良，你对学生们好，乡亲们几十年都在心里记着呢。

刚坐下来，他又想到了那套即将出租的房子，关键是他还收了人家订金，接着又把订金送到了梅湖宾馆。他是一个老师，一辈子行得正坐得端，向来都是一口唾沫一个钉，怎能到了这个时候就没有了诚信？

怎么办呢？怎么办呢？万千思绪，在这时一起挤进他狭窄的大脑，都快要把他的一颗老迈的头颅给挤爆了。

刘海春记不得自己是怎么回到家的。第二天刚起床，他就接到梅城读书会的电话，一个柔和的女声，兴许就是那个长得像龙洋的主持人。在做过简单的自我介绍后，就委婉地说，他那本《四十春秋园丁路》的读书会不能做了。刘海春以为是钱的问题，刚要声明自己可以加钱，电话那边就直截了当告诉他，他那本书是非法出版物。他有些不甚理解，那边终于把话说明了：他的书用的是假书号。

电话里的声音耐人寻味，似是嘲讽，又像是嫌恶。他顿时感觉有些崩溃，立马拨了老耿的电话，可居然成了空号。他于是又联系了设计师，当时也是老耿给他介绍的，他那封面刘海春还单独支付了两千块钱。不想电话一接通，设计师就在那边骂出了粗口，原来老耿多年来出了大量类似的非法书，工作室已被查封，人也被警方控制了。可他还欠着设计师一大笔设计费呢!

电话那边尚未说完,刘海春就感觉天旋地转,差点一头栽倒在地。这是一个多么大的笑话!他一个老师,一辈子教书育人,为人师表,堂堂正正,可到头来,他的一本自传体小说居然成了非法出版物!这何止是笑话,说成是欺世盗名也不为过。

"老耿你骗谁不行,为什么非要骗我?你这么一被抓,我那书怎么办?总不能就这样变成一堆废纸吧?那可是我一辈子的人生总结,为这本书,我花了那么长时间,花了那么多钱!甚至好几个冬天,我都喘成那样,连命都差点一起赔上!……"

刘海春眼里总有泪水不停地打转,嘴里也在一刻不停地嘀咕,心里更是绝望到了极点,干脆窝在床上不想起床。直至第二天早上,他依旧这样昏昏沉沉,有气无力。肚子当然早就饿了,但他还是不想起来。

手机信息声响过好几次,刘海春都懒得搭理。信息声便渐渐停了,可过不了多久,又重新响了起来,如同一群欢快的小鸡,足足半个小时过去,还一直叽叽喳喳,响个不停。刘海春觉得实在刺耳,终于还是艰难地起了身,取过手机点开一看,才发觉自己不知什么时候被拖进了一个群,而且群名就是他的书名:"四十春秋园丁路"。再一看,里面全是那些他熟悉的名字,一个个他一天天看着长大的学生。

没错,那是学生们为他建的群。群公告这样说:"康福告诉我,咱们老师出了本书,《四十春秋园丁路》,我让小松师弟把原稿传给了我,这一看就放不下了,简直像是一部记忆的影片,把我带回了遥远的绕山河,带回那个充满艰辛却又无比温馨的读书时代。从今天起,我将之放在我的公众号连载,大家一起阅读、分享、扩散、点赞,有什么感想,就直接留在群里。"

群主正是康福的大哥康才,刘海春的学生中一个非常吃香的媒体人，这么多天来，刘海春找过多少人，居然从没想过要找自己的学生。康才这孩子从小就是个天才，看他那微信做得多好，里面还有那么多当年的旧照片，简直让人如临其境。

群里的互动还在继续。开头都是些祝贺的话语，接下来的留言却如同汪洋洪水，足有几百条之多，刘海春连看都看不过来——

"看到老师亲切的文字，记忆的闸门一道道打开，似乎感觉刘老师又站到了讲台上给我们上课了。我永远不会忘记他手把手教我写字的情景，更不会忘记他身上那种充满亲切的味道。他那么博学，那么和蔼可亲，那时我感觉这天底下就没有他不认识的字，也没有他不知道的事情！"

"刘老师身上不仅有父亲的严厉，还有母亲的善良可亲！他打过我们，那是因为我们为几个果子破坏了别人家的庄稼地，他也深深抱过我们，那是因为冬天里我们的被子不抵寒，他把我们六七个住校生一起裹到他的铺盖底下，那张温热的大床，曾经陪伴了我们整个童年！"

"那时山里还不通路，开学时刘老师到十几公里以外的山下领教材，半途遇上大雨，前不挨村后不着店，他把雨衣裹到书上，自己却那么淋在雨里，直待大雨停了，才又继续摸黑赶路回来，居然没让我们的书破损一本！"

"刘老师不仅教给我们知识，还让我们知道忠诚爱国，记得有一个星期一上午，山洪暴发，全校十几个学生，只有我一个人到校，他没让半天时间荒废，拿起课本就给我一个人上课。对我一个人讲，竟好似对着几十个人讲。课间休息，他就给我一个人升国旗，我们师生俩一起唱国歌——'起来，不愿做奴隶的人们……'每当想起那庄严的情景，我都会泪流满面。"

……

　　刘海春很快看湿了眼睛。这何尝不是一个精彩至极的新书发布会。而且学生们的留言，远比那些来自北京上海和马来西亚的嘉宾真诚得多。可他的书如今成了一本非法出版物，他是一个老师，在课堂上，他不厌其烦地告诫每一个孩子，要干干净净做事，堂堂正正做人，然而现在的他却似乎变成了沽名钓誉、欺骗学生的人了。

　　他一时间悔恨万分，便战战兢兢，用颤抖的手指在屏幕上写道："同学们，老师骗了你们，老师这本书也不干净啊……"

　　一行字写完，只感觉鼻孔一酸，泪如雨下。

　　这一下，所有人都知道老师出书被人骗了，便一起声讨起了那不良书商。之后又有人提议一起筹资，重新为老师把书出出来。说时迟，那时快，已经有人把红包发到了群里。

　　刘海春赶紧让学生们打住："孩子们，停！停！赶紧停下，可能你们都不知道老师出书的真实意图。我一直听说，绕山河学校要被撤并了，从此山里的孩子读书，全都要被送到山下十几公里外的中心小学住校，那么小的孩子离开家庭，要受多大的罪？他们会不会每天洗脚和铺床叠被？身体难受或是心灵受挫的时候，他们又找谁来抚慰？老师这一本书，不是为了标榜自己，而是要让全社会都知道，有绕山河这样一个偏远的高寒山村，在咱们那样简陋的课堂上，四十年来走出了多少励志好学的孩子。我最大的愿望，就是想让他们把这学校给继续留下！"

四顾隐庐

一

镇上的公益讲解员顾文清写了个辞职报告，就愤然回家去了。大坪镇党委书记李玉庚一听，在第二天中午便独自来到镇子边角的隐庐，看望这位德高望重的地方文化名家，不想却吃了个闭门羹。甚至短短一个星期内，这位亲民干部居然被顾文清的家人连续三次拒之门外，他于是不得不来了一次现代版的"四顾隐庐"。

以下是李玉庚第一次到达隐庐时，被顾文清孙女顾欣然拒访的理由——

"李书记，我首先对您的到来表示真诚的感激。但是对不起，今天我不能放您进去。这几天是'五一'节假，我们正好也在家，但我爷爷昨天中午从镇政府回来，就把自己锁在房里，喊不答，叫不应，甚至连饭都不出来吃。直到天色完全黑透，依旧不见出来。我爸担心他身体不适，就从窗子里探身爬进去（您知道我家住的是那种木土结构的老房子），拧开电灯再把门打开，才看清他好似一尊木头，傻愣愣地坐在床边的书桌前。我爸刚开口叫了他一声'爹'，就被他一口骂了出来。

"您和我爷爷熟悉，应该知道他其实是一个非常亲和的老人，不仅学识渊博，还时时处处严于律己、宽以待人，在我二十七年的人生记忆中，他几乎从未和任何人红过脸。对待家人则更是那样。他那清癯的面孔、慈祥的笑容，一口极富磁力的男中音，一开腔就让人感觉充满了慈爱。可谁能想到，他竟有那么大一腔怒火，把我爸骂得灰头土脸。当然都是一家人，我们也不在乎脸面的事，关键是他已经整整一天一夜不吃不睡，真让人担心他那身体是否还扛得住。要知道直到现在，他的体重还不到五十公斤。

"古人常说：人生七十古来稀。过了这个春天，我爷爷便已是七十三岁了，他这一辈子，几乎不曾长时间地离开过大坪镇。据最新的人口普查数据，咱们镇子的人口已经超过一万，如同一条时间的大河周而复始，该老的老该去的去，新生的婴孩又源源不断汇入那条无形的长流之中。这岁月的长河，演绎的是大坪镇淳朴的民风、多彩的民俗、悠久的历史和光辉灿烂的乡土文化。但所有这一切，似乎也只有我爷爷能理得清楚，道得明白。包括镇子上九街十八巷一千多座古房古院，那条通行于滇西大地同时又串联起大坪镇子的茶马古道，以及那么多大大小小的马帮故事、商铺故事、工匠故事、美食故事、忠孝故事、文武进士故事和大义大勇的故事，充满喜怒哀乐、悲欢离合，也只有他老人家才说得清楚。特别是在那个风云变幻的年代，镇子上的那些仁人志士前赴后继，有的参加过靖国战争，有的参加过北伐战争，有的参加过二万五千里长征后又参加了抗日战争，有的参加过解放战争和抗美援朝战争，还有的参加过对越自卫反击战……毫无疑问，这就是大坪镇最光辉最自豪的儿子，用自己的铮铮铁骨，尽显了边地儿郎忧民报国、敢为天下先的雄才伟略与使命担当，当然也只有他能像说书唱大戏那样理得清道得明。所以您和镇子里的老老少少，都把他说成是大坪的'镇里通'和

'活字典'。

"说到这里，我们得要对您说一声深深的感谢。在我印象中，您来大坪镇工作的时间不算长？对对，也就是两年多吧！我们回家的时间也不太多，但在家乡父老的口碑里，您是个实实在在的好领导好干部，亲民爱民，务实实干，没有什么花架子，又特别礼贤下士，尊崇文化。所有这些事，镇子里的人都看在眼里，念在心里。而和我爷爷，你俩更是一见如故，于他甚至可以说是一种知遇——说到底我爷爷仅仅就是一个读完初中的农民，几十年人生，他种过庄稼卖过牛马，做过烟酒生意也开过饭店，当然只有我们自己才知道，那些都不是他的人生追求。他之所以把房子取名为'隐庐'，就是想在人生的晚年'躲进小楼成一统'，好好钻研出一些学问来。

"但他最终放弃这一念头，完完全全是因为您的到来。我爷爷是伴随着共和国的脚步成长起来的，出入大坪镇的党委书记和镇长以数十为计，当然也只有您，能够耐下性子坐下来，花上几个小时听他讲古述今。所以我爷爷——一个年逾古稀的老头儿，就是在前年春节前主动向您请缨，当上了这个公益讲解员。

"我们一直觉得，这讲解员职务差不多是他的第二次生命。我奶奶您没见过，但他们可是绝对的恩爱夫妻，几十年来举案齐眉，相濡以沫。然而自打三年多前我奶奶突发疾病去世，我爷爷便一下子萎靡了下来。那时我爸还考虑是否把他送到梅城我大姑二姑那里休养一段时间，或者给他物色一个保姆来照顾。

"可正是这个公益讲解员职务，让他焕发了新生。两年多来，他可谓起早贪黑，尽职尽责，任劳任怨，一丝不苟。这几年间，大坪镇的旅游真是做起来了，特别是散客旅游空前火爆，每天都有不同着装不同语言不同肤色的游客从八方拥来，面对不同地域不同职业不同文化层次甚至不同宗教信仰的各路旅游者，我爷爷不计报酬，不辞劳苦，克服方言口音等方面的先天不足，还坚持把听广播和看新闻联播当成每天的必修课，甚至还像个孩子那样苦练普通话，到了讲解岗位，总是热情洋溢，激情澎湃，而且知无不言，言无不尽，尽可能把自己大脑里储存的知识都讲给那些旅游者，把一个充满文化历史和真情故事的大坪还原给八方游客。甚至有一次，为陪同几位文化研究学者多看一种老格子门上的雕花，他在晚上十点钟，还空着肚子陪着客人徒步穿越两公里长的镇街，到达镇子边缘一座年代久远的古建筑内……

"梅城是国家级历史文化名城，咱们大坪镇也是国家级历史文化名镇，九街十八巷，留下了太多让我们深为自豪的地域文化。当然这'文化'二字，包含的内容实在是太多了，比如历史文化、民族文化、本土宗教文化、语言文化、马帮文化，还有饮食文化、商贸文化、服饰文化，甚至还有木雕文化、石艺文化、黑陶文化、建筑文化、彩绘文化、民族工艺文化，等等，为了方便游客记忆同时也方便自己讲解，他还按照我们大坪古镇的传统口头文学格式，撰写了一首歌，好像是这样唱的：

大坪是个好地方，
背倚群峰面临水。
坝子平展风物盛，
桃红李白谷米香。

大坪是个好地方，
千年文脉远流长。
古道一条通万里，
汉白彝回如一家。

大坪是个好地方，
田园阡陌古风存。
状元惊叹留诗画，
霞客寻踪记盛名。
……

"他用蝇头小楷工工整整写了两大本，配上三弦，转换成为我们镇子的方言形式，则更是朗朗上口，可以说还可以唱，如今早已被前赴后继的游客传唱到全国各地。事实上我爷爷还是一个仪式感非常强的人，直至今天他都还生活在浓浓的古意里。去年冬天，他按照咱们大坪镇的旧俗，请裁缝店的老大娘给他缝制了一套古装，纯蓝本色，穿在身上，像极了秋冬时节湛蓝的湖水，纯纯洁洁，干干净净。他每天一大早准时出现在镇子中心，就是一道游动的风景。

"可我们怎么都想不到，昨天清早，他随意吃了点早饭，便换上蓝色外衣急急出门，他告诉我爸说镇政府领导给他打来电话，让他去接待一位来自省城的知名作家，争取要用他详尽的导游介绍，给作家留下些深刻印象，待将来请这位作家为大坪镇创作一首诗、一部戏，或是一部厚重的长篇小说。

"我爷爷一出门就感觉这任务实在有些重大。按说在此以前，他也接待过一些文化名人，但却没有一个像政府领导在电话里说的那样天大地大。而且他又不是作家肚子里的蛔虫，怎么知道哪些话能够触动作家内心深处的灵感？又如何保证让他在镇上走上一圈，便能挖出一部书或是一部戏的素材？

"您是咱们镇上的领导，并且一直以来都那么平易近人，但有些意见我还是要向您提一下。我在梅城也是做文化的，因为读书时间较长，至今参加工作也就一两年时间，但我却深深知道，这世间的万物，唯有文化是靠时间来积淀和涵养的。这就好比地底的页岩，得要靠漫长的光阴，经历沧海桑田的时空变幻方能演化而成。换句话说，历史上那么多才华横溢的文学大家，什么李白、杜甫、白居易，还有昌黎、易安、东坡、曹梦阮，若不是经历数千年中华文明的影响、熏陶、滋养、培塑和浸润，同时还有九州山河的感染和陶铸，以及人生遭际的辛酸磨砺，他们笔下不会有那么多壮美雄奇的诗章。同样，在岁月长河中留存下来的大坪镇，被誉为茶马古道上唯一幸存的古集市，被列入'世界濒危遗产'，细数其中的一楼一坊、一路一桥、一门一阁，甚至一砖一瓦、一沟一河、一草一木，以及一人一马、一饭一菜、一茶一酒，哪一样不是浸满上千年的光阴沉积？

"偏偏我们现在的人，就是慢不下来，比如开车，习惯了高速公路上的风驰电掣，来到边远偏僻的山沟小道，也想来个急速起飞。工作之余，其实我也是个无比痴迷的阅读者，但我深深地知道，世界上那些真正可以称得上伟大作家的人，比如马尔克斯、奈保尔、福克纳，尽管一辈子都在写一个邮票大小的地方，但他们哪一个不是在漫漫时光长河里经受刻骨铭心的人生际遇或精神洗礼，才真正写出了惊天地泣鬼神的时间巨著？所以我怎么也不能理解，仅凭一次走马观花似的旅行，就能写出一部厚重的大书来？

"然而我爷爷明知这事不能行，但他最终还是出门了，迎着呼呼的北风，好似荆轲西行一般充满了壮烈。果真这一次艰难的行程，不知是触到了什么电流，仅仅半天时间回来，他就变成了那个样子，痴痴呆呆，不吃不睡。要说李书记您也是个日理万机的人，但您也不能听任这事就这么摆着，好歹替我们过问一下，是否那作家腕太大，是否因为我这位可亲可敬的爷爷触犯到他的什么神经，居然把一个七十多岁的老人折腾成这个样子？"

二

李玉庚书记被顾文清二十七岁的孙女拒之门外，却始终放心不下，两天之后，他再次寻到隐庐，依旧没能见到顾文清，接待他的是顾文清的孙婿，一个从外地来的年轻小伙。他是陪同自己的新婚妻子回来度假的，对李玉庚倒也客气，只是他遵照岳父大人和妻子的意愿，同样没把李玉庚放进屋来，结果两人就在门口聊了大约一个小时。

"李书记好，我叫刘长卿，北方人，读大学时和欣然一个班，最终为了爱情，就留了下来！当然这也挺好的，我喜欢咱们云南，也喜欢这古意浓浓的大坪小镇！……是、是，父母给取了个大诗人的名字，其中也寄托了他们的一种美好期冀。但说到底还是有些惭愧了，我是学经济的，对文学艺术不是不热爱，而是根本谈不上兴趣。我能说到最文化的事，也就是背一下'床前明月光，疑是地上霜'之类，或者背一下和我同名同姓的那位被称作是'五言长城'的唐代大诗人的'日暮苍山远，天寒白屋贫'。

"怎么说呢，我爷爷——准确地说是欣然爷爷太认真了。我承认他是咱们大坪镇上一张不可或缺的文化名片，是真正懂得这块土地民间礼俗和传统文化的权威专家。但我感觉他实在太过天真，单纯得甚至有些可爱。或许是因为没有真正去过外面，所以只知道埋头造车，不知道抬头问路，只凭自己的主观臆断去看待所谓的文化，从未考虑过如今的年轻人都喜欢什么、追求什么。推动大坪镇旅游和文化发展，真正的手段又是什么。

"是的，现在的生活节奏实在是太快了，特别是我们生活在大城市，一大早起来便开始在密集的车流人流中赶车赶点，再钻到火柴盒一样大小的写字楼里打卡上班，好不容易一天紧张的工作结束，又在密集的车流人流中继续赶车赶点回家，钻进同样和火柴盒一般大小的蜗居，如同胆怯的秋虫蛰伏一眠。年复一年，日复一日，周而复始的生活起居，压抑已久的心灵需要解压，需要释放。所以年轻人希望回归的是充满野性的自然，比如汹涌澎湃的大海，但他们的放松方式可不仅仅是在蔚蓝的大海边驻足拍照，而是日光浴、游泳、潜水、冲浪，说具体了就是一个实实在在参与和放松的过程。当然也可以到那些无人问津的处女峰露营、攀登、穿越，在星光和月光下体察山野的味道，聆听万籁俱寂的夜空……

"我不知道您是否理解我的意思。我要表达的是：现在的年轻人是一个主观性很强的群体，他们为美食而游，为比赛而游，为音乐而游，为爱情而游，为尝新而游，总之各种各样的目的和愿望，都希望在旅途中得到张弛和释放，在体验中得到表达和表现。如果仅仅就是为旅游而游，那他们也只喜欢那些浮光掠影和走马观花，选一个地方打个卡拍张照，就算完事了。再说咱们现代生活的节奏，一天时间，坐上高铁能把长三角游个遍，谁还愿意让你一个老头儿，吧啦吧啦地在某座照壁下面唠叨半天，又在某座古桥前面讲个不停？这么几年和欣然回来，其实我最怕的就是这些。但老人家却沉湎其中，为了那份没有工钱的工作，几乎每天天不亮就出门，旅游旺季有时居然还要带个小饭盒出去，风吹日晒，喝凉水，吃冷饭。冬天还好，游客不多，关键是夏季，一个暑假过完，他一张脸晒得好似黑炭一般，在灯光下面都让人看不清表情。然而就这样，欣然也乐意，或者说和她爷爷一样沉湎，我自然也不好去破坏他们的那份自恋与沉醉，默不作声，装装样子，也就过去了！

　　"有时我也纳闷儿，其实凭我爷爷肚子里的学问，他完全可以自己写一本书，写一本关于大坪镇的书。这事其实他自己也喜欢。刚和欣然谈恋爱那会儿，我来家里也曾见过他写过那么多的零散文章，大篇小篇，在报纸上发表后被他剪下来贴在笔记本上，足有十几本之多，饮食、民俗、建筑、风物、对联、古歌、谚语、民谣、历史人物、神话故事……合在一起，那可真正是一本属于这镇子的大百科全书！

　　"那时我对他实在充满了佩服和惊叹，因为说到底他只是一个农民，听我岳父说，曾经有一段时间为了生计，他在大坪镇开了一个书写小屋，帮人写写对联、书信、礼柬、祭文、告示，或是代人刻块碑，做个铭文，当然也会做个甲马之类的工艺品出售，恰恰是这段特殊的经历，让他对大坪镇的文化无比谙熟。真正让我惊叹的正是他的勤奋，因为早年生活的艰辛，我无法想象他在什么时候写作。因为我父亲也是一个业余作家，包括如今欣然在余暇假日也喜欢写作，灵感一来，便常常伏案不起。但作为家属，我是知道的，比起那些专业写作者，他们没有大把的时间，甚至还没法查阅资料，没法深入一线采访调查，好比一个憋蛋的母鸡，想要下蛋的时候找不到地方，真正有时间偏偏又找不到灵感。那时我也曾看到当年我爸在下班回来夜深人静的时候，独自待在狭小的房间里苦思冥想，却无从下笔的情景。

　　"当然我说这么多，其实只想表达一个意思：人家省城里的大作家，说不定根本没把咱爷爷当回事，既然是政府安排的讲解员，不好推拒，装装样子，彼此应付一下也就过去了。所以我们可以想象，大作家对他的讲解不作评价，也不作任何表态，冷冷淡淡，也许那就是人家的性格，没有点城府，怎当得了什么大作家？实在是我爷爷太把自己当回事，非要别人的一些主观评价，非要人家心悦诚服地拍手叫好，你说这不是为难人家吗？

"当然从职业的角度来说，这不叫矫情，而是一种心理暗示和需要。就比如戏台上的角儿、讲相声和演小品的演员，需要台下的观众时不时地给他一些喝彩和掌声，说到底那就是一种互动、一种心理默契。所以说是观众成就了演员，而演员则成就了剧目。我爷爷自然也需要听众对他的成就。偏偏我们的大作家不懂人间风月，也不懂得'礼失求诸野'和像您一样的礼贤下士。当然说到这里，我不禁要问：他是什么地方来的作家？果真需要那个'大'字，才能衬托得出他的地位和身份？

"其实我说的也是些外行话。我是真不懂文学的人，记得在读高中的时候，就听我们语文老师说过，中国文学及至鲁迅，便已是穷途末路。当代文学更是一派狼藉，争名夺利者多，兢兢业业写作者少；心浮气躁者多，而踏踏实实慢下心来写作钻研者少。为什么我们的时代出不了大师，说到底就是我们缺乏慢的节奏，忘记了慢工出细活，忘记了世间所有伟大作品，都必须经历光阴的锤炼。有人曾经说过，生气是拿别人的缺点来惩罚自己。面对这样一个心浮气躁的人，我爷爷实在用不着庸人自扰，和他斗气。书记您放心回去吧，我会好好开导欣然和岳父大人，让他们一起好好劝劝爷爷，相信过不了几天他自会好起来的!"

三

三天之后，李玉庚书记再次来到隐庐。早前两次造访，他要么被顾文清的孙女顾欣然推拒，要么被他那个大头孙婿谢绝，但顾文清始终是因为公家的事受的委屈，不论怎么说，他一定得要见见他老人家。而这次，接见李玉庚的是顾文清的儿子，在大坪中学教书的顾秉钧。

学校与镇政府仅一墙之隔，抬头不见低头见，他们其实早就熟悉了。顾秉钧人倒是和气，但依旧没把李玉庚放进家门。

"玉庚书记，您太记挂了。事实上您都不用来。前两天女儿女婿告诉我，之前你来过两次了，居然被那两个不懂事的孩子拒在门外，我都严肃批评了他们。做事没轻没重，这样对待咱们可亲可敬的'父母官'，成何体统？

"您比我闺女大不了几岁，我一直把您当作是我自己的子女。跟您说句心里话，到了今天我终于可以放下心，老爷子真的好多了。晚饭也吃了一大碗，现在已经睡着了。好几天都没有这么畅快地睡觉了，就让他好好睡上一会儿。咱们一起到外面走一走，边走边说，有些话，还是不能让老爷子听见。

"其实他身体一向好得很。要不是这么几天连续不吃不喝不睡，我其实也用不着这么紧张。到了现在，我终于明白老爷子患的其实是心病。那天被省城里的大作家一路冷遇，后来到了饭点，人家大作家居然连政府安排的午餐接待都给谢绝了，说走就走，车门一摔，电门一开，一脚油门下去，一辆奥迪车便以长征火箭的速度，哗一下子不见了踪影。老爷子被晾在后面，要不是被土灰油烟呛得一阵咳嗽，还傻愣愣地瓷在原地。后来就跟丢了魂似的灰溜溜回到家里。事后我告诉他，兴许人家真是事忙。但老爷子总是一根筋，听不进劝。回答我说饿了吃饭，困了睡觉，本来就是那么天经地义。再说那时饭点都已经过了一个小时，大坪镇被包围在滇西十万大山之中，哪怕你车子再快再好，出了镇子，不开两个小时你就别想吃饭。

"所以这些天来，他一直都在检讨和反思，是否自己的解说不精彩不生动不详细？于是连续好几天都在和自己斗气。好不容易在昨天下午，他把当天的解说词顺着游程，在脑海里完完整整地默溯了一遍，终于发觉，自己的确没什么错漏，也就释然了。我想这只能说是知识分子的一种通病，憨直、清高、偏执、沉湎、傻气，您不用太挂心，今天晚上让他再踏踏实实睡上一觉，兴许明天就能重新上岗了。

"要说我们还真是要感谢您！是您给老爷子安排了这样一个公益讲解机会。早年生活困难，他自然也是勤俭了一辈子的人。不论做生意还是搞文墨，都是小本买卖，挣的也都是血汗钱。后来咱们兄弟几个读书成器，作为老大，我其实是其中最差劲的一个，但也读到了师范毕业。十九岁那年走上讲台，到今天已经当了三十二年的教师。三年一个轮回，课堂上毕业的孩子成百上千，教学成果得过县市表彰，去年还晋上了副高职称。剩下的老二老三老四，也全都大学毕业了，有的留在梅城工作，有的在省城搞科研，单从这方面来说，咱爸这一辈子，其实也是有成就的。

"但遗憾的是他自己没读上几年书，所以他最看中的还是学问。在咱们大坪镇，已经算得上是绝对权威的地方文化名家。也正是因为他肚子里那一腔沉甸甸的知识学养，才被镇党委政府聘作公益讲解员。我跟您说实话，这公益讲解员真是好啊！因为这个职务，让他思想有了寄托，我母亲去世三年了，他们老两口一辈子相濡以沫，这对他的打击可是挺大的，恰恰是因为镇上的公益讲解，得以接触来自全国各地的来宾游客，让他从强烈的悲痛中解脱出来，同时让生活重新充满了乐趣。要紧的是可以锻炼身体，有些真正求知若渴的客人，央着他这里看那里看，有时一整天看下去，差不多得走出两三万步，那可不亚于走了十几公里路！

"再说这公益讲解，就跟正式工作一般，得要定时准点，让他的生活有了规律。您也知道，我爸是个闲不住的人，如果没这差事，那他必定会每天都把自己锁在家里，不是读就是写，其实他那眼睛早就没有多少光感了。我们也鼓励他去老龄协会，寻当年的老伙伴一起散散心、聊聊天，可那些说得上话的，有的早已经故去，有的被子女接到了城里。

留在镇上的，有的沉湎于棋牌麻将，有的喜欢每天吹拉弹唱，他融不进任何一个群体。就这样闷在家里，我还怕他迟早闷出个老年痴呆症来！

　　"我们最看中的还是他对大坪镇的热爱。他出生在镇上，一辈子也生活在镇上，那九街十八巷，如同人体筋脉一般细密，其中那么多无以计数的老门老井老屋老树老桥老牌坊，只有他说得清历史、说得出门道，就说咱们这大坪镇的姓氏，也是一门极具地域特色的民族文化，居住在镇子上的白族或汉族人家，都喜欢用一些隐喻性极强的语词，来表达自己家庭的姓氏文化和家风志向，比如姓李的自称'青莲世家'，姓王的称作'三槐仕第'，姓姜的称为'钓渭家风'，姓张的是'百忍家声'，姓杨的是'清白传家'，姓赵的是'琴鹤家风'，姓尹的是'京兆遗风'，再比如有些门庭悬着个'科甲第''进士第''翰林第''将军第'等等，让人望而生畏，却也能一目了然。可偏偏有一个杨姓家庭，却在自家照壁上写了'荆田在望'四个字，转眼几百年过去，出入那个旧宅的游人不计其数，当然也只有我家老爷子说得出渊源，称那是一个以农耕和赶马为主业的家庭，而且两项事业，都可谓煌极一时。一个解释说得那么多寻访者无不叹服！

　　"由此可见，老爷子的讲解，自有他的独到之处，当然这是因为他七十多年人生，有着丰富的知识积累和光阴积淀，同时因为他手不释卷，再苦再穷的年月，都始终志向不改，坚持与诗书文章为伍。我知道他从心底热爱这片土地，对镇子上的建筑、饮食、民俗、风物、特产如数家珍，可惜时光如逝，许多老房老屋年久失修，有的变得闲置，有的就那么倒塌了，有的则被主人拆了另建，老爷子看得都心疼。但有些年轻人，你根本说不动他。他们不懂门壁上的雕花，也不懂屋脊上的瓦猫，看不来那些古色古香的壁画和彩绘，更体会不出一座座老房身上蕴藏的重要文化价值，你劝他不要拆，他却以为你嫉妒他挣到了大钱，反而把一栋新房盖得更加高大新潮，说实话那就是在斩断历史、切割光阴啊！所以我爸充当这两年多的公益讲解员，说到底也是一种文化的推广和历史的普及，用自己的身体来做咱们古镇最忠诚的卫士。这么个事，他做得舒心，也做得沉湎，我们应该支持他才对。

"今天您来得正好，我还想托您个事，当然这事也不难办，就是您或者镇上的领导，得设法编个什么事出来，给他一个圆满的解释。说具体了就是咱们要编一个善意的谎言，比如说大作家是个骗人的家伙，或者根本不是他本人前来，在我爸的学问面前穿了帮，慌避不及逃窜了之类，总之千方百计要让老爷子心安下来，千万不要让他以为那是因为自己学养不丰、讲解得不够好之类，总之要做得有理有据、合理合情，让老爷子在不知不觉中释怀解脱。"

李玉庚接口说道："我懂你的意思，其实今天我也是为这事来的，事情的始末，我基本已经调查清楚了，正要来跟老爷子解释一下，既然他现在已经睡下，那我还是明天再来吧，好好和他再聊一下！"

四

第二天下班以后，李玉庚书记再次来到隐庐，终于和顾文清老人见上面了。短短六七天时间，感觉顾文清差不多瘦脱了形，他心底不禁一阵揪疼。赶紧上前一把握住老人的手，两人就在顾文清家里一夜长聊，说明前因后果，终于让老爷子悬在心里的石头放下了。

"顾爷爷，这些天真是苦了您了。这事情始末，我在昨天已经打听清楚，我今天前来，也是要向您道歉的。道什么歉呢？其实可以说是我们党委政府的决策有些操之过急，缺乏深入的调查研究，反倒使一些所谓的好事适得其反。都说'文化搭台，经济唱戏'，能够使一个地方的发展相得彰显，甚至因为文化的繁荣带动一个地方经济的繁荣。您阅读广泛，并且长期做文化研究，应该知道绍兴、李庄、乌镇、湘西、周庄、高密、商州等等这些名人故里，一个文化名人对地方经济发展的重要意义。事实上也正因如此，古往今来，有太多的地方因为某一部书或是某一篇文章而声名鹊起，甚至几百几千年过去，依旧还是这个地方最美的广告词。比如范仲淹笔下的洞庭湖、王勃笔下的滕王阁，还有金庸在《天龙八部》中写到的大理、詹姆斯·希尔顿《消失的地平线》中写到的香格里拉、埃德加·斯诺《马帮旅行》中写到的云南旧事……

　　"近些年，则是因为影视业的迅速兴起，一部剧带活一座城的现象可谓屡见不鲜，比如《木府风云》带火了丽江，《三生三世十里桃花》带红了丘北，《去有风的地方》带火了大理，我们也希望咱们大坪镇，因为哪部书、哪部剧让知名度和美誉度一下子提升，让经济发展一跃而上。

　　"然而我们好不容易联系上的这位作家，最终也没有真正同意来写。只是说恰好手里刚有一个作品杀青，那就带着女儿来镇上走走，假若真有了灵感，那签不签合同，也肯定是要写的。哪想来到之后，她一直都在和女儿闹矛盾——我也是事后才知道，原来这是个女作家，取了个男性的笔名——问题的症结，就在于女儿三十四岁了，还不结婚，甚至还想出国去留洋，作为母亲，难免苦口婆心，于是母女俩的心思已经完全不在大坪的历史人文和自然风光，甚至大半天时间都在互相斗气。而这两团子气，最终都一起交集在了您的身上，于是在跟随您的走访中，她们一直态度冷漠，借题发挥，冷嘲热讽。甚至到了午饭时间，我们在政府对面的大坪风味饭店安排好了午餐，约请您陪她们母女俩一起吃个便餐，然而母女俩还正在气头上，最终连饭都没吃便提前离开了大坪镇。

　　"当然这一切，都是咱们饭店老板告诉我的。她们母女提前一天到了大坪镇，头天晚上的晚餐就是在这小饭店吃的。而母女俩的感情冲突，居然在那时候完全爆发了，摔坏了半桌子饭菜和碗碟，咱们那位善良的母亲，甚至还给她女儿跪下了。

"所以我想这一切结果，正是因为那小饭店还存留着母女俩不可调和的尴尬。谁想最终却给您带来如此之大的波澜，在此我要向您表示深深的道歉。事实上党委政府缺不了您，大坪镇的历史人文，当然也只有您说得清、道得明，我们希望您能继续为我们做下去。关于待遇问题，我们其实早就跟您提过，您一直谢绝，但我们还是决定要想方设法为您做些补偿！"

听完李玉庚的话，顾文清老人长时间不答话，突然像是想到什么似的，才赶紧回口说道："玉庚啊，其实我老头子开通得很，没有那么狭隘，这件事过去也就过去了，咱们不提也罢。但这些天，我其实是想清楚了，大坪之所以没有文化，其实是懂文化的人太少了。或者说是我们这个时代步伐太快，年轻人都静不下心来，更不去思索我们镇子的文化该怎么传承，怎样发展。我总担心将来有一天我们突想到自己的悠久文化和光辉历史的时候，一切补救措施都来不及了。包括我自己也是这样，在年轻的时候，便一直想要为大坪镇写一本书，无奈迫于生计，这一切梦想都成空许。如今已是垂暮之年，再不踏踏实实做点事，那这一辈子也就这么过去了。给政府写的辞职申请，我其实是深思熟虑的，我想接下来我要做的事，就是静下心来让早年的梦想早日实现，让悠久灿烂的大坪文化在文字中闪耀！……"

四顾隐庐，李玉庚书记和顾文清老人，谈的大约就是这些。

谁说我不在乎

一

闷雷滚滚，山雨欲来，天色阴沉得有些不成样子。毛冬伟的心情也跟着变得异常焦躁和烦闷。他终于还是忍不住，给陈学栋打了个电话。可这狗日的陈学栋居然就是不接电话。换作别人，你尽可以想作是手机忘带或是正放一边充电，但陈学栋是谁？他是靠手机生钱的人，寻常兜里都揣着三四台手机，有的用来通话，有的用来查资料聊微信，还有的用来拍视频和照片，搞了这么多年的电销，那手机于他，差不多就是水和鱼的关系。特别是在如今这样一个雨水稠密、菌子上市的季节，错接一个电话，则有可能是成百上千甚至是上万元的损失，离开了手机，那相当于是把他这条大鱼直接晒到太阳底下。

所以唯一的解释，就是他陈学栋故意不接电话。于是毛冬伟又连续重拨了几次，"我就不相信轰不死你！"电话一遍遍响着，伴着一连串轰轰隆隆的闷雷，毛冬伟把手机举到嘴边，咬牙切齿地朝电话里大声骂道："事情办得怎样了，你小子倒是给个回音啊？"

他那骂声也像一阵阵闷雷在房子里回荡。可陈学栋依旧没有接听。

毛冬伟终于失去了耐心，身子如同塌陷的大楼重重地倒在床上，嘴里一遍遍骂着："我才不在乎你这破学校，撤不撤并，与我何干？即便被你陈学栋给保下来，我还不是得每个星期风来雨去，上山下山，工资却涨不了半分，屋里就剩下两口人，还得分作两口锅吃饭，我图个啥啊？再说我和你爹同年，眨眼五十岁的人了，也该和他一样在家养花种竹，嬉儿弄孙，过几天太平日子，来你这山高皇帝远的花椒箐做甚？"

毛冬伟气咻咻地躺在床上，可他翻来覆去，就是睡不着。雨终于在这时候落了下来，便和他那满腔愁怨交织在一起。整整一个假期，毛冬伟差不多都是这样过来的，他那愁怨还完全融入了对陈学栋的诅咒声中："我辛辛苦苦在你花椒箐教书一辈子，没想居然教了你这不通人性的白眼狼！"

假如陈学栋感应得到，他那耳朵肯定无时无刻不在火烧火燎。上学期放假前，毛冬伟兴冲冲地来到山下的中心完小，向校长交上自己一年的履职总结，冷不丁却听校长说："这几年学生生源持续下降，按师生配备比要求，大成完小教师已经严重超编。分散办学出不了效益，所以我们一直考虑在新学期开学时，将花椒箐校点的师生，一起撤并到中心完小集中上课。计划和请示，我们已经报到了镇上，兴许现在已经送到了县里……"

校长三十出头，比毛冬伟在省城工作的儿子大不了多少，可他一开口说话，就让人感觉那是鼻孔里出气，没轻没重，每一句话，都似一根根尖刺，突一下便插进毛冬伟心里。他赶紧从学校出来，就跟当村长的陈学栋打了电话。还反复强调："花椒箐离山下的大成完小十几公里，撤并了山里的学校，孩子们就得到完小集中就读，完小却没有住宿条件，孩子们来了睡哪里？或者就按老办法，让孩子们投宿到山下的亲友家中，可那才是多大的娃娃？离开父母，哪还有心思好好读书？……"

　　他清楚地记得，电话那边的陈学栋把胸口拍得发响："老师您放心，这么点小事我都完不成，那真是枉为您的弟子了！"

　　眼看一个假期都要过完，陈学栋却连个短信息都没回。雨好不容易停下来，抬头往远方的山岭间一看，感觉那葱密的山草，就似两腮之间健长的胡楂，越发给人一种光阴虚度的烦躁，毛冬伟心中又是一阵气愤："这花椒箐学校又不是我家的，留得住留不住，与我何干？我才不在乎呢！"

二

　　话是气话。骂完之后，毛冬伟又有些后悔了。"没有消息那就是绝对的坏消息。陈学栋那么神通广大的人，城里镇里山里都玩得那么转。如今肯定是遇到困难了，否则以他那张扬的性格，绝不可能连个音信都没有！"

　　毛冬伟心里这样念叨着，看着天色晴好，便推出自己的电动摩托车骑上，往花椒箐驶去。幸亏有这小摩托，否则他真是不敢想象，这漫长的十几公里山路他该怎样往返？

　　想来这时间真是太快，眨眼三十年就这么过去了，那时的毛冬伟往来学校都是步行，公路太绕，但他走的是直线，翻山越岭，穿箐过涧，从大成村到花椒箐，满打满算，也就是一个半小时。后来交通有所改善，转正后的他让一辆自行车载着，又在这盘山公路上走了十五六年。可他早已不再年轻，有一次自行车蹬到半途，一辆满载的大货车从山路上呼啸而来，发动机发出剧烈轰鸣，还伴着一股滚烫的热浪与他相撞，只感觉嘭一声轰响，他身子一晃，居然心慌意乱，颤颤巍巍，一时间竟完全使不出一点气力，差不多连人带车一起摔倒在路边的一个山箐里。

但即便如此，那辆自行车他还不想换。这小摩托，也是几年前一对儿女回来过年，和老伴一起硬把他拽到村街上的专卖店给买的，他此后可以较为轻松地到达学校。可大成和花椒箐的海拔落差可不止六七百米，短短十多公里路程，积攒了无数的急弯险坡，如同一团捋不开的麻线。毛冬伟就是个一米五左右的小个子，操作不了大家伙，但这小摩托，有时还像个发狂的小兽，有着十足的拗性，上山时他得一时不歇地紧拽电门，下山时又得片刻不停地紧捏刹车，这么多年风来雨去，他依旧没少吃苦头。

但毛冬伟没有半点抱怨。他一直认为，花椒箐是他前生注定的缘分。那时初中尚未毕业，父亲就因为一个急疾突然辞世，母亲一个身子骨极弱的女人，开始独自扛起养家的责任。作为长兄，不论毛冬伟有多么迷恋课堂，也只得收拾起那些灿烂的梦想，回到那个一贫如洗的家庭，和母亲一起干活养家。至今人们都说毛冬伟个儿长不高，就是因为他过早地承担了那些苦活脏活重活累活，什么翻地、种菜、薅苗、栽秧、赶马、挑担、掏粪、背背子……过了不几年，那些成年人的活计，他一个半大的娃娃，已经和大人一样纯熟。

当然若不是那个慈祥可亲的老校长，在一个大雨如注的后午来到家中，将他聘作代课教师，也许他这一辈子都不会离开泥土。堪堪十九岁，他就来到了白云生处的花椒箐，从此开启了三十年的园丁生涯。

那时的花椒箐，毫无疑问就是偏僻、落后和贫困的代名词，坝子里的人才不情愿到这样一个贫困的山头代课。但毛冬伟并不觉得自己委屈，老校长告诉他："只要有炊烟的地方，就应该有学校，我们不能将任何一个孩子拒在知识的门外，还要把学校办到老百姓的家门口！……"

当年的毛冬伟就是带着这样一种神圣使命，出现在花椒箐的山头。当然他之所以愿意长久地留在这偏僻的山头，说白了也是一种感恩，因为第一次进山，他居然就没走过一步山路，那时尚还健在的老村长听说上头给花椒箐安排了一个代课教师，高兴得立马组织全体村民徒步来到山下的大成村，用一副滑竿把他像接孔子老爷一样抬回了山里。

转眼三十年过去，他就在这里坚守了大半辈子。说起这足够漫长的教坛生涯，他脑海里的记忆可绝不是一条河，而是汪洋大海。毫无疑问，是花椒箐成就了他，三十年来，他不仅在这里教书育人，还在这里娶妻，在这里转正，在这里生儿养女。这个至今人口尚不足两百人的村落，其中不仅有他的学生，也不仅有他的学生家长，事实上整个村子的男女老少，都是他的亲人。

结婚那天，全村人一起步行十几公里，把新娘给他送到山下的大成村街。转正那天，村子里又出动了所有的拖拉机，一大早来到他家门口，给他挂上两匹大红绸，敬烟敬茶再敬酒，之后就让他坐到第一辆车的车斗里。那是村长刚买的新车，为防山路颠簸，上面早给他准备好了一张红皮大沙发，刚一落座，庞大的红色车队就缓缓出发，一起朝着花椒箐驶去，沿路鞭炮齐鸣，唢呐齐吹，敲锣打鼓，果真就是一种大办喜事的局象。没错，当年花椒箐的村民，又一次像接孔子老爷一般把他从大成老家请回了学校。

那一天，不仅那七八台拖拉机全缠上了红色的绸花，他教书的小学校内外插满了红旗，他上课的教室备好了十几个托盘，什么公鸡、猪头、红糖、烟酒、茶叶，全是供奉给庙里神爷的贡品。当天晚上，全村人就在小学校里一起快乐地聚餐，杀猪宰羊，俨然过节一般，到了饭后，还一起吹唢呐敲锣鼓唱板凳戏，热闹了个通宵达旦。

他的妻子就是花椒箐长大的姑娘，他的一双儿女端过花椒箐所有人家的饭碗，说实话他才是最舍不得花椒箐的人啊！"学校要是没有了，我上哪儿教书育人？我上哪儿施展自己这一身才华？"

毛冬伟在盘旋的山路上赶得火急火燎，差点像个孩子似的哭出来。

三

到达花椒箐时已是后午时分。如今这个村子早已经告别了昔日的贫穷，一栋栋小白楼如同新生的蘑菇，在山头参差排列。残阳如血，染红了村子对面的山头，把一栋栋小楼也染成了绛紫色。

小学校就在村子下头，离人口稠密的村心大约二三百米，如今也焕然一新，当年遮不了风挡不住雨的破瓦房，变成了一个干净的小院落，一栋两层的小白楼，还细分有教室、食堂、仪器设备室、少先队活动室和图书室，一块标准的篮球场后面，还有开阔的劳动区，一年四季桃红李白，走瓜流果。那么苦那么穷的年月，我没让山里的一个孩子失过学。遇上下雪天，或是大风大雨的天气，我把学校门一锁，就来到村上头的农户家中，把孩子们集中到火塘边烤着小脚上课！如今学校这么一撤，先还不说教学资源浪不浪费的事，至少陈姣和陈小琪铁定是要失学了……

想到这两个孩子，毛冬伟心里突然又是一阵疼痛。

谁能想象，三十年前，这个村子就没有人识字，甚至连汉话都很少有人会讲。村子里选举出来的第一任党代表，就是陈学栋家爷，在第一次前往梅城参加党代会时，他竟然在招待所里将一块香皂当作点心吃到肚子里。或许正是吃尽了没文化的亏，所以在他的倡导下，村民们曾把一代代子女送到山下的亲戚家中寄宿读书。也正是知道孩子们下山求学的艰辛，所以陈学栋家爷一直想把学校办到村里。

终于，他们迎来了毛冬伟。但他们绝难想到，尽管出身贫寒，并且顶多算是初中学历，可有些人天生就是老天爷赏饭，他用滑竿接回来的毛冬伟，天生就是要吃教书这碗饭的人。别看他个头小，动起嘴来却比任何人都能讲，而且上了讲台，就没见他怯过场，朗诵起课文，如同一个小喇叭，远在二三百米外的村心都听得清楚。特别是那些故事性极强的课文，什么《景阳冈》《齐天大圣》《草船借箭》，还有《黄继光》《邱少云》《刘胡兰》《王二小》等等，他更是绘声绘色，一个人站上讲台，便好似上演了一台精彩绝伦的说书大戏。

要紧的是他记忆力还好。山下的大成依山傍水，早在一百年前，就已经是个人口超过五千的大村，在历史的年轮中渐渐地发展成了梅湖北岸最大的港口，每天都有上百条大船小船从这里启程或到达，还有上千匹驮马在这里往来转运，南来北往的客商，催生了大量的旅店饭店茶馆客栈，同时带来了丰富多元的文化形式，说书摆古，成了各种旅店招徕客人的重要手段。很多年后，这些文化元素，已经深深地渗透到了大成村人的日常生活里。当毛冬伟走上讲台，那些曾经在大成饭桌上、田亩间、村街巷尾广为流传的英雄故事、忠孝故事、清廉故事、诚信礼让故事、忠诚爱国故事、团结和谐故事，都被他融入课堂之中，不仅孩子们爱听，包括村子里的大人也爱听。

他热爱山里的每一个孩子。教书育人，说白了就是爱心、耐心和责任心的叠加。三十年来，村人最多见的是他和孩子们做游戏的情景、欢声笑语的情景、一起学习劳动的情景。多少孩子，如同羽翼未丰的雏鸟，在他的呵护下练就了强劲的翅膀，从此飞赴更加广阔的天空和远方。从他课堂上出去的孩子，有的来到城市做成事业，有的又回到了村里。但即便回去，他们却和祖辈父辈都不一样，因为在这样一个偏远的山头，他们同样可以做出宏大的事业。比如如今当村长的陈学栋，他可绝非一般的生意人，借着脱贫攻坚和振兴乡村这阵风，通过电商平台把各种山货卖到全国各地，短短几年间，就成了山里山外叫得响的致富带头人。甚至连毛冬伟也不得不向他伸出大拇指。

可这个家伙，读书那会儿绝对不是一个人，而是一头蛮牛犟牛、一个十足的混世魔王！他爷爷是村长，他父亲同样也是村长，似乎正是这个原因，他陈学栋在学校可是牛气冲天，五马六猴，迟到、早退、不交作业、破坏公物、欺负同学，甚至还逃学。

当然逃学也是有原因的。那天毛冬伟媳妇把电话打到村心的经销店，经销店老板在店门口一喊，毛冬伟赶紧放下课本去接电话，大约也就是二十来分钟，他陈学栋竟然胆大妄为，在教室里大闹天宫，一不留神，便把一块黑板从座架上碰了下来，当即在水泥地上砸成四块五瓣。要知道那可不是一般的黑板，而是陈学栋家爷在盖学校时，从祖房大门上拆下来的门板，厚厚实实，足有上百斤重，用推刨推平，上了几遍油漆才捐到学校，至今想来，那差不多是花椒箐学校第一件像样的教具。

陈学栋知道自己闯了祸，费尽九牛二虎之力，终于将早已经破碎的黑板拼到座架上，便带着两个惹祸的男生一起出逃。临了却不忘向教室里的同学扔下狠话："谁敢报告老师，我可饶不了他！"

边说边把一个拳头递到同学们眼前，左左右右晃了十几次，才大模大样地扬长而去。花椒箐村子小，一师一校的花椒箐学校只能实行隔年招生，出逃的陈学栋和两个同学当时已是六年级，留在教室里的，都还是二、四年级的学生，迫于陈学栋的恐吓，没人敢向老师报告。逃到山里的陈学栋三人感觉天气太热，又返回村子下方的花椒箐水库游泳，结果一个高个子同学双腿缠上了水草，慌得他在水里胡扒乱叫，还重重地呛了几口水。要不是当时正是荒春枯水季节，而看管水库的老头儿也发现得早，用一根竹竿把他拉了上来，后果真是不堪设想。

此时回到教室上课的毛冬伟，刚把粉笔头按到黑板上，就差不多被散了架的黑板砸中头颅，蒙了半天，才发现教室里不见了陈学栋三人，接着又听见水库那边人声鼎沸，气得他当即放下课本，径直奔到水库边。得知前因后果后，他当着陈学栋父亲和父老乡亲的面，拾起一根柳条就往陈学栋身上抽，抽得他浑身发青发紫，可这小子就是不喊一声疼。这样一来，下不来台的便成了当老师的毛冬伟。他知道陈学栋不只倔强，还特别叛逆。严冬里在教室玩弹弓，居然把玻璃窗给打碎了。毛冬伟不只惩罚了他，还要他赔钱。

"赔多少？"

"五十！"

陈学栋居然大人一般和他在教室里吼，怒目一瞪，也像两团熊熊燃烧的烈焰。当然最终还是被毛冬伟给瞪了下去，可他骨子里的那一股犟气是瞪不下去的，当天就从家里偷出五十块钱交给了老师，结果放学时却把一块烂玻璃拆下来，在学校门口砸碎，还把碎玻璃从学校一路丢到村心，像是挑衅一般让毛冬伟的惩戒毫无作用。

遇上这样顽劣的学生，毛冬伟直觉是遇上了灾星。可问题是他还避不了，因为他还娶了陈学栋的亲大姑。出了课堂，陈学栋还应该喊他一声大姑父。当然说到底，这一门亲事还是陈学栋家爷亲自定下的，否则以毛冬伟的个头，一个代课教师的身份，以及他那一贫如洗的家庭情况，说不成就要打一辈子光棍儿。

但不得不承认，陈学栋家爷是有远见的，把自己的亲女儿嫁给了毛冬伟，就把他像是钉子一般钉在了花椒箐。花椒箐至今还是个独姓村，说不定两百年前，整个村子就是一家人。所以毛冬伟课堂上的学生，全是他老丈人家的亲戚，这婚一结，所有学生又都成了他的侄儿郎女，他哪敢有半点怠慢？假使他不认真教学，他怎么对得起早已故去多年的丈人，以及这么多老少亲戚？

丈人对他，绝对是恩重如山。当年，上面不止一次有过撤并花椒箐校点的动议，丈人也不止一次前去乡里和县里，凭借自己一张薄嘴，以及他全县党代表的身份，说服了大大小小的领导，甚至在财政困难的时代，他还多次发动花椒箐村民，通过自行集资的方式给毛冬伟发工资。要知道那时候他毛冬伟还不是花椒箐的女婿，而又偏又远的花椒箐，真正是个高寒少雨、广种薄收的贫瘠之地，一年到头，差不多大半个村子的人都还吃不饱肚子。

那么艰苦的年月，村子里都把学校给保下来了。包括自己那妻弟，就是陈学栋家父，也是个一口唾沫一口钉的汉子，后来毛冬伟通过自学考试提升了学历，接着又顺利转了正，就是他发动了全村的拖拉机，把毛老师像接孔子老爷一般请回村里的。

"你这不成器的陈学栋，怎就不学学你爷爷和你爸爸啊？"想起陈娇和陈小琪，毛冬伟心中又是一阵针戳似的疼。

四

来到陈学栋家坐下，出来迎接他的是如今早已"隐退"的妻弟。端茶递水，满脸的热忱和尊重，同时也暗隐着几分自责和歉疚。可没看到陈学栋，毛冬伟心里不禁还是失望。学栋媳妇说他出门一个月了，同样电话不接，信息不回，急得她差不多要报警了。指望他做生意，那全家老小都要被他活活饿死！

毛冬伟突然想到，陈学栋这是在逃避。他那电商生意，早已全盘托付给了这贤惠的外地媳妇，或者说他那浑身上下揣满的手机，全都转移到了媳妇的坤包里，否则他既当村长又做生意，还不得把自己分割成几瓣？

当然他能耐大着呢，一个身子用不着分割，依然可以公私不误。这几年生意做得红火，他不仅买了车，盖了房，甚至还在梅城买了房子。其实读小学那会儿，毛冬伟就相信他是个绝对的人才，不论再怎么调皮、顽劣，他的学习成绩始终还是一流。从一年级到六年级，几乎全是雷打不动的"双百"，甚至有些难解的奥数题，他也能轻松解开，毛冬伟第一次到县城出差，就是带陈学栋参加全国奥林匹克数学竞赛，最终他获得了全县二等奖。当把一本红彤彤的奖状送到妻弟手里，妻弟浑身上下颤抖得像是筛糠一样，毛冬伟对妻弟断言："只要保持这种学习干劲，以他的学习天赋，考上一所好大学，差不多是闭着眼睛的事！"

可惜当年，大成的初中没有住校条件，他和村里的几个孩子，被父母送到毛冬伟家让他大姑妈来照料。不想他那顽劣性格又再度发挥到了极致。而且在长辈的关切之中，居然越来越叛逆，在学校算得上是人见人怕的"鬼见愁"。抽烟、喝酒、赌博、留长发，甚至偷偷和女生谈恋爱，几乎完全没有个学生样。

当然在姑妈面前，他倒是会伪装，够殷勤，也够嘴甜。但他那伪装毕竟还是兔子的尾巴——长不了。有一天放学回来，他径直回到房间就点起了一支烟，刚抽两口，便看见姑妈过来催他吃饭，他来不及把烟掐灭，随手往床底一丢，就随姑妈出去，谁想到了后午时分，那小小的烟头竟引发了一起不大不小的火灾，虽没伤到人，但却烧毁了两间小耳房，让白手起家的毛冬伟把心疼到了肝里。

可即便发生这样的事，居然还是打不得骂不得，作为大姑父，同时还是他的小学老师，毛冬伟当着妻弟的面对他说教了两句，他立马扭头就走。父亲威吓他敢踏出门一步，就再不准回来！没想他真就走了，自然成了花椒箐校点建成后，村子里第一个没把初中读完的孩子。

离家两年有余，回来时个子高了一个头，可让人扎眼的是他把一顶披肩的长发烫成了卷发，还染成了金黄色，从头到脚一身时尚的穿着，以及一张白白净净的圆脸，怎么看都不像个山里的孩子，而是像一个来自上海或是广州深圳的艺术青年。在家停留两三天，因听不得父母长辈的训斥，他在大年三十夜又急着出门。再几年后回来，似乎变得有几分乖巧了，后来才发现这一切的缘由，是因为他还带了个外地女孩，要让父母给筹办婚礼。

可这家伙，即便结了婚，依旧还是那么不敬尊长，仗着这么几年做生意挣到了几个钱，居然第一个把孩子带到梅城上学。花椒箐村子里，这几年出门的人多了，于是结婚率和人口出生率都急剧下降，结了婚的进城打工，也效仿着把孩子带到了城里。短短几年间，校点的生源骤降到了十人以内。到了今年仅剩三人。

在一次酒桌上，毛冬伟向他抱怨起了这事："你爷你爸都是村长，并且都是厚教兴学的能人，在花椒箐老老少少之中皆有口碑。可你作为接任村长，居然还第一个把孩子送到城里上学，这不是在你姑父背后插一把刀吗？"

他把头一抬，便往毛冬伟顶上的天空看去，说："现在时代发展得这么快，外面的教育理念有多新、设备有多高、老师学历有多高素质有多好，姑父您可能想都想不到……"

他似乎有意突出那个高字。"再高高得过硕士生和博士生？咱花椒箐又不是没培养出来？正雄不是中科院的博士？陈秀和陈英不也是省师大的硕士？"毛冬伟抢在他之前把话说完。他个子虽然小，但从花椒箐走出的那么多高材生，一个个在他面前都只会毕恭毕敬，在教书育人上，他从不感觉自己比任何人矮小。他教给学生的不仅仅是知识，还有做人的道理。可气的是这白眼狼，当初自己没把书读好，如今依旧一条心只想把学校撤并："我跟您说不通，但现在的中国大地都在加快推进城市化，农村的人都往城市走，这是大趋势。花椒箐就这么个偏僻的村子，如今人都比以前少了一大半，按说这校点早该撤了，而且我敢断言，不仅学校要撤，有朝一日连村子都要一起搬走！"

完了又接着说："我说姑父您也真是的，山下大成学校那么好的房子，音体美和信息技术教师一应俱全，小学生不仅可以做实验，还可以按自己的兴趣参加各种各样的班队活动，什么球类运动艺术展演机器人大赛航模比赛……还有许多我们连见都没见过，听都没听过。姑父您干吗就只认一个理？这一师一校，资源不集中，办学出不了效益。您这坚守不但教不好学生，说严重了是耽误了他们！我听说前几年老师的职称晋升还与学生数挂钩，我看您还不如和学生一起回到大成学校，把职称晋升上去，每天上完课了您早晚有个来回，正好可以陪陪我那独守家门的姑妈！"

一句话一把刀，刀刀刺在毛冬伟的疼处。然而纵使有一万个不乐意，他也不得不承认这就是事实。

可如果校点真是撤并了，陈先强当然可以说走就走，可陈姣和陈小琪怎么办？就在自己都要放弃争辩的时候，他又突然想到这两个孩子，心里又是一阵针扎似的痛，但这一痛让他变得更加清醒了，当下站直身子质问陈学栋："那你说，陈姣怎么办？学校撤并了，你以为她还能读书？陈小琪又怎么办？你以为大成学校能把山里的孩子全带走？或者花椒箐的人都能把孩子送到山下读书？"

一句话，陈学栋不吭气了。作为村长，他当然知道，花椒箐校点如今还有三个学生，但事实上只有两个孩子是健全人，而陈姣就是个百分百的弱智。按说她年龄比其他两个孩子还大两三岁，但如今十三岁的身子骨还不如其他两个同学。而且成天到晚嘴里流不尽的哈喇子，只会盯着人傻笑。当年，毛冬伟就建议她父母把她送到市里的特殊学校，可陈姣父母却是蛤蟆吃秤砣——铁了心，对毛冬伟的建议毫不搭理。几个月后毛冬伟再次前去探问，两口子早出门打工去了。傻女陈姣一天大似一天，在村子里东游西逛，毛冬伟重叹一口气，便把这孩子带到学校。这五年来，陈姣似乎还是那个傻样，但村人看得出，她不仅习惯了学校里的生活，还习惯了对毛老师的依恋、对同学陈小琪和陈先强的依恋。离开了他们，她便目光浑浊魂不守舍。山里的学校真要撤并了，陈姣父母能否把她送到山下读书？山下的学校又是否能够接纳她？

再说和她同级的学生陈小琪，出生不久父亲就得病去世了，接着母亲改嫁，他就和奶奶相依为命，而今奶奶已是七十高龄，又老又病，他一个十一岁的孩子，放了学还得回家给奶奶洗衣做饭，有时还要将奶奶牵到卫生室吊上几瓶液体。把他送到山下的学校，那奶奶怎么办？

"只要有炊烟的地方，就应该有学校。我们不能将任何一个孩子拒在知识的门外，还要把学校办到老百姓的家门口！……"毛冬伟想起了当初走上教坛时，老校长给他讲过的话，当然他还想和陈学栋再说些什么，陈学栋却把他拦住了："好了，姑父，咱不说了，就为村子里这些有特殊需求的孩子，咱们不论说什么，也都得把学校留下。您放心，这么点小事我都做不好，都没有脸回来见您！"

当初把话说得那么死，如今却连个照面都不打。毛冬伟突然间想到，陈学栋能耐再大，始终是个年轻人，俗话说：嘴上无毛，办事不牢。何况他当时还一直存有撤并学校的想法，如今莫不是又在背后做什么手脚了？

一时急火攻心，居然浑身颤抖，便又掏出手机，给陈学栋打起了电话。电话依旧不接，毛冬伟于是骂出了声："我管你这破学校能办不能办，我才不在乎呢，撤并了脸上没光的，是你当村长的陈学栋！"

五

　　熬过这一学年，陈娇和陈小琪就将六年级毕业了，但那时村子里又将有四个孩子一起上学，加上上六年级的陈先强，学校里的孩子将达到五个。

　　毛冬伟在心里默默盘算着，对妻弟和侄媳妇的殷勤不理不顾。很快天就要黑了，陈学栋依旧没有回来。或许即便等到明天，他依旧不会回来。他想自己还真是被陈学栋这家伙给骗了。说不定他这一招，就是明修栈道，暗度陈仓，说不定校点撤并的事，他早已经顺水推舟，把事做成了。

　　毛冬伟心里越想越痛，但等不到陈学栋，他当然不能把侄媳妇怎么着，也不能把妻弟怎么着。再大的怒气，再大的不甘心也只得咽到肚子里。在暮色之中骑上他的小摩托，独自回去。三十年来，他每个周都在这路上来回往返，可今天就像是永别，心里便是一阵从未有过的难受。于是这一路上，他可没少骂他陈学栋，骂得急火攻心，骂得一肚子怨气，结果一不留神，居然就摔到了路边的水沟里。

　　那沟不深，水也不多，这么多年上山下山，这样的惊险他也不是没有经历过，但从来就没有一次摔得这么疼，甚至还把他一颗心都摔碎了。他好半天才从沟里起来，扶着他的小摩托重新骑上，回到家时，一个身子已经哆嗦成一堆散开的棉花。

　　老伴听得敲门声，赶紧把他带进屋换衣服，还安慰起他来。老伴长他一岁，还高着他半个头，但这么多年，他俩的关系不只是夫妻，还是姐弟或母子。他对她充满了依恋。可今天晚上他心里烦躁得很，于是嘴里的话同样犟得很："又不是我家的学校，鬼才在乎你撤不撤并！"

　　明天新学期开学，他已经准备好直接到大成学校报到。

可大清早的他还尚未出门，门外却突然响起了连绵不断的鞭炮声，把正在洗漱的毛冬伟重重吓了一跳。与鞭炮相夹的是热烈的唢呐声，还敲锣打鼓，响个不停，完全就是那种大户人家大办喜事的景况。毛冬伟不禁纳闷儿是谁如此高调？嫁女还是迎亲啊？老伴半天回答不上来，门外的鞭炮和唢呐声却还一直没个止歇，他只好开门出去，不论再怎么热烈的喜事，总不能就这样耽搁着不去学校吧？

可人一出门，他一下子傻了，大门两边夹道相迎的十几把唢呐一起吹上了天，对面人群中把一面大鼓敲得正酣的，不正是当村长的陈学栋吗？

一见他出门，那唢呐声锣鼓声鞭炮声反而变得更加热烈，足足十几分钟后，敲大鼓的陈学栋摆了摆手，那声势浩大的合奏才一起停了下来。陈学栋大声一喝："给老师挂红！"

有两个年轻人从村民中间应声出来，把两匹红绸交叉着系到毛冬伟身上，如同他当年参加全省教师节表彰大会时系上的绶带，也像当年丈人和妻弟两次接他回花椒箐学校那样，将他矮小的身姿衬饰得格外英武。

挂红完毕，陈学栋亲自端来一杯水酒，送到毛冬伟跟前，躬下半身给他敬上，同时说道："姑父大人，我是您的学生，如今大半个村子的人，也都是您的学生！当年我少不更事，叛逆无比，给您和学校惹下了不少麻烦。特别是到大成寄宿读书时，更是因为同学间可怕的冷眼白语，让我一个山里娃变得特别地自卑。所以这么多年，我一心只想挣钱，所有的目的，就是企望咱们的下一代不再做山里人！可正是您在花椒箐的执着和坚守，让我突然想到，咱们山里还有许多困难孩子，而且只有我们山里娃自己才知道，家门口有个学校，是件多么重要的事！为了陈娇，为了陈小琪和以后更多无法离开大山的孩子，我这几天从乡里到了县里，最终还到了市里，走遍了大大小小的单位，还联系了陈秀和陈英，以及陈正雄他们那一大批有为有志的学哥学姐，四下请愿疏通，上面终于决定，让咱们把花椒箐校点继续保留着！现在，我带领全体村民，像父亲当年一样，邀请您继续回村里任教！"

陈学栋一席话，说得毛冬伟热泪直流，接过陈学栋递过来的水酒一口饮尽。陈学栋又敬来一杯热茶，他同样一口喝完。转身把杯子往老伴手里一放，就跟着陈学栋一起上路了。

当年的山村毛路变成了宽敞的水泥路，步行的队伍变成了拖拉机队伍，如今又变成了大大小小的汽车队，气势雄壮的车队之中，很多品牌他还叫不出名字，但他却清楚地看到车把手上都缠着红绸。陈学栋大声一吼："出发！"噼里啪啦的鞭炮又再次响了起来，一个由十几辆汽车组成的车队，便在锣鼓声、唢呐声、鞭炮声和人们欢天喜地的说唱声中，一起向花椒箐进发。

坐在车里的毛冬伟又一次泪水盈盈："谁说我不在乎啊？这花椒箐学校，可是我和多少山里孩子的逐梦之地！"

安 居

一、陆家老房子

阿普突然在床头直起了身子。"阿依阿达，怎么了？"阿玛被他惊醒了。"我似乎听到了脚步声，正往我们的房子走来！"阿玛屏住呼吸，探起半个身子竖直耳朵静静地听了好大一阵："没有啊！这天寒地冻的，哪会有什么人大半夜不睡觉，往罗坪山里跑呢？"

罗坪山位于滇西北高原横断山脉南麓，常常一雨成冬，雪载半山，连鸟都飞不过去。阿普没有回答，阿玛往他臂上一拉让他睡下，但阿普却干脆一骨碌翻身起床，搭上披毡就来到中房里扒开火堆，随手架上两根干透的栎柴，陆家老房子很快又亮出了火光。

我们诺苏人离不开火。在彝族史诗里，火曾帮助我们战胜过漫天的蝗灾，所以我们就有了一年一度的"火把节"。在漫长的彝人历史中，火一直是我们最好的陪伴。在一个个清冷静谧的彝山深夜，火不仅为我们带来光明和温暖，还为我们烤熟食物，带来和谐、团结与无尽的欢乐。待火一烧旺，阿普往火肚子里埋上五六颗洋芋蛋子，又在火塘边的茶炊里添上些水，旺盛的火焰刹那间成了一张笑开的脸，呵呵呵地笑个不停。

　　火笑客人到！这是千里彝山留传了不知多少年的俗谚，果真茶炊里的开水刚涨上，房外面就隐隐约约响起了狗吠声，并不断向陆家老房子靠近。阿普赶紧起身拉开房门，明亮的火光如一把锋利的柴刀，将屋内的温暖和屋外的冰天雪地切割成两半。"大哥，救命啊！"待眼睛稍稍适应门外的环境，阿普就看见一个人影踉踉跄跄从雪地里走来，阿普刚上前一步，来人就似一截僵冷的石头直接撞进他的怀里。

　　阿普慌忙把他扶进屋里，随手把门一关，就把那个天寒地冻的世界关在了门外。他让客人在正对火塘的靠墙位置坐下——那是我们彝家堂屋里最尊贵的位置，再递上一碗热水给他喝上，阿玛听到话声，也赶忙起床给客人送去一件披毡。这时火肚子里的洋芋也已经熟透，阿普用火筷翻拣出来送到客人面前，客人拾起一颗掰开便往嘴里送，浓烈的热气伴着食物的焦香，吃得他嘴里一阵抽搐。"烫啊，慢点吃！慢点吃！"阿普一边笑开了嘴，一边在一旁点起了一锅草烟。

　　手脚麻利的阿玛很快又送上了一碗燕麦糊汤，客人一接过去就把嘴贴到碗口，稀里哗啦一口气喝了个碗底朝天，抬起头时眼泪鼻涕缠满一张脸，他用衣袖一抹，一张惨白的脸渐渐在火光中变得红润起来。"昨天一大早上山找牲口，哪想天气一变，顿时雨雪交加，雾气上来，即便眼前立着一棵树都让人看不清楚，瞎转整整一天不得其路，又冷又饿，我以为这下子完了，蹲下身子就哭了起来。可我却突然闻到了一丝似有似无的烟火气，就相信这山里必定有人家，便循着这个方向一步一步走，一步一步挪，连滚带爬大半夜，突然看到远远点亮的灯火，赶紧加快脚步走来，终于没把这条命丢在山里……"

　　他浑身上下满是泥巴，脸上已被这风雪蹂躏得红肿粗糙，手上也绽开了一道道大小口子，模样极是颓唐，却也遮不住满脸的庆幸与感激。

　　陆家老房子坐落在海拔三千多米的罗坪山彩云岗顶上，它和每一座彝家房子其实没有什么两样，但这是我们的家，也是我们最重要的财产。阿普告诉我，我们的祖先来自遥远的大小凉山，历史上一直都属于娃子（奴隶）阶层，在大约一百多年前，奴隶主与当地的官员狼狈为奸，为十几斗粮食的苛税烧了我们的房子，我们的祖辈被迫赶着牛羊离开家乡，在川滇高原千里群山中转徙了一个多世纪。宁蒗、丽江、兰坪、中甸、维西、泸水、云龙、漾濞、剑川、鹤庆、洱源……从清朝直至民国，我可怜的祖辈和父辈风餐露宿，居无定所。直到新中国成立前夕，这样的漂泊日子才到了尽头，从此在洱海之源的罗坪山中，一座被当地人称之为"彩云岗"的山岭上定居了下来。

我们诺苏人喜欢在高寒向阳的山地上建房，但陆家老房子却是一座特殊的彝家房子。两层的木瓦楼房，三开间，筒板瓦盖顶，前伸重檐，出廊下面是宽敞的厦台，中堂的格子门和两边偏房的门窗都有精细的木纹雕花。楼层中间，用宽厚的松板镶嶂，便又隔出了一层楼房。总之，一木一瓦都体现了洱源白族民居的建筑特点，同时也融入了我们诺苏民居的风格。阿普常说，这房子是伴随着共和国的脚步在罗坪山中建盖起来的，自然也汇聚着邻家兄弟热乎乎的情谊。当时道路不通，一块块砖瓦，全靠人背马驮运送到这里。做石墙打地基，我们仰仗的是彩云岗对面山头腊罗彝家兄弟的技艺；夯土筑墙，我们请汉族的大师傅来掌墙板；木瓦泥活，那是山下白族人的手艺，历尽千辛万苦方才建成这样一座房子！七十多年来，这老房子早已经成了一座真正的团结房、友谊房和救命房。汉家赶马的人在这里喝过酒，白家砍柴的人在这里吃过饭，追猎的傈僳族人和阿昌族人在这里歇过夜，驮炭和买洋芋的回族人在这里称过秤，包括对面松鹤村里的腊罗兄弟，也都来我们这老房子里借过宿……

在诺苏彝语里，阿普阿玛是爷爷奶奶的意思，阿依阿达是我奶奶称呼爷爷"孩子他爸"。每当故事讲到这里，阿普的脸上都会出现一种自豪的神色，他哂两下烟杆，慢吞吞地吐出一口浓烟，才又继续说道："你把别人当亲人，反过来别人也才会把你当亲人对待！几十年来，我们同样离不开山下的各族兄弟，种出的玉米、洋芋、蔓菁和萝卜，还有早年我们砍下的柴火、烧制的木炭，得要山下面的人赶着马前来交换，老人、孩子与哺乳期的女人才有好米和细面吃，同时有了他们送来的精布和花线，出嫁的女子才有好看的嫁衣穿。所以罗坪山上下，我们这七八个民族，就是谁也离不开谁的历史祖亲啊！"

二、关于搬迁的争论

周末，我们被阿普用马接回家，睡到大天亮，就被一阵热烈的狗吠声惊醒。我们家来了访客，听声音就知道是阿达的上级，那个一向和蔼可亲的碧云村总支书记杨伯依（诺苏语指伯父）。

他一进门就向阿普递烟，阿普没有起身，但却友好地对他点头示意，推一个柴堆过去让他在正对火塘的靠墙位置坐下。伯依坐定，阿普又递了杯茶过去。伯依举着那杯喷香的烤茶一口喝罢，不禁瞪大眼睛，说："阿大（白族语中指伯父）这杯茶吃得精神啊！"我知道精神在白语里是提神的意思。又浓又酽的烤茶，是迎人待客的礼节，也是上了年纪的老人缺之不得的生活陪伴，寻常人根本下不了口。阿普年少时被阿普文文送到城边的汉族村庄历头读书，升入高小后就来到山下的碧云村一直读到初中毕业。四五十年来，碧云村一直都是我们的大公社和乡政府所在地，人口密集、经济繁荣、文化发达，几十年的朝夕相处，阿普的生活习惯与山下的白族人和汉族人并无二致。多年后，阿普又把我阿达送到碧云读完小学和初中，现在是我和务子阿梅被送到碧云小学，常年和山下的白族、汉族同学一起读书生活，我们祖孙三代已将白语、汉语说得如同诺苏母语一般纯熟。

阿普自幼聪颖，读书一向勤苦，后来又在村里当了一辈子的民办教师，从此养成了手不释卷的习惯。后来，他把全部希望都寄托在自己的小儿子，也就是我阿达的身上。然而当时整个陆家村，十几个孩子中就只有我阿达一个人离家住校，相较同龄人，他可以远离农牧，专心读书，然而如此优越的条件，阿普却失望地看到自己最疼爱的儿子灰溜溜地回到了山里。

"阿大，我就知道文章性粗，没法和您说到一块儿！"

"是啊，父教子不学，当年我把他鼻梁骨都打断了，依旧改不了他这副粗性！"

"所以我估计他肯定没把政策给您宣传到位。现在党委政府正全力推进脱贫攻坚，开足马力创建小康社会。鉴于陆家村深居彩云岗顶上，山高路远，你据一个山头，我占一片林子，邻里亲戚之间也无法相互照应，所以我们计划对村子实行整体异地搬迁，集中安置到彩云岗垭口下面的碧云后山，在那里共建一个新村！"

见阿普不语，杨伯依又说："我知道陆家村是当年金善爷最先迁徙到此，之后几十年来，才有余家、龚家两姓亲戚相继搬迁过来。您是村里德高望重的老人，而且文章又是陆家村的村民小组长，还望您老多多支持他的工作啊！"

陆金善是我阿普的父亲，按彝语我们该称他"阿普文文"。阿普常给我说，乱世出英雄，阿普文文毫无疑问就是我们诺苏家族里一个响当当的英雄。但在他年少时，也只不过是一个老实巴交的高山牧民，每天晨耕暮息，在滇西北群山之间一个连他自己都叫不出名字的山头，过着怡然自得的农牧生活。然而天有不测风云，在一个大地丰盈的秋末，他带着几个亲友兄弟下山贩羊，同时换取我们生活迫需的盐巴、花布和米粮，不想半途中却被一群来路不明的土匪连人带羊抓去，被关在山洞三天三夜。土匪发觉从他们身上榨不出什么油水，便将他们卖到兰坪矿山做苦工。从此没日没夜地钻矿洞，搞得人不人鬼不鬼的。阿普文文不堪忍受种种压迫，于是振臂一呼，带领汉、白、彝、回、傈僳、些么（纳西）等各族穷苦兄弟发动武装暴动占领了矿山。开弓没有回头箭，他知道驻扎在县城的保安团很快会反扑，为了手下兄弟的性命安全，他在地下党员的牵头连线下，毅然决然地加入了由中国共产党领导的"边纵七支队"，组建成了一支特殊的"民族支队"。从此滇西北解放战争中有了一支活跃的新生力量，当侦察、打游击、做后勤、搞阻击、运送装备、配合大部队作战，直至后来的安匪平叛和治安管理中，也常能瞧见他们的身影。

担任支队长的阿普文文作战勇敢，每每身先士卒，横刀立马，驰骋整个滇西北。特别是在解放兰坪的战争中他冲锋陷阵，屡建奇功，让国民党保安团和边地土匪闻之胆寒。兰坪解放后，农奴翻身当起了主人，战功赫赫的阿普文文就此成了第一任县长。谁想竟引来了土匪的嫉恨，连续两次烧了他的村庄。为了永远地告别滋扰，新中国成立前夕，功成名就的他决意解甲归田，带领族人离开暂时的家园，再次寻求远徙。接任县长的甘先生原是洱源地下县委书记，在他的介绍下，阿普文文最终带着家人来到了这里，从此洱海之源茈碧湖西岸，绵延百里的罗坪山彩云岗上面，就诞生了一个新的彝家寨子——陆家村。阿普文文带领族人在这里开山养马，伐木盖房，种荞收麦，繁衍子孙，转眼已经七十多个年头。至今提起他，无论山里的人还是坝子里的人，都会满怀敬重地在他名字后面加个"爷"字。

听完支书的话，阿普哈哈一笑，说："噢，文章当小组长就了不得了？那我该怎么支持他呢？把他放堂屋里当麻都供着，每逢大节小庆，都得给他敬餐祭拜、磕头下跪不成？"

麻都是我们为先人火葬时让毕摩给他做的灵牌，代表了先人的灵魂。博学的阿普告诉我说，诺苏人死后会有三个灵魂，一个赶赴阴曹地府，一个守在坟头保佑子孙后代，一个则会在毕摩的《指路经》中顺着先辈迁徙的足迹回到祖先身边，那里就是我们诺苏人最初的家园。然而在为祖先们做帛（送灵）之前，我们就把麻都供奉在一个专门的地方，在彝语里被称为"立批麻都"，专供子孙在节庆之时作祭祀之用。诺苏人向来敬重祖宗，所以这样的地方在我们看来近乎神圣，一般是不允许外人进入的。讲究的人家，大到杀羊宰牛，小到吃寻常的一餐一饭，都要敬一次祖宗，人们认为只有祖宗享用完毕，才有自己的份。

"不不不，支持文章，说白了也是支持党委政府的扶贫政策，给其他村民带个头儿，做个示范！新村址交通方便，地势平缓，只要您一点头，我们马上为你们选最好的地基，盖好房子，让您第一个搬进新宅！"

"那你的意思是说盖了新房，咱们这老房子就不要了？"

"您看这山高路远的，从彩云岗山头到垭口，比从垭口到山下面更远，拆这么一座房比新建一座房花费更多。上面答应给每个农户补贴十三万八，当然这些钱还不能全用到建房子上面，得统筹其中一部分，修桥造路、架电线、接水管、修厕所，钱少事多，所以各家各户也得自筹一部分，但说白了这不都是为我们建设新家园嘛！"

顿了顿，支书又说："脱贫攻坚，共建小康，是当下的大事，全国各地一起开干，四面八方一起使劲，可毕竟我们国家太大，哪个地方都得花钱，有时的确是力量不济。阿大您是个开通人，希望您能跟全体村民多宣传国家政策，多多支持和体谅党委政府的困难！"

"老侄，你说的这些我都能理解。我阿达你叫阿爷，你阿爷我叫叔，你爸和我称兄道弟，如今你和文章在一起，陆梅、陆杰在碧云小学和你侄子、侄女们一起读书，我们陆姓彝家和你们杨姓白家至今已是四代人交情。那你也知道，这老房是我阿达留给我的，房子的来历我不说你也清楚。罗坪山山高路远，气候恶劣，突然一下子大雨倾盆，雾气上来，两个人站在一起都看不清谁是谁。记得有一年冬天，山下云窝村的刘老七半夜叫开我的门，人一进来就倒地不起，我把他捂进床铺，盖上三层毡毯，给他烧火、灌酒、烤荞粑粑，到了后来甚至还灌了一缸辣子水，他身上渐渐腾起一股热气，一直到第二天安然无恙才让他回去。还有一年我在路上扶起海口村的苏四弟，带进门时他脖子里仅剩下最后一丝游气，我赶紧让娃娃的阿母熬生姜红糖水给他喝，两天后云开雾散，天气变暖，他最终得以平安下山……这样的事，连我自己都不记得做了多少回了，你说这样的团结房、友谊房和救命房，说拆就拆，不可惜吗？"

杨伯依被阿普说得哑口无言，阿达也在一边红着一张脸。最终还是阿普心平气和地开了口："我们也能体谅党委政府的难处，钱少事多，要照顾的面又太大，我想我们就不给政府添麻烦了，索性这个家也就不搬了，老侄千万不要怪阿大不通情理呀！"

杨伯依还有话说，但阿普已经站了起来，这次会谈就这么草草结束了。

其实围绕陆家老房子是拆是留，阿普和阿达已经争论了很久。昨天晚饭刚过，父子俩又一次在老房子里争吵起来。起初阿达很耐心，一字一句地向阿普解释："阿达，老房真不用拆了！我粗略地计算过了，拆房得花一百多个工时，即便工钱按每人每天一百五十元计算，至少也得两万多。问题是房子老了，这泥墙、木头、瓦顶，朽的朽、烂的烂，拆下来也没多少用途，弄不好再伤着人，得不偿失啊！"

　　阿普不应，阿达又说："最关键的还是运输，一木一瓦运下去，来回十几公里，得花费多少驮力劳力？何况这年头，山里的年轻人大多出门打工，留在家的全是些老人和孩子，不说做不动，即便能做，这山高路又陡，彩云岗上下，光直上直下的岩坡就有六七道，不习惯的人光身子走都觉得吃力，更何况还要担那么重的东西。关键是千辛万苦把材料运下去，还得重新建盖一次。与其花这么多人力财力畜力，还不如把这十六七万块钱节省下来，咱们重新买些崭新的材料回来，山下路通了，运输也方便！"

　　阿玛在旁边轻轻地推了推阿普："阿依阿达，文章计划得周密，你就听他这么一次吧！"

　　"狗屁的文章，他还配得上他阿普给他取的这个名字？！我看他就是个十足的败家子，他这辈子都是在和我、和这个家作对！"阿玛不劝还好，一劝反而引得阿普更加恼怒。阿玛只得在一旁静静坐着，再也不敢讲话了。

　　阿达的脸很快黑了下来。我知道他这个名字就是阿普心中永远的痛！阿普曾经告诉我，当年阿普文文斗大的汉字不识一个，所以他对汉文化充满了敬畏之心，于是在我阿达降生时，他老人家就把这样一个富有文气的名字赐予了他，以期他通读古今，做个识文断字的饱学之士。然而我阿达却深深地辜负了他，同时也辜负了他阿达对他的期盼。

　　阿普的骂声继续着。阿达起身就往外走。"文章！"阿母叫他，他也没有停步，门被留在身后，一阵横风吹进屋子，火塘里的火苗被刮得左摇右摆，如同每个人内心里的忐忑。我感觉身上添了几分寒意。阿玛叹了一声，直起老迈的身子，一步一步走到门口把门关上，屋子里重新变得暖和起来。坐回火塘边，阿玛又深叹一口气对阿普说："也该想想陆梅和陆杰啊，还这么小，每个星期都要走这么远的路，识几个字多不容易！"

阿玛提到的是务子阿梅和我。阿普低下他那颗骄傲的头，在火光的衬映下沧桑毕露。皇帝爱长子，百姓爱小儿。这在我们诺苏人也绝对是铁一般的道理。我从心里知道，阿普爱我们、惯我们。每到星期五，他吃过中饭后就带上一本书，将马儿赶到彩云岗前，在那个能眺望到山下村落和坝子东山脚芘碧湖的大山垭口等我们。马儿顺着山坡往下吃草，不多时就消没在了松坡林里。松高林密，我们在不见天日的小路上看不到阿普，也看不到他的马儿，但远远听到那清脆的马铃声，我们就会朝山顶大声地叫喊："阿普！阿普！"靠在山坡上看书的阿普一声回应，像个健硕的青年小伙一骨碌翻身起来，放下书本把手指伸进嘴巴，深吸一口气后吹出一声长长的响哨"吁——"，不知身在何处的闪电和惊雷听到哨声，立即停止啃食，从密林深处顺着一阵风快步跑到我们跟前，昂起头提起左右前腿，如同高抬腿跑一般，张开大嘴发出"嚯嚯"的声响，亲昵得像是两条恋主的大狗。

我踩到路边的一个小坡，抱着闪电的脖子爬到它的背上。长我三岁的阿姐陆梅也在那边骑上了惊雷。在彝语里我习惯喊她"务子阿梅"，她如今已是一个顶好的女骑手。待我刚一前行，她双腿往马肚子上一夹，"驾——驾——"，马儿就凭着它那雄厚的爆发力，在陡峭的山路上攀爬弯转，颠来扭去，又像是两只壮实的岩羊轻盈地穿行在陡峭的山崖间。我用手紧紧地抓住马鬃，弯下身来伏在它渐渐变得滚烫的脖子上，与其说是为了躲避路边的松枝斜刺，还不如说是在亲近这个忠实亲密的朋友，聆听它内心深处最豪迈的壮语。这是每周回家路上最艰辛的路段，足有一公里多，但马儿的脚步却坚实有力，我能听到它呼哧呼哧的喘气声，时不时还有一阵阵响亮的鼻息，似乎每一口气里都有着一种源源不断的力量在迸发。

我们紧随它的步子上升，转眼之间就把一段大路丢在了后面，只留给山下一阵呛鼻的灰土和尖脆的蹄声。惊雷！闪电！我想只有阿普这样学识高深的人，才取得出这样一个个贴切的名字。然而更让我感佩的是马儿的灵性，它们同样是阿普最值得骄傲的孩子，不知多少年前就已经和阿普心神合一了。

马儿在阿普身前停下，阿普笑呵呵地把我抱下马，用袖子为我擦去满头的泥灰和汗水，务子阿梅也已经在后面赶到，阿普照例要往她头上擦一擦，接着拿出他为我们准备好的清水和食物，烧玉米、烤洋芋、荞粑粑、燕麦饼、水煮牛干巴……饥肠辘辘的我看也不看就把食物往嘴里塞，"慢点，小心噎着！"阿普在一边吸着烟，用慈祥疼爱的目光看着我们。直到肚子被撑成一面圆鼓，我们才又重新骑上马背。

阿普说早在唐朝天宝年间，苍山洱海之间崛起的乌蛮部落（据说就是我们彝人中的一个支系），在唐王朝的扶持下逐渐发展成了一个纵横全滇的边疆民族政权南诏国，英雄盖世的南诏王阁罗凤，就曾把是否具备优异的骑术作为卫队选拔的条件之一。一千年后的滇西北高原，马匹却是阿普文文率领的民族支队冲锋陷阵的利器。随同共和国的脚步在罗坪山腹地的彩云岗安居，马儿依旧是我们最好的伙伴，无论走亲访友，收种庄稼，还是牧羊找牛，上山下集，我们都只能依靠马匹。所以每一个彝家儿女，从呱呱坠地的第一天起，就已经学会了和每一匹马相知相处，那么多与马有关的惊心动魄的甘苦故事，足以写成我们彝人生活的一部厚重史书。

阿普在身后抱着我，用双脚往马肚子上一夹，面向即将落山的太阳，在彩云岗顶上那一列列环山中奔驰起来。务子阿梅的马儿也在后面追赶。嘚哒——嘚哒——，嘚哒——嘚哒——，疾驰如电，快似流星，那样的情景常常会让我想到语文课本上的夸父逐日。而我有时又会想到

"银鞍照白马，飒沓如流星"和"十里一走马，五里一扬鞭"。古老的彝族史诗《创世纪》中说，彝人始祖撮矮阿干用泥巴造出万物，放进空心树洞里，九个月出来的是人，十个月才出来的变成马。我想只有翻开厚厚的史籍，才可以走进那个神秘的神话世界，贴切地描绘出这种山间奔马的飒爽英姿。

三、失眠的阿普

就在我们离家上学的时候，泡武康哈来到了我们陆家的老房子。在诺苏彝语里，泡武是堂伯的意思，康哈则是他的小名。他是我三爷的儿子，借用汉语来说，他就是我阿普的堂侄。

我敬爱的阿普文文毕生英勇，尽管大功而退、解甲归田，但他依旧对国事家事天下事都充满关切。有一天，他在收音机里听到抗美援朝战争爆发的消息，立即就将四个儿子召集在一起，以"保卫中国"为序，依次给他们取了四个响亮的汉名：陆保宁、陆卫宁、陆中宁、陆国宁，然后用上好的栎柴给他们削了几把木枪，就在彩云岗顶上的陆家老房子后面教他们骑马和搏击。要不是当时年纪最长的儿子也才十岁，他说不定就会骑上大马将他们一起送到志愿军营，让几个儿郎"雄赳赳，气昂昂，跨过鸭绿江，保和平为祖国，抗美援朝打倒美帝野心狼"去了。此后几十年，团结和谐始终是他做人和治家的格言，并将这种家道传承到了子孙后代的骨髓里。

"务格，我想向您打问一下搬迁的事！"他称呼阿普叔父。阿普排行老四，在彝人的习俗里，一般是由幼子来继承父母的遗产，于是自阿普文文去世后，当了一辈子民办教师的阿普就一直在这老房子里教书育人，培养彝山子弟。泡武康哈自然也是他的学生，双重关系，让他在这位堂叔面前始终都是那样战战兢兢、唯唯诺诺。"搬迁？我什么时候说要搬迁了？再说这样的事，你不问当村民组长的陆文章，不问山下的杨支书，问我一个平头百姓做什么？"这时候我阿普反倒能把自己脱甩得干净。

"啊啊，不是，我问过文章，文章说他说不动您。前两天我下山开森林防火会议，也悄悄地问过杨支书了，杨支书也说您老不支持，就怕山里的百姓也不响应，搞不好弄成集体性事件，就不好收场了！"

"那在你看来，这个家要不要搬呢？"

"我想还是搬的好！丰源分家出去四年了，很快庆源也要成家，还有利源，我也琢磨着尽快把他的婚事办一下，可要办庆源和利源的婚事，首先就得盖一方房子给庆源，还得把老房子再认真修整一下，在家的利源也才没话说，如果村子要搬，我想我就不花这笔冤枉钱了；如果不搬，那我也得赶快再找一块牢实可靠的地基尽早开工！"

丰源庆源利源，是泡武康哈的三个儿子，按照我们诺苏人的传统，是女子都得外嫁，而男子到了成婚的年龄，也就得从家里分出去另立门户。所以成亲的当天，全村人都会帮他一起盖房子，到了天黑，不论房子盖没盖好，他就得从家里搬出去单独住了。但到了如今这个时代，即便日子过得再怎么紧巴，哪个父母还会让儿子空着手出门？再怎么挣死挣活，也都要勒紧裤腰，给儿子盖好一方房子，否则哪个儿媳妇能和你儿子一起守着茅草屋安居？我前面说过，房子是我们最重要的财产，有了房子，才有了我们日子的安居。所以一个彝族人的一生其实都是在盖房子。有多少个儿子，你就得盖多少次房子。

阿普点点头，不说话。刚陷入沉思，却又听泡武康哈继续说道："其实村子里，很多人都希望能搬下去，起房盖屋，一则图个交通方便，二则也是节省啊！"

"那看来我已经成为整个陆家村，一团拦路的老疙瘩了！"泡武康哈窘出了满脸大汗。阿普哈哈一笑，"我相信村里很多人，肯定大半夜都在床上骂我这个顽固的老骨头了！"

泡武康哈不敢搭腔。待他走后，阿普就陷入了大半夜的沉思。他知道山里的清苦，就说他这个侄儿阿鲁康哈吧，至今已经在罗坪山中盖过六次房子、搬过四次家了。当初他成亲的时候，三哥就给他在陆家老房子后面的山坡上盖了方房子，但终究日子紧巴，三哥三嫂儿郎又多，再怎么苦死挣命，房子也只是姑且能住人而已，欠下一屁股两肋巴的债，三哥只能卖了两匹好马。后来生活渐有些起色，泡武康哈决心重建一方新房，买来上好的木料和石头，又在彩云岗的陆家老房子下面的坡地上，平出了一大块地基，折腾了两三年盖好了一方房子。突然一年夏天下了一个月的雨，雨水过后，村人们发现康哈家的地基严重下陷了，往上一看，那正房也变形了。当天晚上，只听哗一声闷响，盖在旁边作为厨房的耳房垮塌了，而原本就十分狭小的场院也沿着浸饱了水分的山体一起塌了下去。湿软的红土，如同一道血淋淋的伤疤，一直深陷到河谷下面的地心深处。

此后天气转晴，进入旱季后雨水再没下过，但住在这样的房子里，让人成天提心吊胆不得宁心。无奈，康哈只能重新选址另盖房子。有了这次教训，他再不敢选什么红土坡，请来工匠反复斟酌，最终把房基选在和我们陆家老房子相对的另一个山头，他请来人工，挖地伐木，硬生生地在乱石横生的山头上开出一块新的地基来，待镶好石脚，筑好墙基，他又请来工匠拆掉老房，赶着牛马一砖一木驮运过去，终于在来年的雨季之前重新盖好了一方新房子。从此再不用担忧半夜里一阵雨水把房子冲走。可新居却和陆家老房子隔出一个大涧，寻常时间，他能在山头对面与这边的陆家亲戚谝些闲章嗑子，但若是哪天阿普突然来了兴致，要阿玛炖上一只腊猪脚，朝对面山头吼上一声让他过来喝杯小酒，他就得像只下山的脱兔，急磨打滚似的翻过一个山涧，再气喘吁吁攀上山岭，当来到彩云岗顶上的陆家老房子，太阳已经落到半山，阿普只能让阿玛把肉倒回锅里再热一回了。

泡武康哈是个勤快人，总是不分昼夜地带着媳妇娃娃修路，然而当他把一条可以走牛过马的路从涧底修到山头时，一个新的问题又出现在了眼前，那就是饮水。彩云岗下面的深峡，有哗哗流出的甘泉，那是发源于罗坪山雪巅的水流，可它却从低处流去，和我们几乎没有任何的关联。当我们花费巨资，用骡马驮回数百米的塑料管，把溪水从上游引到家门口时，却发现这样的水只能用于浇苗或者饮牛马，因为几百米的塑料管暴晒在阳光下面，甘甜清洌的溪水因此染上了一股浓烈的塑料腥味，一沾到舌尖就如同吃上麻药一般，辣得一张嘴半天不能动弹，恶心死了。我们相当于白花了一大笔冤枉钱。

所以几十年来，我们寻常的生活饮用，一直得让勤劳的彝家女人负着糙笨细长的木桶到峡谷里去背。而泡武康哈的新居，用水就是一件天大的麻烦事，我那个勤快的堂伯母得先涉过一条深涧，然后喘着大气攀爬到陆家老房子所在的彩云岗，再往下到深涧底，一瓢一瓢打满一个木桶，接着又把来时的路再走一遍，才能回到家给男人和娃娃们做饭。因为我们家和泡武康哈之间是一个旱涧，所以我那贤惠的堂伯母只能把每天一半以上的时间用来背水。一年时间过去，她一个年轻的身子居然就和我年迈的阿玛弓成了一个样。

问题是彝家的用水，不光为煨茶做饭，还得饮牛喂马，特别是到了白雪纷飞的冬季，在雪地里啃不到草的羊子也要被吆回来关到圈里，这时候水源就成了大问题。泡武康哈就来到陆家老房子向阿普问个对策，阿普便让我阿达和几个叔伯陪他一起去找水源，然后像我们一样到山下买一根塑料水管回来。可他们沿山走出了四五公里，依旧没有找到合适的水源。我们欣喜泡武康哈可以省下那笔买塑料管的冤枉钱了，但这样的结果是他得重新再搬一次家。

其实不光水源，地基的硬实、交通的便利、土地的平坦和明朗的光照，都是我们起房盖房所必须考虑的首要问题，关键是我们还得在房前屋后寻找那些适合耕种的坡地、梯地、坳地和平地。毁林开荒那是犯罪，作为护林员的泡武康哈自然心知肚明，可没有粮食我们就会被饿死。所以为寻找新的住址，泡武康哈可谓费尽了心机，后来他索性把房子一次盖到了彩云岗下面两公里左右的山腰，一块少有树木的坡地，泡武康哈很是中意这块新宅基地，因为上述的条件基本都具备了，虽然远没有彩云岗上头那么宽敞，但对于一个小户家庭，哪怕就是十多年后三个儿子长大分家，也都有足够的土地扩张，足够他们住一辈子了。

可泡武康哈搬入新居后第二年春节的一天清早，山下有人来到他家门口，突然歇斯底里地大哭起来，这对于一个诺苏家庭来说可是大大的不吉利。泡武康哈赶紧出门把他扶起，方才看清那是一个六十多岁的老人，满头斑白，听他结结巴巴地说，这里曾是他们陈家的坟地。陈家父母早殁，留下他一个独子，跟随姑母到北方生活，眨眼三十多年过去，自己也退休了，就想叶落归根，回到老家宅院重新盖个房子，安享晚年，同时把父母的坟圹重新修缮一下。当年家庭贫困，加之自己年轻，只能听凭姑父姑母之命，在山地里草草挖了个土井圹把父母下葬。这么多年自己一直漂流在外，时不时地会梦见父母说自己的床冷，他就知道自己蹉跎一生，却没把人生最重要的这件事做好。所以这次回来，他就是要给父母重新打一道石坟，正儿八经地镶一个石井圹。哪知坟头上面却被人占住盖了新房！

那人低头哈腰，说只要泡武康哈同意搬走，他愿意赔偿一部分损失。五万块怎么样？说着就比出一个巴掌。在十几年前的彝山，五万块钱已经不是一个小数目，可一听他说完，泡武康哈就傻坐在地上不能起来了。所谓搬家三年穷，因为以前连续四次折腾，早让他元气大伤。如今好不容易有个宁静的安居，两个年头不到，又得挪窝，谁折腾得起啊？再说几十年间自己一万次地上山下山，这块地上连根香都不曾见过，而盖房的时候，他一石一瓦、一锄头一板镰，割藤挖土，打土坯竖柱子，哪里有什么坟头？

他当然没有答应人家，那个姓陈的老人于是又加了一万，最终发觉泡武康哈为的不是钱，气怒万分的他是骂着粗口下山的。一句句诅咒让泡武康哈胸口发疼。第二天，那时还非常年轻的村支书杨伯依就来到他家，并且还从山下带了一个八十多岁的老头儿。不用猜，泡武康哈就知道他们都是为陈家充任说客。老头儿一口牙齿七零八落，说话时满嘴的口沫子四处横飞，含含糊糊，但泡武康哈却听清楚了，原来自己的房子的确是盖在了人家的坟地上，而且场院正对的方向，应该就是当年陈家父母的坟头。听两人一讲完，泡武康哈顿时想到这个家是必搬无疑了，百善孝为先，虽然他们是两个民族，并且有着各不相同的信仰，但对于那些向美向善的情感，他们的心灵却是同通的。

于是第二年春天，习惯成人之美的泡武康哈又把房子搬回了彩云岗顶上。在陆家老房子前不远的地方，阿普给了他一小块坡地，他的新房费尽了人工，把山体足足挖进了十几米深，几年前的那场夜雨，让他至今心有余悸。当再一次把新房盖上瓦，泡武康哈已经在罗坪山中第五次盖房了。

当天夜里，阿普就待在火塘边久久无眠。作为长辈，同时还作为山里唯一的老师，他无怨无恨，扎根彝山讲台，用知识和爱雨精心抚育一代代子弟，并处处以身作则、宽宏大气，所以他的存在，就是诺苏伦理和法度的存在。他也知道不论自己做什么，侄子阿鲁康哈和村子里的老老少少都不会对他有任何抱怨。可有一点阿普却深深地明白，短短这么几十年来，陆家村里，如同侄儿康哈这样，为一个房子反复折腾的人着实不少。起先大家一起挤在彩云岗这个窄小的山头，渐渐地子女长大，就得分门立户，建盖新房，赶着牛马在彩云岗左右的几座山里移来挪去。

而村民们的居住也充满了随意性，像极了那些随着水草逐走的牛羊，从而造就了陆家村人你占一座山、我据一片林，房子星点散落的格局。所以说陆家村根本就没有一个村子的概念，有时你出门走一趟亲戚，都要像春荒时节上山找牛一般，翻山越岭走上二十公里还见不上房屋踪影。最近，阿普听说搬迁到北山的十几户人家，也遇到了山体滑坡，有好几家人的地基下陷得厉害，墙体开裂，房子倾斜，甚至倒塌，住在里面，就好似住在刀尖危崖上一般，每天晚上睡觉都不得宁心。阿普知道他们迫切希望趁着脱贫攻坚的机会再搬一次家，找一个永久牢固的安居，只是他们碍于开口，碍于打破几十年来陆家村民公认的这个理。阿普突然想到，一个人活着，不仅仅是为自己活，还得为他人活！作为一个上百彝人心中的伦理和法度，更重要的是应该去思谋和考虑整个部族和村落的将来。

四、彝山访客

在下一周回山的时候，我们家里又来了新的访客。后来我才知道这是阿普当年学生中最有出息的人。事实上他还是我一个表舅姥爷的少子，我和务子阿梅得叫他一声表叔。他小名依耿，按彝语的习惯被我们称之为务格依耿。上学之后，他同样被阿普取了一个响亮的汉名：余振邦。在遥远的彩云岗顶上，表叔毫无疑问就是个马背上长大的孩子，那么多跟随马儿翻山越岭、驮木料烧炭、开山种地的经历，自小铸炼了他坚韧不屈的意志。当年从州城的师专毕业回来，他被分配到了全县最边远的西山乡成了一名小学教师，同时也成为陆家村第一个"吃公家饭"的人。不想几年以后，他已经成为了我们这个镇的党委书记。

务格依耿曾经有几次被小车送回到陆家村。阿普记忆深刻的是我出生那年，三迤大旱，位于罗坪山腹地的陆家村自然也不例外，上一年中秋过后，直到来年的七月中旬，天空再没下过一滴雨，这就是我们从未见过的四季连旱，气象学里则称之为"七十年不遇"。在广袤的罗坪山腹地，有我们耕种的庄田，千百年习惯了广种薄收、靠天吃饭，地里收成的好坏，首先得仰仗天上的雨水。那一年，我们播下去的玉米、洋芋、荞子和白芸豆一概出不了苗，罗坪山林里长不出鲜笋，搜不到菌子也挖不到药材，许多家庭已经买不起油盐酱醋，甚至没有钱供养在外读书的孩子。有人倡议是否请来毕摩向山神求雨。可好几台法事做完，山神依旧没有遣雨下来。彩云岗上下的草甸像冬日一样荒凉，山里长不出青草，牛羊们吃光了干草，还用蹄子刨出草根在灰土里嚼食，不过一两个月，就把那一块块美丽丰饶的山间草甸折腾成了一片片瘆人的荒漠。接着溪河断流，人们连喝水都困难了。我们不得不低价出售了许多牛羊，否则干旱继续，牛马离散，村人们只得回家收拾好行装，如同当年的祖先一般，跟随牛马在连绵的滇西群山中继续那种飘絮似的迁徙。

这时候，吉洪依耿被一辆小车送了回来。小车后面还跟了一辆大车，拉着两吨矿泉水和一吨多的大米、面粉，还有鲜嫩的蔬菜。他让司机直接把车开到山下离垭口不远的电站，然后打电话给我当村民小组长的阿达，通知各家各户赶着骒马来领取自家的救援物资。分发完毕，他便随同马队、镇里的随行人员以及杨伯依他们一起步行十公里，回到了他的故乡彩云岗。风尘仆仆回到故乡，他却一路泪流满面，他怎么都无法想象，旱魔已经把他挚爱的故园变成一丘遍地流火的荒岭。

阿普提前把村民集中到陆家老房子前。人们听说上面要来人，而且是政府的领导，老人眼里充满热泪，年轻人眼里亦是巴望，孩子们眼里则尽是新奇。可半天人没等来，却在一串丁当作响的马铃声中，看到和我阿达一块儿回来的吉洪依耿。"依耿！依耿！"村里许多人远远看到他就激动地唤起他的小名，不明就里的孩子们都在一边乐不可支，以为是在叫哪个淘气的家伙，也跟着一起喊了起来。场子里一下子乱了套。名字被我们诺苏人看作是人的灵魂。为了不让恶鬼把孩子的灵魂带走，大人都要给孩子取上一些难听的丑名、脏名、贱名，比如克尺（狗屎）、杂日（讨饭）、旺库（偷鸡）、尺尼（臭屎）等，而"依耿"翻译过来则是傻子的意思。一个个诨名，在孩子长大以后还在人多的场合被人喊起，便好似恶作剧一般让人颜面扫地。

担任镇党委书记的务格当然胸怀广阔。他笑盈盈地看着满地的乡亲。他知道自己是大山的孩子，回到故乡，他还是那个被老老少少深爱着的吉洪依耿。阿普脸上却有一丝难堪，赶紧大声向村民们说："吉洪依耿的大名是余振邦。他现在回来已不再是什么依耿了，而是代表党委、政府给我们带来水和粮食的干部！"这让年纪稍大的老人们一下子想起早年风雪肆虐罗坪山，大雪下地后又遇上冻雨，一下子成了铁灾，我们的牛羊被冻死饿死的不计其数，田里的庄稼也没能逃过厄运，最终都一起灭产了，那时也只有共产党的下乡工作队，给我们带来了御寒的衣服和救济的粮食，才让彩云岗顶上的陆家村度过灾荒。于是一个个拥上前来，和这位代表共产党和人民政府的人深情拥抱。

此后六七年，干旱依旧。余振邦几乎每年都要回家探望，挨家挨户嘘寒问暖，走上田头地脚和村民谈天说地，老人孩子对他有说有笑，山里的小狗也和他重新亲昵起来。通过实地丈量，他还特别给我们送来了引水用的管道和抽水机，让阿达率领村民从很远的地方引来清泉。那是真正的自来水钢管，从此彩云岗顶上的陆家村有了甘甜的自来水，阿玛和村里的女人们可以每天都把腰杆挺直了。接着，他又到县农业局请来技术员，指导我们采用地膜种植、配方施肥和各种节灌技术，同时修了许多小水窖，存下雨水，陆家村从此告别了靠天吃饭的历史。他又让村民选举出我堂伯阿鲁康哈充任护林员，联合森林公安整治乱砍滥伐和烧炭烧荒，保护水源，罗坪山上下的草场才慢慢恢复了它曾经的绿色。

如今他再次回家，据说已经当上了副县长了。可他还是如同往日那样谦卑和蔼。整整一天时间，他陪着阿普一起走出村庄，接着走过山间草甸，走进密林，走到庄稼地里，最终又一起折回陆家老房子。余县长一进门，就看到火塘后面的墙上贴满了大小数十张奖状，"三好学生""优秀班干部""美德少年""故事大王""阅读小明星"……还有许多诸如演讲、作文、体育、手工制作、绘画等各个方面的，那是我和务子阿梅的成长记录，也是我们小学时代最宝贵的记忆。从学校奖励直到县级、州级和省级的表彰，他一张张看完，一张张读完，接下来的话题也是围绕着这些奖状展开的。阿普说："这些奖状都是阿梅和阿杰一张一张挣来的，当初我是用上好的麦面，打好了一盆子面糊，再工工整整、一张一张裱上墙去的。这是时光的见证，更是我们这些山里娃勤学上进的印记，就是为了这些，我才更舍不得拆掉这方老房子啊！"

直待此时，我们方才明白，原来他们的这次长谈还是关于搬家的事。其实在这之前，不光杨伯依反复出入，镇里和县里的多个部门都曾来家里和阿普谈过，但他却自始至终咬定一个不字，并且一点余地都不留。"你应该记得，当年学校就设在这老房子里，在这个火塘边上，你常常被我单独辅导到深夜。只是彩云岗顶上的陆家村实在太过偏僻，无论怎么刻苦，我们也晓不得外面的世界怎样。你人生的第一张奖状就是那个学期挣来的，参加县里的数学竞赛得了第一名，结果在学年末的小学毕业考试中，你有了十分的加分，终于有机会成为第一个被县一中拔尖录取的陆家村孩子……"

"是啊！"余县长的感慨意味深长，"若不是有那个升入一中的机会，开阔了头脑和眼界，从此立定求学上进的决心，那我可能就和村里的其他孩子一样，骑马放牛，盘田养猪，一辈子都离不开大山。""所以这样的房子，我怎么舍得拆啊！"阿普的话声中充满感叹。两人就此不说话，沉默很久，余县长却突然告诉我阿普："其实为了这两个孩子，您更应该搬！当年文章学习多好，为什么最终没能考出去？事后我想不就是缺少监管？说白了就是缺少父母的疼爱啊！"

阿普静静地盯着他，仿佛眼前又出现了少年时那个勤谨细致、认真攻读的孩子模样，怜爱之心顿时涌上心头。

余县长长我阿达六岁。阿达入学时，当年的吉洪依耿已经升学到了人人羡慕和向往的县一中。所以在当年课堂上，余振邦毫无疑问就是阿普最好的学生，也是阿达最好的榜样。读三年级时，成绩出众的阿达就如同彩云岗顶上的陆家老房子，在同学之中显现出一种鹤立鸡群、独占鳌头的态势。望子成龙心切的阿普自愧才疏学浅，便像他当年的父亲一样，在新学年开学之时郑重地将儿子送到了山下的碧云小学。他深信儿子从此拥有了比其他山里娃更好的学习条件，可以心无旁骛地潜心攻读。不想六年后，阿达最终还是回到了山里，连个县城里的高中都未考上。阿普不灰心，重新帮他收拾好行装，再次把他送到山下的碧云初中补习，低下一张老脸求爷爷告奶奶说服了老师，并给儿子在校长那里借到了一间单独的宿舍，可第二年三月街前夕，学校托人带信上来，陆文章已经失踪一个月了。而他那间费尽心力方才借到的宿舍，原本是想给儿子营造一个轻松宁静的学习环境，可我阿达却再次辜负了他，宿舍最终成为藏污纳垢之所，校长说光啤酒瓶就完整地收拾出了六箱，还在床底扫出不计其数的烟头、烟盒、臭袜子、大裤衩、破胶鞋……

阿普最终是在三月街赛马场上把儿子找回来的，可那时初登赛道的他却连个名次都得不到，于是新仇旧恨混在一起，阿普从此懒得再多看我阿达一眼了。"人心不通啊！即便你是一根好柴，这样的情势也燃不出一堆旺火来啊！"他总感觉阿达学习不上进，就是贪玩和不懂事。辜负了祖宗，虚度了光阴，就是天理难容的不肖之子啊！

"你阿达当年何等聪明！小学一至三年级，所有考试基本都是满分。可人生就是这样，一步错，步步错……"阿玛总是一遍遍地告诉我，她的唠叨无非是让我和务子阿梅引以为鉴。她和阿普都不希望我们像当年的阿达一样。可他们哪里知道，山下的孩子，在那时对一个陌生的山里娃充满了欺凌和歧视，诺苏人崇尚黑色，我们习惯将自己称之为"黑彝"，在漫长的历史年轮中，那是一种让族人敬畏和骄傲的生命原色，而只有黑彝的称谓，才真正具有最高贵的彝人血统。但并非每一个人都是我们想象的黑色，所以一群调皮的孩子就把年幼的阿达压在教室后面，当着女同学的面脱他的裤子，要看他的下身究竟是白的还是黑的；有人曾悄悄地藏了他考一百分的试卷，有人竟在他简单的小床里藏了一只青蛙，而有人甚至还把尿撒到他的小锣锅里……

太多这样的事件，我阿达却不敢告诉老师，后来得知情况的校长亦只是轻描淡写，武断地将之当作是一种类似恶作剧的校园欺凌。两三年里，我年少的阿达几乎没有一个朋友，并且没有一个可以吐露心扉的所在。哪怕是他严厉的阿达或是慈爱的阿玛一个小小的拥抱，都是一个孩子求学之路上最不能缺失的内容。可父母都不在身边，这一切渴盼他都无从实现。每次阿普送他到了学校，骑着马离开集镇回山的时候，他都会悄悄地从另一条小道，跟着那个高大的身影走出很远。是的，哪怕就是哭，他也找不到阿母温暖宽厚的胸怀。放学以后，整个校园只有他一个人住校，没有电灯，在一个个冗长漆黑的深夜，他只能把泪水咽进肚子，再拾起柴火独自生火做饭。寂寞，孤独，胆怯，屈辱，害怕，羞涩，甚至自卑，渐渐扭曲了他的性格，所以年幼的阿达渴望回到遥远的彝山，渴望回到罗坪山雪线下那个开满花朵的山间牧场，骑上大哥的黑骏马，用驰骋挣回自信，用一个个亮晶晶的奖牌挣回他一个彝家孩子的尊严，为此他常常旷课，瞒着他的阿达悄悄地跟随村里的其他孩子到三月街参加赛马……

我在前面说过，英雄盖世的南诏王阁罗凤曾将马术作为皇家卫队选拔的首要条件。从此催生了在云南大地的各种赛马大会，其中最著名的三月街赛马，就成了汉白彝回藏各民族兄弟同台竞技的舞台。改革开放以后，三月街赛马在云南大地重新开启，因彝族同胞数千年与马不可分割的渊源，使我们这个人口不到一百五十人的陆家村，一下子成为云南大地上最著名的赛马名村。一代代陆家村儿女在赛场争金夺银，短短四十多年间已经斩获上千个州级以上荣誉，并成为彝家儿女脱贫致富的重要渠道，因为哪怕就是三月街一个金牌的奖金，都能抵得上我们几十亩洋芋的收成。有的人则因为赛马而改变命运，荣获高级别大赛冠军被破格录用为国家公职人员，有的人更是从此走向全国，甚至奔赴世界级舞台。

余县长一句话，便让阿普陷入了长久的沉默，同时带给他更为长远的思虑。好半天，他才终于一字一句，透露出这么多天来一直埋藏在心底的真心话："振邦，诺苏男人顶天立地，敢作敢为。陆老师如今已是泥土埋到脖子的人了，他不是胆小怕事、固步自封，也不是顽固不化、不识好歹。他知道党委政府对我们彝家人好。但作为彝家儿女，你是否知道，祖宗们在滇西北群山中迁徙了几个世纪，直到新中国成立，我们才有了七十年的安定日子！陆老师不怕折腾，但却害怕因为这次搬家把陆家老房子留在山里，从此就遗弃了我们的根。你知道诺苏儿女最敬祖宗，历史上那么漫长的迁徙，我们总把麻都背在身上，直待有了安定日子为他送过灵，他的灵魂还长久地护佑着我们的家园。在这彩云岗顶上，不仅有我们的老房子，还有漫山的牛马和庄田，以及我们徒手挖出的驯马场，可到了新居，没有了牛羊我们就没有了生计，没有了赛马我们就没有了尊严，没有了祖宗的灵魂和信仰，那一个个务实勤谨的彝家子弟也就成了异乡人，他们和生活在坝子里的汉族人和白族人还有什么区别？"

"老师您放心，党委政府的扶贫绝对不是一刀切。我们重扶贫，更重扶志和扶智。现在做这么大一个决定，就是为了给彝家儿女一个更加和谐安定的家园，把全体村民搬到一个更为集中、方便的地点另建新村。那里有方便的交通、洁净的水源、卫生舒适的村容环境，邻里之间可以互相照应、互相帮助，而且我们还向上级争取了二十万资金，将在地势平坦的山头为骑手们新建一个驯马场，同时还规划了一个教学点，最重要的是我们还将开启劳务输出与乡村旅游多条路子，让彝家子弟在各个领域都能将务实勤谨的风气发扬光大……"

见阿普不搭腔，余县长又说："我知道陆家老房子是一个村庄几代人的见证。如果您舍不得这老房，我一定会想办法多方协调，争取给您多做些补偿！"说完，余县长拿出了一个信封，"这是我个人的工资，一万块，没有一分不干净的钱！"阿普摇摇头，说："脱贫攻坚，是功在当下、利在千秋的宏图大业，造福亿万民众。放心吧，振邦，我们会支持党委政府的重要决策，绝不会额外地增添麻烦！"

余县长看到他尊敬的老师老泪纵横，也跟着一起流下泪来。

五、惊雷

阿普下了决心。当余县长走后，他就叫来了我阿达，郑重地声明他同意搬家了！阿达长舒了一口气。阿普告诉他，无论如何，老房子一定要带走。事实上这就是他们争执的焦点，从头到尾，阿普从来就没有说过他不支持搬家，可问题的关键就在于老房子要不要拆。陆家老房子就像阿普最敬爱的父亲——他始终认定自己是一个纯正的彝人，追根溯源，敬爱祖宗，是一个诺苏人最高贵的品格。

阿达刚要开口，阿普就拿出一本存折，说上面的两万块钱是他多年积攒的养老金。他同时告诉我阿达："搬家是我们自己的事。除上面定好的补贴标准，我们不能给党委政府增添任何一点额外的麻烦。共产党的政府，完整准确的名字是'人民政府'，包含的是普天之下的中国人民，我们怎么可能为自己的一些私利，给人民政府增添更多的麻烦？今年'二月会'，你把惊雷给卖了！"

阿达木木地站在那里。阿普见他不答，便又重复问道："听见没有？"阿达被他激出泪来："可那是您多年驯好的马儿啊，我还指望今年到内蒙古的全国民运会给您摘个金牌回来！""你不是还有闪电嘛！""闪电老了，如今它就是一匹技巧马，速度已经大不抵当年，甚至参加拾哈达和跑马射箭都已经吃力了，我们应该考虑让它退役了……"

阿达说着流下了眼泪，他当然清楚记得，从阿普给他买回这匹马至今，闪电已经陪他走过了整整十三年的光阴，如今已是十六岁高龄了。马儿是诺苏彝人最贵重的牲畜。那些功勋卓著的良马，几乎都是要在诺苏人家里终老的。

"名利皆浮云，知足亦长乐！我都七十多的人了，还在乎那么多名利干什么？"话虽如此，但我们却清楚地看到阿普脸上再次老泪纵横。

作为一个小学教师，同时也作为一个养马人，他这一辈子最爱的莫过于学生和马儿。养马、驯马、骑马、赶马、赛马，还有相马、买马和卖马，周而复始，就组成了一个彝人的全部人生。驯好一匹马，就等于又养了一个知冷知热的孝顺儿子，也就多了一个发家致富的好帮手。

阿达在读书一事上辜负了他，可赛马他却很少失败。二十年不到的时间，他的荣誉簿里已经差不多写满了云南高原所有以赛马著称的地名，甚至还在好几次省外的职业比赛中夺魁。当阿普为他驯出惊雷后，他仅在短短一年时间，就包揽了省内所有速度赛马的冠军。惊雷是一匹以速度见长的大理马，去年，方五岁出头的它第一次亮相"三月街"，就为阿达夺下了三千米和五千米速度比赛冠军，不论赛程是六圈还是十圈，它一出马闸就绝不减速，那种带有野性的奔跑，让那些来自整个滇西高原的"腾越马""中甸马""丽江马""苍山马""剑阳马"和"宁蒗永林马"都望尘莫及，一举夺得了"马王"锦标。速度赛马，是所有马术比赛中竞争最激烈、难度系数最高，最受关注并且最扣人心弦的比赛，相对于这个项目，什么跑马射击、跑马射箭和跑马拾哈达、抓红旗等等，都不过是些花拳绣腿、旁门左道。懂马的人几乎都知道，两者的差别并不仅仅是奖金的厚薄。而作为全国最高级别比赛的领奖台，全国少数民族传统体育运动会的冠军锦标，一直都是他渴望的目标，他早就下定了殊死一搏的决心。

如今拥有了惊雷的阿达，可谓占尽天时地利人和，为此他一直信心满满，每天不论风吹日晒，都会准时出现在罗坪山中的跑道上。惊雷和他已经越来越默契了。他知道自己已经不年轻了，三十七岁，已经不再是驰骋马背的年龄了。村里和他一般大小的，大多转投他业，打工，开小饭店，当工程老板，开挖机，做技术活……似乎每个人的日子都过得很滋润。执拗的阿达却是个完美主义者，他不想让人生留下缺憾。但事到如今，他只好顺应阿普，把惊雷带到了二月会。

二月会也称"庄稼会"，在每年坝子里栽插节令到来之前的农历二月举办，是全县人民采买籽种、农具和大牲畜交易的重要集会。在千山耸立的滇西高原，有太多这样的骡马集市和赛马大会："三月街""松桂会""乐秋会""丽江会""中甸会"……仅仅我们狭小的洱源县，一年到头就有二月"庄稼会"、六月"火把节"、八月"渔潭会""核桃会""西山会"等多个骡马交易大会，流传至今早已跨越千年历史。

在和务子阿梅一起读完《三国演义》后，我念念不忘的就是关羽胯下的赤兔马。如果千里马也有转世灵童的话，那么毫无疑问，赤兔马的今生便是我阿达座下的惊雷，这的的确确是一匹充满忠义与良善的骏马，赤红的毛色，兔形的长躯，奔跑时像极了一团赤色的火焰。古人曾说："千里马常有，伯乐不常有。"阿普亦曾说过："花为悦己者容，马为知己者死。"马是这世界上最通人性的动物，人对马好，马自然也不会对人坏。据说惊雷降生在罗坪山后边一个普通的诺苏人家，仅两三岁的牙口，它就显现出了与其他马完全不一样的毛色和爆发力，可它却先后七八次落入那些马贩子之手，在那些势利之人看来，惊雷绝不是一匹普通的赛马，而是一匹战无不胜、攻无不克的千里良骏，在几个县市级别的比赛中初露锋芒，便完全展现了它锐不可当的速度优势和爆发力，所以他们更是坚信，只要稍稍包装和炒作，惊雷背后的商业价值完全无法用金钱来估量。于是仅仅一年多的时间，它被人买来卖去，不堪折腾的它就如同当年的赤兔马一般，不吃不喝，很快衰弱成了一匹毫无膘气的瘦马，牵到集镇上十几天都无人问津。

那一天，阿普碰巧到罗坪山背坡做客，遇上了一个懂马的外族侄子，吃完饭，叔侄俩一起来到即将散集的骡马市场上闲走，结果阿普一眼看到那匹瘦马，修长的马腿、厚实的蹄掌、俊朗的马头，就知道这是一匹百年难遇的良驹。可正所谓人穷志短、马瘦毛长，在呼呼的北风中，它如同一个落魄的才子，瘦弱的骨架摇摇欲坠，几欲被风刮走，阿普心里不禁一阵惋惜惊叹。可就在他向人问起价格的时候，狡猾的马主一眼就看出阿普是个懂马之人，便开始坐地起价，喊出一个高得离谱的价格就再不松口，三四番讨价还价，阿普都无法说服马主，只得重重地叹出一口气，转身离开。

直待叔侄俩走出半条街，阿普忍不住回头一看，却远远地看到惊雷还顾着一颗头对着他不舍地张望。阿普当即转身，三步并作两步来到马主面前，像是去见一个多年未见的密友。开口就说："罢了罢了，这马我买了！"

谁想马主在这时候又往上加了一千块。阿普愣了一下，最终还是同意了。这时，连那个外族侄子都觉得阿普可能疯了，他非常懂马，早年就是在省民运会中夺得冠军而被破格录用为国家干部的。可阿普却非常执拗，掏光了身上的每一个衣兜，还是不足四千块，他开始向侄子借钱，侄子拖不动也说不服他，只得乖乖地到信用社取出工资，送到阿普的手里。当阿普牵着这匹瘦弱的小马，回到彩云岗顶上的陆家老房子，全村子人都和那位懂马的侄子一样，用诧异的眼光盯着他。他们都以为阿普疯了，可惊雷却在阿普的调养之下慢慢恢复它的膘色，并在一年之后成了一匹驰骋三滇、所向无敌的骏马。

我们相信，罗坪山上的彩云岗就是它永远的家。阿普和我阿达就是他永远的主人，不想没到两年，它又将落入那些利欲熏心者之手。阿达在二月会上将它卖到了五万二千八百六十元的高价。但离开之时，他却看到了惊雷额面上的两行热泪。他也忍不住哭了起来。

三个月后，我们陆家老房从罗坪山腹地的彩云岗顶上，搬到了垭口以下的陆家新村，和山下的碧云村仅一步之遥。对于我们所有人来说，这将是一个全新的世界，而我和务子阿梅从此也将告别长途往返的求学日子。在阿普的带动下，四山八岭的彝家儿女加班加点，一个山间新村很快就建成了。

赤兔原为奸臣董卓的坐骑，为拉拢吕布而送之与他，有勇无谋的吕布遂杀丁原投靠董卓，后吕布被曹操所败，赤兔落入曹操之手，为劝降关羽，他不惜上马提金、下马提银，后来又将这一良骏赠与关羽。至此，名马赤兔终于找到了侠肝义胆、忠贞不贰的主人和知己，从此在战场大显神威，日行千里，夜行八百，翻山越岭如履平地，陪伴义主千里走单骑，过五关斩六将，守荆州，战黄忠，斩庞德，水淹七军。大义大勇，功勋卓著，威名远扬。后关羽不幸兵败走麦城，身首异处，赤兔被贼子所得，乃不甘屈从奴隶人之手，绝食而亡……

让我们念念不忘的还是那本《三国演义》，我早把有关赤兔马的故事背得滚瓜烂熟，常常又拿出来温习一遍。每当这个时候，阿普脸上尽是忧郁，务子阿梅更是心疼得不得了。可阿普和阿达的关系却一下子变得融洽起来。他告诉阿达，找时间，给你当副县长的表哥打个电话，请他一定要来我们搬迁新盖的陆家新房子里吃一次烤茶！

转眼暑假到来，有一天我们正在火塘边吃饭，忽然听到门外响起了一阵铃声，推门一看，居然是我们亲爱的务格依耿，正骑着惊雷笑盈盈地向我们走来！

花 豹

一

那年我考上了梅城的中专，终于有机会第一次来到我四爷爷的家里。自然也就见到了那块被他们称作"花豹"的石头。

四爷爷是我爷爷的亲弟弟，在兄弟之中排行老四。出生在那个物资匮乏的年代，同时因为父母双亲去世得早，四爷爷刚四岁，兄弟四人便一起成了孤儿。为了活下去，四爷爷在那一年被长辈送到梅城，做了一户杨姓夫妻的儿子。杨姓夫妻都是工人，转眼都过了四十岁，却一直膝下无子，所以他们对四爷爷可金贵得很，给他取了杨家的名字，缝了新衣，还送他上学读书。很多年过去了，四爷爷成了恢复高考以后第一批考上大学的人。四年大学毕业，还被国家安排了工作。

但这么多年过去，四爷爷一直记得自己出生在遥远的绕山河，与我们有着分不开割不断的血缘关系。所以他常常回家探亲，而且每次回来都不会忘记给我们带许多没见过也没吃过的礼品，到了春节，他还会给我们包压岁钱，那是刚从银行取出的新版人民币，很长时间过去，我们都还会小心翼翼地珍藏着舍不得花。我爷爷排行老三，成家后和两个哥哥分成了三个家庭,到了父辈那一代又细分成了好几家。到了我们这一辈,孩子更是多达十几个。但四爷爷公平,把压岁钱按人头分成十几份,从来不会把谁遗忘在外。让我们感念的是,有些年份,即便四爷爷自己不回来过年,也会托人把钱按时分发到我们各自手里。所以我们一直觉得四爷爷亲切,同时也是我们兄弟姐妹对于远方最重要的骄傲和向往。

父亲出门打工做生意,寒来暑往,他对这个城市的熟悉,好比我们绕山河老家的每一条沟、每一道坎。入学那天,我们父子在学校匆匆完成了报到和注册手续,他便带我来到城市南缘四爷爷的家里。可我想不到每次回来都给我们带许多礼物和压岁钱的四爷爷,居然和小他约莫十岁的四奶奶,住在那样一栋光线暗淡的老式宿舍楼里。

但那时的我却来不及多想,父亲在电话里早向他报告了我考上中专的事,我相信四爷爷肯定对我充满失望。早年回家,每当听到母亲向他报告我的学习情况,他都深为高兴。听说我曾在报纸上发表作文,参加全乡的数学竞赛还得了奖,以及我那贴满一面墙的奖状,他不止一次向我伸出了大拇指。他一直觉得我是爷爷这一支系乃至整个家族里最有出息的人。哪想我却深深地辜负了他,最终连个高中都考不上。

为迎接我们的到来,四奶奶做了一桌丰盛的晚餐,四爷爷给我们泡上了红糖米花茶,还摆出许多我连听都没听过的小食和糕点,在绕山河老家,那是我们过年才吃得上的东西。可我却羞愧难当,在他那套逼仄的小居室里一直深埋着头,只想找一条缝钻进去。

好不容易吃完饭,天色黑透,父亲终于开口说要离开,四爷爷却一把拉住我,语重心长地说:"中考已经成了这样,说懊悔说气馁都是没有用的了。世间的路有那么多条,绝非读书才是唯一的出路。可你天生长了一副读书的脑子,不读书真是可惜了。人生有些事,与其逃避还不如直面应对。如今都到了 21 世纪，就业和竞争的压力这么大，你以后仅凭一张中专文凭去闯，路子肯定非常地窄。还好现在国家拓宽了升学路子，中专生提升学历的渠道还有许多，比如自考、函授、开放教育和'三校生'高考等等，只要你肯吃苦，我想在这世间你就没有什么克服不了的困难。以后每到周末，你都来我这里读书学习，利用好每一分一秒，三年中专毕业，我希望你能在跌倒的地方重新爬起来，真正打出一片属于自己的天地！"

这是四爷爷第一次颇为正式地与我交谈。父亲立马在旁边接腔问我记住了没有。我点点头说是。我知道农民出身的父亲对他这个四叔充满了崇拜。而我从小到大一直对四爷爷极为热爱，当然也希望自己能以他为榜样，重新振作起来。于是此后三年时间，我的每个周末几乎都是在四爷爷家里度过，我和他的关系自然也是越来越亲密。

二

退了休的四爷爷头发早已花白，但他却是个精力充沛的老头，生活作息一直很有规律。比如习惯每天早睡早起，习惯吃饭细嚼慢咽，习惯读书看报和摘抄笔记，还习惯每天定时体育锻炼。因为早年受困于学习和工作，四爷爷成家有些晚。直到三十七岁，才娶了我这位四奶奶，婚后第二年为他生养了一个女儿，小时候常被四爷爷带回遥远的绕山河老家。看到她水灵的脸蛋，臊得我们这些"鼻涕虫"几乎不敢看她。

然而当我来到梅城，这个比我大六岁的小姑妈，已经考到了北京的一所大学读书去了。没有了公务缠身，也没有了孩子的烦恼，四爷爷便有了充裕的自由支配时间，每天太阳升起，他就带上锄头、斗笠和篓筐，来到土层肥沃的学校后院，开垦了一块四分多的土地，像个农民似的种萝卜白菜，种黄瓜架豆，种土豆辣椒……

　　州委党校是四爷爷漫长工作生涯的最后一站。我听父亲讲过，四爷爷在很多个岗位待过，但出于对农村农业工作的热爱，几十年来他几乎一直泡在田间地头，直到五十多岁还不愿意回来。有一次州里的领导下乡调研，发现这个农民模样的干部对农村工作实在是太熟悉了，无论耕田种地、育苗下种，还是高效节水、测土配方施肥，以及特色产业发展，都讲得头头是道；而对于中央的农业方针，以及各种惠民政策，他更是对答如流，一下子把领导给感动了，在详细了解他的工作履历后，就责令组织部门把他调到州委党校，让他站上讲台，把自己对基层农村的那一份认知和热爱，向各级党政干部好好宣讲。

　　于是四爷爷又在讲台上站了五年。真正办妥退休手续，他已经六十二岁了。可他终究是个闲不住的人，想起早年在山头地尾与民同耕、与民同乐的情景，便一直想要开辟一块地。幸而州委党校坐落在城南的一面斜坡上，远远看去，能够清晰地看到几栋房子排列在葱郁的绿树中，有一种层次分明的美。而学校后山，还有那么大一块空地，足够他挥洒汗水。

　　那时候我四奶奶还未退休，中午饭都在单位食堂吃，四爷爷忙完地里的活，随手摘一些瓜果蔬菜，就回来自己做饭吃。可他种的菜实在太多了，青菜、萝卜、辣椒、南瓜、黄瓜、黄豆、玉米、西红柿、土豆……根本吃不完，他便毫不吝啬地送给亲邻友朋，甚至专程来到山脚的办公楼，送给那些来不及买菜的年轻同事。记得他不止一次告诉我：他出生在绕山河那个穷山沟，骨子里就是一个农民。偏偏人生中一个不大不小的变故，让他成为了城里人。同时得益于养父养母的深爱，让他读书认字，从此脱离了泥土。但不论在何岗位，也不论到了哪里，他对土地的那份热爱从未改变。这小小一块地，能让他始终记住自己是农民的儿子。

读书复习之余，他常把我带到菜地里一起劳动。我看他薅草、除虫、培土，远比我们农家人细心得多。而且他总会不厌其烦地将收田种地的一些知识道理讲给我。我边做边学，知其道，明其理，想不到种田竟是这么一件有意思的事情。我虽是农民的孩子，可在老家，父母只想让我安心读书，从小到大，我几乎从未参加过一次正儿八经的劳动。如今跟着四爷爷，终于有机会把人生的这一课给补回来。于是照着他的样子，俯下身子跟他一起深挖狠刨，不大一会儿就被太阳晒得满头大汗。可四爷爷不休息，我也只能硬着头皮继续干。待晚间回去后筋疲力尽地躺到沙发上，却让人从内心里感到一种难言的充实和舒坦。

忙完地里的活，他会让我带上个小包，陪他走上很远的路，到梅城后山的大涧里捡石头。一旦来到这样的场合，四爷爷就登时变身成了一个调皮的孩子，看到河滩上有一块光鲜的石头，他立马奔上前去用手去掰。石头却像是生了根一样，不论怎么掰怎么摇，都纹丝不动。四爷爷没办法，抬起头用眼睛在河滩上搜寻半日，突然发现一块小条石，赶紧让我拾来递给他。他拿在手里，熟练地在刚才摇动的石头前细挖慢刮，扒开泥沙，待大半个石头露了出来，又继续掰、摇、拔、撬，把什么动作都一起用上，终于把一块石头给掰了出来。迫不及待的样子，像是从地里抢到了一个熟透的甜瓜。用水清洗干净，左看右看好半天，感觉还是有些不中意，才恋恋不舍地放弃。

很快，我们已经在这样的河滩之中走了一个多小时，四爷爷累得汗流满面，一头白发在烈日之下像是被洗过一般。我出门时没戴帽子，这时候只觉得头昏眼花，又渴又累，问他要不要到树荫里休息片刻，四爷爷摇摇头说："不用。这点累，算个啥呢？早年我们一口气爬十几里的山，有时在密林里行走一整天也见不到人烟，天黑地冻，野兽嘶鸣，我们只得壮着胆子继续往前走。"

听四爷爷这么一说，我只得硬着头皮跟着他继续逆河而卜。他长我差不多四十五六岁，可要说爬山走路，我还远远比不上他。爷孙两人在一个山谷里翻寻半日，好不容易找到一块可心的石头，他便停下脚步，带着我头也不回地回去了。"今天最有意义，因为今天大风坝风电厂竣工发电了！"

他边走边说，一双眼睛却紧盯着手里的石头，像是细细端详一颗闪亮的明珠。这时我才知道，除了读书看报和耕田种地，四爷爷最大的爱好就是收藏石头。当然他并不是去收那些价格昂贵的奇石异石怪石，而是滇西大山大水间那些最普通的石头。我曾在他家房子的一个角落里，看到过许多石头。有大有小，有圆有方，还有长条形、柱形、锥形、扇形、心形、书页形和多边形。颜色同样各不相同，有的深黑，有的牙白，有的浅紫，有的淡蓝，有的血红，有的暗黑，有的蜡黄。摸在手里，感觉质地都非常坚硬，有的石头上还有特殊的花纹或是简单的图案，山水田园、花草树木、人虫鸟兽、村庄原野、旭日东升、林莽苍苍……细细端详，似乎可以从那些抽象的图形中，感受到一种具象的启悟。

唯一与众不同的是，捡石头的日子，必是个值得纪念的日子。而他拾捡石头的地方，往往也是一个有着特殊意义的位置或方向。我清楚地记得那天的报纸上，刊登了大风坝风电厂投产发电的消息。而他带我前去找石头的地方，正是风电厂下方的一个大水沟。四爷爷说他早年曾在风电厂下面的村大队下过一年乡，那时村里还不通电，一年四季，群众点的都是松明火，烟雾很大，常年在松明火下煮饭做菜的老奶奶，到了晚年，一双眼睛都被熏得看不见了。而他蹲驻的老乡家里，好心的大娘宁可一家老小饭菜里没有一点油星，也要把唯一的一盏油灯拿出来让他夜里读书复习。一年后第一次恢复高考，四爷爷考上了省里的农业大学，此后为让山里的群众早日点上电灯，他的报告写了一年又一年。

四爷爷的讲述让我顿时恍然大悟，原来今天捡到的石头，居然承载了这样一种特殊意义。"石头最能代表一个地方的地质结构，如果你的地理知识足够丰富，可以从中推测出一个地方所经历的复杂地质演变。"他的话我似懂非懂，但我知道他就是一位博学的长者。几十年的漫长人生，他是真正干过农业、管过农业、讲过农业。既是一个农业技术人员，又是一个懂业务的农业干部，同时还是个深通农业的行家。他心里一直装着广袤的农村，不论是下乡调研、检查工作，还是走访群众、送教上门、防汛抗旱、农科技术指导，回来之前，他都会顺手捡走一块石头，多年后拿出来再看，会让他情不自禁想起过往的那些人和事。

"比如这块大青石，是当年到罗坪山中拾到的。大雪封山，感觉山头山尾全是雪。我们工作队一行五人在雪地里转了半天，还是没能找到出山的路。正当一筹莫展之际，一个彝家的猎户在收猎物时碰到了我们，就热心地把我们带回家中。可大雪依旧不停，出山的路被封死了，十几天过后，我们把他们家里的几块腊肉吃光了，还把仅有的一堆土豆也吃完了。附近十几里都没有人家，我们意识到接下来几天就要断粮了，可想不到的是，主人二话不说，便把他的一条撵山狗杀了给我们煮肉吃。你不知道，在海拔奇高的大山之中，土地长不了粮食，挖开腐殖质极厚的土层，只长得出鸟蛋一般的小土豆。山里的彝家只能靠打猎填饱肚子，一条撵山狗，相当于我们坝子里的一头耕牛。好不容易雪过天晴，主人带我们下山，我就在离开之前拾到这块大青石存下，告诉自己永远不要忘记山里的彝家人民！"

那石头普普通通，大如巴掌，被四爷爷放在他练字的书桌上。要不是他自己说起，谁都不知道这其中还有这样一段感人的故事。后来四奶奶告诉我，四爷爷也是个重情重义的人，离开罗坪山后，他还多次入山回访，有一次居然用几碗酒放倒了那猎户，把他那个聪明的老大儿子带到了城市住校读书，后来那孩子也成了干部。转眼都快三十年了，他差不多已是四爷爷的半个儿子。

事实上他也一直管我四爷爷叫爸。四爷爷说："一年后我们进山看望他们，结果离去的时候，那个被改了汉名的老大孩子正德，抄小路跟着我们的车跑了几个山头，后来我们终于在一段反向弯路上发现了他，我急忙喊停车子，下车站到他面前时，只听他战战兢兢地告诉我说：'叔叔我想跟您走，我也想读书认字！'我从他的眼睛里看到了他对知识的渴盼，立马让驾驶员调头回去找到他的父母。老乡人很好，可他只认一个死理，而且从始至终咬定一句话：孩子离开，就没人陪他砍柴追猎了。我想都没想，便让他找酒来喝，和他一起喝了三大碗，并把那孩子收作义子，方才把孩子带了出来。孩子那时已经十几岁，远远超过了入学年龄，我和老师商量后把他编到四年级，没想到这孩子争气，每天起早贪黑认真攻读，到六年级毕业时，已经把所有的功课一起补了上来，被学校评为了优秀毕业生。我从这孩子身上看到一种难以言说的志气，就料定他此后必有大出息。果然不多几年后，他考了中专，还被分配了工作！"

我听说四爷爷向来滴酒不沾，那三碗酒让他睡了足足两天。但那酒喝得值得。他那义子我后来也曾见过，按说我俩之间还有一段缘分，因为他当年考取的中专就是我如今就读的学校。我入校后不久便迎来四十周年校庆，他作为当年的优秀毕业生被学校请了回来，在礼堂给我们做过一堂精彩的讲座，开阔的视野和广博的知识，让人无法想象他小时候就出生在遥远偏僻的大山深处。

三

四爷爷留存在石头里的故事多不胜数。或许正是这些原因，四爷爷和山里的乡亲感情最深，我每个周末去往他那里，几乎都会看到许多来自不同地方的山民。他们来城里打工，看病，做生意，送子女读书，请人给考试结束的孩子填报志愿，或是旅游观光，四爷爷这里就是他们最重要的中转站。有的卷着裤脚，有的趿着拖鞋；有的缠着山里人的包头，穿着少数民族的服饰；有的吸着旱烟，有的喜欢在茶杯里倒一小杯酒；有的光着膀子，有的还露着个大肚皮。四爷爷从不计较，和他们坐到一起谈天说地，追忆那么多快乐的陈年旧事。有的人甚至还讲不来汉话，四爷爷就用他们的方言与之交谈，因为我听习惯了四爷爷寻常说话，所以总感觉有些生硬和别扭，每每忍不住要发笑，抬头一看，却发现四爷爷一副一本正经的神情，客人们在这样的语境中完全没有了拘束感，每每谈到开心处，狭小的房子里便爆出一阵阵热烈的笑声。

厨里忙碌的还是四奶奶，不大一会儿工夫，便做出一大席菜来，小房子里于是挤下海海满满的一大桌人，热闹得像是过年一般，心细的她还把盐罐、醋罐、辣椒罐和味精罐一起摆到桌上，各人可以根据自己的口味自行调节。吃过晚饭，客人依旧不会走，挤在那几阁小房子里，有的甚至还要连续住上好几天，直到办妥了事务看好了病，才会不紧不慢地散去。那时四爷爷总还要给他们送上一些糖果、糕点和零钱，让他们带给山里的孩子。

我相信四爷爷骨子里流淌的还是农民的血液，所以他和农民兄弟最亲。村里不论出了什么大事小事，村人们首先想到的总是他。对于乡亲们的请求，四爷爷几乎是有求必应。这么多年来，他和四奶奶的大部分工资，都用来招待山里乡亲，或者支持乡亲们的事业，不是今天这里修桥造路，就是明天那里捐资助学，在梅城工作十几年，他们甚至还买不起属于自己的房子。

说起他们居住的房子，我有时会万分惊叹它居然有那么强大的容纳力。事实上我还完全无法将之归类为"一套房子"。因为它们彼此不相连，即便是从一墙之隔的左间到右间，你都得先开一扇门，在过道绕上半圈，接着再开一扇门。甚是麻烦。到了后来，左右邻居都一起搬走了。楼道里的声控灯坏了也找不到人来修，到了夜间，更是黑灯瞎火漆黑一片。不过都不用担心，过不了多久，四爷爷那些乡下亲戚又会来了，挤在他那几间小房子里谈天说地，热闹得像是过年一样。

父亲往来梅城，依旧会到四爷爷那里打尖。同时也会常来看我，可我却不情愿和他说话。我想我初中三年学习的溃败，与他有分不开的关系。为了我们家的房子，他在我读六年级时开始出门，而我在当年秋季学期也离开了绕山河，到山下的大坪镇读初中，枯燥的住校生活、繁杂的课业，同时因为和镇上孩子在语言上的差异，让我在学校多待一分钟都有可能崩溃。可每当周五课后，其他同学都有父母来接，他们把各种交通工具从十里八山开到学校门口，两轮的三轮的四轮的六轮的，又欢天喜地地把孩子带回山里，给他们做好吃的饭菜，给他们讲慰藉的话语。可我望断愁肠，也看不到父母的影子。我深知这不怪母亲，因为父亲留下的载重摩托车，她压根就不会骑。绕山河与大坪镇相距二十多公里，而且全是山路，有些路段还特别泥泞，身材弱小的母亲是完全没能耐的。可父亲就不一样了，那摩托车在他的胯下如同一匹强劲的骏马，遇上集市，他把我们母子三人像是穿蚂蚱一般带在身后，不论艳阳高照还是云缠雾绕，都能在七拐八弯的山路上飞速行驶。忽一下上到山尖，忽一下又降到涧底。我常听见他熟练的换挡声音，像是我们按电视机遥控器一般轻巧。来到艰险的爬坡路段，他依旧不减速，忽一下就把油门拧到最大，让发动机发出强烈的震动，在我们脚上身上流过一阵阵过电似的酥麻。在极度倾斜的坡路上，他技高人胆大，一脚踩到空挡上便让摩托车完全溜空。我前面的弟弟和身后的母亲常被他吓得睁不开眼睛，我却为他那一种穿云追月的速度完全迷醉。

可我刚上初中，这一切迷醉便猝然结束了。父亲为了他那栋建了一半的房子离开了我们，母亲向人说起他奔走的城市，我只能叫得出名字却完全不知道方位。我也懒得去认那些地名和方位。因为在其他孩子与家人团聚的时候，我只能独自留守在一栋大宿舍里。简易的木板和玻璃窗根本拦不住风，我怕极了那时的狂风呼啸，怕极了那一个又一个惶然不安的周末。房子是什么？房子就是一个白天吃饭、晚上睡觉的居所嘛。四爷爷和四奶奶住的房子多么简陋？甚至连个产权都没有。可他们一辈子就这样过来了，依然过得那么幸福。

少不更事的我在那时候恨起了父亲。同时渐渐学会了叛逆。每到周末便夜不归宿，和大坪镇上的小混混们混迹一气，泡网吧、看通宵录像，甚至还抽烟、喝酒、赌钱……之所以我会那样为所欲为、肆无忌惮，就是希望父亲有一天会后悔。可谁知这一切的恶果，都由我自己来承担。四爷爷又一次向我说起他那勤勉的义子，我知道他那时住校读书的条件远比我艰苦。学校里只有他一个住校生，没有食堂，下课后他还得自己做饭吃；宿舍里没有电灯，晚上他就点一盏煤油灯自习，可多年后他却把图书室里的书全部读完了。我在羞赧间越发感到无地自容。

四

九鼎山隧道通车，宣告梅城与老家梅河县的高速公路正式贯通，两地往来时间缩短到了一小时。那时我已经中专毕业，通过自学考试获得专科学历，同时考上了梅城的一个小微企业，暂时解决了就业问题。四爷爷听到消息后十分高兴，在那个周末，又约我一起到隧道下方的一个河谷里捡石头。

我们乘坐公交车来到市郊，很快来到预定地点，四爷爷登时又变成一个淘气的孩子。他边走边告诉我说，当年他被下派到两县交界的九鼎山后面的一个山村担任工作队员，有一天半夜突然肚子疼得厉害。被邻近村民送到赤脚医生那里，赤脚医生一眼看出那是急性阑尾炎的症状，如果不及时手术，后果不堪设想。村长于是当场决定，拆下门板让他睡到上面，带上十几个壮年男人打上手电，疾行一个多小时翻越九鼎山，把他连夜送到了梅城医院。

在河沟里走出好几里路，我们爷孙终于捡到了一块赤色的岩石回去，四爷爷说那颜色像极了山村老乡的热忱与善良。"医生当夜便给我做了手术，同时告诉村长说：再晚几个小时，引发肠穿孔那可就麻烦了。所以说到底，我这条命也是山里的老乡给救的！"

后来我曾在四爷爷家的小房子里见过那村长，谁想当年一口唾沫一个钉的铁汉子，如今已经衰老成了一个瘦筋寡骨的老头儿，缺牙耳聋，满头白发。但四爷爷一直把他当作最亲的兄长，让四奶奶从菜场买了一只鸡回来炖了。老村长在他那里住了两个星期，才慢悠悠地回去。我听说他有一个孙子考上了公务员，在基层乡镇工作几年后调到了梅城。十年前那小子高考，老村长曾带他来县城找我四爷爷，给那孩子补过一个月的数学和物理。老村长此行是专门来看孙子的，可他在孙子家里只待了一天。他最想念的人其实还是我四爷爷。

老村长走后，四爷爷依旧成天到晚泡在他的菜地。有一个周末，我又前去看望他们两位老人。四爷爷正好收了一簸箕饱满的菜种，兴致勃勃地陪我回到家里，随手拿出一块璨白的马牙石，告诉我说："你看这石头多么纯粹，像极了山里质朴的老乡，只要你真心和他们做朋友，向他们虚心求教，他们愿意把心里的一切认知，都毫不保留地告诉你。"

我在四爷爷的讲述中知道，在恢复高考以前，四爷爷曾在梅城边一个叫吊草的山村担任"扫盲"工作队员，每天晚上待村民劳动结束，就把大伙组织到教室里"扫盲"识字。可几天下来，四爷爷却感觉收效甚微。最主要的原因，是村民热情不高，熬到半夜好不容易才教透的几个字，第二天一早，大伙又都一起还给了他。四爷爷有些不解。而且他还明显地发觉，村民们一直把他当作"城里来的干部"，对他有一种敬而远之的态度。有时候，他明明看见几个村民聚在一起有说有笑，好不高兴。他也想过去凑凑热闹，借此机会再谈些"扫盲"的事。可大伙远远看到他过来，赶紧起身和他打个招呼，便一起四散而去。

这让四爷爷感到非常不安。他想是否因为自己下乡干部的身份，影响了他和村民的交往呢？是否他也应该俯下身子，拜人民为师，和他们做真正的朋友，让彼此之间没有了距离，扫盲识字的效果才会好转？

想到这一层，四爷爷心里又是激动，又是自责。之所以村民和他有距离，不就是因为他始终板着一张脸孔，以师者自居，以高高在上的姿态对着村民大呼小叫？要知道自己面对的可不是世事不谙的孩子，而是和他一样有着健康体魄和健全思维的成人，这样的态度谁能接受得了？

于是当天晚上的识字课，四爷爷并没有站上讲台，而是直接坐到了村民学员中间，态度诚恳地向大伙说："我从小长在城里，对于农村的大事小事，几乎一窍不通。比如我就种不来菜，翻不来地，可土地是我们中华民族的根。没有农民种地，识再多字的人也要被饿死。所以从今天起，咱们以物换物，你们教我种地，我教你们认字，大家既是彼此的老师，也是对方的学生！……"

一席话还未说完，学员之中便已炸开了锅，一阵热烈的掌声中，四爷爷的确是把自己给感动了。而且他说到做到，第二天一大早，便主动来到地里，和村民一起下田劳动、上树摘果，虚心向大伙求教。村民们教他翻地耙地，教他开塝起垄，教他点豆施肥，还教他一起唱山歌打口哨。待果子成熟季节，四爷爷还常和他们一起进山打核桃、捡板栗，和他们一起砍树、抬木头，赶马吆驴，一起驮运庄稼，一起吃饭睡觉，一起谈天说地侃大山，彼此的距离一下子拉近，晚上教书认字，大伙也认真得多了。

"以人民为师，就是要我们沉下身段，尊重人民群众的智慧和创造力，善于发现每一个人的闪光点，并悉心向他们学习求教，从而聚集智慧，团结一切力量。我就是在那时候学会翻田种地的，多年后我再次来到吊草村，便专门来到河沟里拾到这块璨白的马牙石，它让我时常想念村子里那些朴素真实的农民兄弟。如今我播到地上的菜种，也差不多全是吊草的村民给我送来的。他们是我人生路上最好的老师，也是最好的兄弟姐妹！"

四爷爷说这话时，脸上还始终显露着一种难言的自豪。"大学毕业后，我还多次回到吊草村看过，那时才知道，村民们早把我当作孩子们求学上进的榜样。老老少少，常指着我的后背说：'看你这位叔叔当年就在咱们吊草村待过，后来还考上了省里的农业大学！'在那个物质贫乏的年代，家家户户不论再苦再穷，也不忘供养子女读书认字，绝不让孩子像自己和父辈那样做'睁眼瞎'！"

至今，吊草村里已经先后出过二十多个大学生。并且其中还有一个北师大的博士和两个省城大学的硕士，以及一个省委党校的在职研究生，事实上那只不过是一个有着二百多人的小村子。村民们崇文尚学的故事，又一次深深地鼓励着我。

五

四爷爷客厅里的茶桌上，放着一块浅褐色的石头，约莫一个圆盘大小，二三十斤重，上面布满白色的杂花，还有几道天然的褶皱，光滑透亮，十分圆润。匆忙一看，还以为是桌子上蹲着一只小巧的花豹。这么多年来，四爷爷和四奶奶一直把它称之为花豹。

在他们眼里，这可是一块金贵的石头。四爷爷在茶桌上摆了一个塑料的圆盘托盛着，每有空闲，总会找来一张干净的抹布小心擦拭，绝不让上面留有一丝灰尘。关于花豹的来历，我跟四爷爷问过好几次，可他似乎讳莫如深。好几年过去，我才知道四爷爷与这块石头之间的一段不解之缘。

我前面说过，四爷爷是恢复高考以后的第一批大学生。但大学毕业，他已经三十一岁。本来以他出众的学习成绩，同时作为优秀学生干部，毕业后可以选择留校任教。可执拗的他却谢绝了恩师的挽留，主动请缨回到农村担任农科员，誓要用自己学到的知识，带领乡亲运用科技多打粮食，脱贫致富。

四爷爷读的是农业大学。在上大学之前，他曾以知识青年的身份去过农村，担任过多年的代课教师，假期里还被派往偏远的山村扫盲。高考前那一段宝贵的复习时间，村里的乡亲曾把家里唯一的油灯留给了他。说实话他一直有着较为深厚的教育情结，考师范学院，可谓熟门熟路。但高考志愿填报，他却执拗地填报了农业大学。四爷爷多次跟我提起，少年时他有过挨饿的经历，养父养母同样被饿得浑身浮肿，但他们宁可自己饿着，也要把仅有的一点粮食留给他。后来家里实在拿不出一点粮食了，养父便去了农村，十几天后，居然带回了一小袋粮食。养母将之视若珍宝，总是省着吃，掺在杂粮里小心地吃，不到重要时刻还舍不得吃。可最终粮食还是吃完了，养父再次前往农村，却空着手回来。因为那时的农村里同样买不到粮食。然而当一家三口又将要挨饿的时候，是我大爷爷和二爷爷兄弟两人，风尘仆仆地从遥远的绕山河赶到城里给他们送来了粮食，之后还先后给他们送过很多次，一家三口终于度过了饥荒。四爷爷由此相信，农村才真正是十几亿中国人民的根与脉。农村不仅有丰富的出产，还有着浓厚的乡土人情。饥馑年月，哪怕一小袋保命的粮食，都是乡下的亲人一点一点从牙缝里挤出来的。那时还是个学生的他便暗暗发下誓言，待将来自己学到了知识文化，一定要回到农村造福乡亲。

好不容易大学毕业，他终于找到了这样的机会。带着一份赤诚的热情来到一个偏僻的县城报到，组织上把他分配到一个叫水富的村寨担任农科员。可到了村里，他才知道水富其实是最缺水的。七月时节，按说滇西高原已经进入了雨季，可水富这个半山的村子还是一片枯白。从上一年秋季开始，天空像是烧着了一样，再没降过一滴雨，火辣辣的阳光笼罩大地，如同赤色的烈焰在燃烧。那可是几十年未见的旱灾。村子上头的山林枯死大半，村里村外，一块块梯田，无不显露出一种惨白而荒凉的颜色。这一路上，四爷爷看得心里焦急，感觉那烈焰不是烤到地上，而是实实在在烧到了自己心里。他来到村大队把行李一放，就找到大队支书，开口第一句话便说："这种状况，我们一定要想方设法改变，绝不能坐以待毙！"

大队支书摇摇头，用一双浑浊而无望的眼睛打量了他一眼，回答说："河沟里都没有水，田里的庄稼种不下去，靠天吃饭，这是水富村沿袭了上千年的习俗，说实话我们一直渴望改变，可老天爷不赏饭吃，我也无能为力啊！"

"我们可以上山找水，再想办法引到村子里来！……"

　　四爷爷话没说完，身后却有人直接笑了出来："我们找了几十座山都没找到一滴水。已经好几个月了，村子里的壮年男女得要走过几座山，才能赶到有水的箐谷，背一点水回来给人畜喝！一来一回，可是十几公里山路，我们没被累死在路上，已经算是万幸了！"

　　四爷爷转身一看，说话的是一个敦实的年轻小伙，他穿着一件红背心，包括一张脸在内，全身上下都被太阳烤成了黧黑色。看到四爷爷看着他，他却一下子更加神气了，伸手往远处一指，说："山下的河谷里有水，而且是终年不断的水，要是你把那水抽到村子里来，我们就说你有能耐。"

　　旁边赶来看热闹的村民都一起笑了出来，只有四爷爷自己不笑。待大伙笑声结束，他才平静地告诉大伙说："大家放心，会有那么一天的！"转过身又对大队书记和其他村民们说："我们不能干等着靠天吃饭。按气象学规律来说，大旱之后必有大涝。我们得要未雨绸缪，分头行动，在村子上方地势平坦的地方修水库，同时改造沟渠，建小水窖。不仅要防涝，还要把珍贵的雨水尽可能多地积存下来，待到明年，我们就有了自己的水柜子！"

　　"什么大学生？在我看来就是个十足的书呆子！没看这天空都烧成啥样了？连朵雨云都没有，谁信你什么涝不涝的？"捣乱的又是那个穿红背心的小伙子，他一通话说得极为夸张，又引起了人群的一阵骚动，四爷爷很是无奈。

　　可这时，却有一个响亮的声音说道："我信！"循声望去，只见一个俊秀的女子从人后面挤了出来，四爷爷一看有些傻了，那活脱就是电影《地雷战》里的女民兵玉兰。她走上前来，朗声说道："咱们水富村吃够了没水的苦！杨技术员是念过大学的人，明明有一个留在城市的机会，他却甘于放弃，俯下身子来到咱们环境恶劣的穷山村，为啥？不正是为了带领我们多打粮食，一起脱贫致富？我们有什么理由不支持他？"

人群中终于有了赞同的意见。又听她继续说道："从今天起，只要杨技术员有要求，我第一个带头跟上，还有我们全体共青团员，一定会全力支持！"

四爷爷后来知道，那个长得像玉兰的女孩叫何水英，是大队支书的大女儿，读过初中，那时正是村里的团支部书记，在村子里有很强的号召力。也正是得益于她的信任与支持，四爷爷第二天便上山勘测，在她和几个村民的带领下，他们找到了一个地势平缓并且容易施工的地方，将之确定为水库的建设地点。天气太旱，水沟里没有一滴水，而且石漠化严重的水富村后山，给施工带来了严峻的困难。但何水英带领全体共青团员首先来到山头，插上红旗，便热火朝天地干了起来。村民们看到情况，也纷纷加入其中，不出一个月，已经挖出一个能容纳上千方水的塘子。晚上歇工回去，四爷爷还鼓励各家各户在房前屋后挖水塘，深挖渠。在劳动中，四爷爷知道那个穿红背心的青年叫何水安，他早看出何水安恋着何水英，可同时他又惧着何水英，正是因为这一层关系，他渐渐又成了修渠挖塘的骨干力量。

然而这一切似乎都还没做妥，一场漫天大雨就降了下来。那是水富村几代人都完全没有见过的大雨。霎时间，电闪雷鸣，狂风大作，天空像是被一阵响雷炸断了一样，密集的雨水如同瀑布一般直接倾倒下来。仅仅半天时间，就积满了村子上头的小水库，还把村民们房前屋后的大小水塘也积满了。当然这个时候，这些都不是村人们关注的焦点，河沟里都涨水了，还有许多野水四处横冲，村里塌了好几处房。四爷爷听到消息，顶上一个斗笠便高一脚矮一脚跟着大家一起前去防洪救灾，帮助受灾群众转移到大队部或房屋富余的人家中。泥烂路滑，不善走山路的他很快摔成了一个泥人，但他并没有退出救灾行列。村人们同时想到，要不是四爷爷带领村民提前拓宽了水渠，不晓得还要发生多少悲剧。

　　大雨过后，四爷爷和支书一面组织村民修房救灾，一面带领大伙补种庄稼，转眼到了秋收，村人们还是收到了微薄的粮食。在这一系列大事小事之中，村民们发现四爷爷所做的一切全是为了村子，于是不论大人小孩，都渐渐和他亲和了起来。四爷爷趁势带领村民种植节水型作物，改良土壤，种植果木，发展特色农业发家致富。此后几年间，他在水富村带领村民继续修塘补库，防渗补漏，开源节流，帮助水富村建成了一座库容数千方的小型水库和数百个小水窖，终于在另一个大旱之年经受住了旱魔的考验。包括当时何水安嘲讽他把山下的水抽到村子里的事，他经过周密的勘测，也设计出了一张科学合理的图纸，送到水利部门，在他离开村庄二十年后成了现实。有了充足的水源，水富村真就成了旱涝保收的"水富"村，不仅种出了黄澄澄的稻谷，还收获了各种味美香甜的水果，同时还成就了包括何水安在内的好几个养殖大户和致富带头人。当然那已经是后话。

六

　　四奶奶告诉我，花豹就来源于水富村。那是一种密度很高的花岗岩，村子里有许多这样的石头，村人们用它建房子、铺路、造桥、修水库、筑水塘，甚至做墓石，总之在村人们眼里，那是一种既实用又坚固的石头，还是一种让水富村人吃尽苦头的石头。甚至因为石头太多，还导致水富村石漠化严重，让大山储不了水，种不了树，长不了粮食。有一天何水英告诉四爷爷，要是水富村那么多石头能像金子一样值钱，或者可以冶炼出矿产那该多好啊。于是他们还专门取了样，兴冲冲地前往矿产部门做过检验，结果自然让他们异常失望。这就是普通的花岗岩，除了建房铺路，也没多大用处。

然而在四爷爷眼里，花豹还用来纪念一个人。那便是当年大事小事都支持他的何水英。不知不觉，四爷爷发觉自己已经深深地爱上了这个农村姑娘。当然这其间，何水安等几个人还在其中捣鬼使坏，那些啼笑皆非的故事在这里不说也罢。可殊不知他们却帮了忙，何水英是个倔强的人，越是别人看不顺眼的事，她越是要做给别人看。很快，她和四爷爷就到了谈婚论嫁的程度。关于这一点，我四爷爷远在梅城的养父养母没有任何异议。他们的可贵，就是从来不把自己的思想凌驾于他人之上，也从未显露州城和工人阶层的优越地位。因为他们同样来自农村，并且在饥馑年代，农村的亲人还给他们送来了最珍贵的粮食。而更重要的原因是他们年纪大了，包括我四爷爷年纪也大了，他知道养父养母对自己情深意重，最大的孝顺，莫过于尽早结婚成家，让两位老人心安。

可偏偏天有不测风云，四爷爷的未婚妻，那个大方开朗、青春漂亮的何水英，居然说没就没了。说到底这事与我四爷爷有分不开的干系。他在去年大旱时节来到水富村，便火急火燎地带领全体村民在村子后山修了个小水库，而且真正是落地见效，新年春耕，村人们真正尝到了水利工程带来的甜头。可那水库毕竟太小了，还没灌上水富村一半的田，就成了一个空塘子。为此不只四爷爷，包括大队支书和他的宝贝女儿何水英，甚至水富村的全体村民，都希望他能把水库继续扩大。

可石漠化地型让我四爷爷伤透了脑筋。他知道这正是影响水库建设的关键，于是他去了好几次县城，把乡亲们的愿望反映到了县里，终于批到了一批珍贵的炸药，让何水安带着人背了回来。四爷爷再用他丰富的数理化知识，计算好各种参数，让几个力气大的青年团员在山崖上凿好洞，把炸药一埋，火线一点，只听轰一声巨响，水库上面就倒了半座山，塌到下面的碎石土方，已经远远超过全体村民徒手挖上一个月的劳动量。

在村民们的欢呼声中，四爷爷又忙着测算第二次爆破方案。几天过后，一切工作准备就绪，可点火后足足二十分钟，山崖却没像上次一样爆破。四爷爷想莫不是火线出了问题。刚准备翻出隐蔽点去检查一下，身边却率先钻出另外一个人，自然就是那个已经和他许定终身的何水英。她从小在山里长大，上山下坎行动敏捷，很快就到了点火地点，可她刚俯下身，一声震耳欲聋的爆破声便让一块新崖塌了下来，四爷爷的未婚妻，瞬间被万千沙石深深地埋在了下面。一时间，哭喊声、嘶叫声响彻山谷……

人们一起扑向爆炸点的时候，四爷爷却被何水安痛打了一顿。那情形像是一条恶狼扑倒了一只可怜的麋鹿，何水安骑到他身上边打边骂："胆小鬼、胆小鬼，你一个大老爷们不知道害臊，居然让一个女子替你检查火线？……"

他一身蛮力，人拉都拉不开。他边打边啐，把一口口唾沫啐到四爷爷头上、脸上、脖子上。四爷爷像傻了一样，打不还手，骂不还口，甚至不去挡何水安的拳头，睁着一双浑浊的眼睛，直愣愣地看着远方的苍穹。最终好不容易被人拉开的何水安，反倒像个委屈的孩子，独自蹲在一边失声痛哭，那声音像极了一只在山里迷失方向的狼。

是的，他痛恨我四爷爷。并且一直认为是我四爷爷毁了他的人生。当然在这之前，村子里也有人开导他说："水英不嫁给杨技术员，兴许也会嫁给别人。这世界上你所爱的女人，不是都要娶到你家里来的。就像世间有那么多美丽的花，并不是都要掐到你手里。何况自始至终，水英都没向你说过一个爱字！"

"可那姓杨的不来，水英至少还能活着，还能像朵花一样在水富村尽情绽放。"他骂得咬牙切齿，还用一双羊腰子似的眼睛盯着我四爷爷。

我四爷爷浑浑噩噩，在水富村的床上躺了好几天，人们都怀疑是否那一炮，把他的魂给吓飞了？组织上派人去看他，并且还考虑是否将他调回城里，或是调到另外一个村去。偏偏组织的这一安排，让我四爷爷一下子醒过神来。他谢绝了组织的厚爱，并且郑重地告诉来人："我要继续待在这里，要把对水富村的一切伤害，都尽可能地补回来！"

于是我四爷爷又在水富村继续待了四年。可尽管后来水富村真正变富了，美丽善良、热情开朗的何水英却再也活不过来了。四爷爷发誓这辈子再不娶妻。他总觉得自己愧对何水英，他相信他这一辈子，再不会遇到这么好的女子了。

七

回城之前，四爷爷从水富村带走了一块珍贵的石头。就是如今被他放在茶桌上的花豹。我说过那是水富村里随处可见的石头。偏远的水富村离梅城四百公里，每一次来回，他都得汽车加步行，绕山绕水，少不得两天两夜。在绿皮火车时代，差不多是我们从省会昆明到达首都北京的时间了。然而尽管山高路远，四爷爷还是把它带了回来。每当看到这块石头，水富村的一切人和事又悄然浮现眼前，特别是那个英年早逝的未婚妻，是我四爷爷一辈子的痛。

以铜为镜，可以正衣冠，以人为镜，可以明得失，以史为镜，可以知兴替。我四爷爷却与古人不一样，几十年来，他习惯了每天以石为镜，并常常扪心自问，是否你的一切所为都还对得起水富村？后来不论到任何地方，他都习惯随手捡一块石头回来。他当然也会对着另外一块石头发问，自己是否对得起曾经到过的那一片山水？

越是有这样的深省和自问，水富村和那么多他曾经去过的农村，在他心中的位置就显得越发重要，广袤的山区农村，也才有他那么多数不胜数的亲戚。

可他怎么都想不到，有一天他正对着花豹自省，门被敲响了，开门一看，竟然是何水英的妹妹何水珠，她还带着一大堆行李。我四爷爷还愣在一边，何水珠却一下子扑进他的怀里说："姐夫，你把我当我姐姐吧，我今天来了，就决定不回去了！"

我四爷爷好半天回不过神来。何水安骂得对，对于水富村，特别是对于那个英年早逝的未婚妻，他就是个不折不扣的懦夫、一个没心没肺的人。如果当初他勇敢地站出去，至少水英还能活着。她多么开朗自信！多么善良美丽！偏偏他如今还死皮赖脸地活在这世上，水英却永远地不在了。

然而骂他的人后来都和他最为亲近。我四爷爷在水富村的五年，是绝对深得人心、深得人爱的五年。他满腹才华，不论政治语文数学物理化学地理生物，还是农业学气象学种籽学物候学机械工程学知识，甚至还有音乐学美术学民俗学，都在水富村得到了施展的机会。而他自己从不以大学生和知识分子自居，总会俯下身子向村民们虚心求教。短短几年间，他不仅学会了嫁接果树，还能育苗移栽，甚至劁猪医马，为牛接生，重要的是他解决了水富村的吃水难问题，根据水富村偏旱少雨的气候特点，带领水富村村民大量种植与这块土地特质相合的果木。充沛的日照，让水富村的甜枣、石榴、金橘和冬桃，都特别甜。多年后还成了村民脱贫致富的金果银果。同时又大力发展山区养殖业，克服石漠化地型带来的种地难问题。几年间，他学会了水富村的土话，和水富村人一起光着脚走路，和他们一样喝生水，吃冷饭，没过多久，就晒得和何水安一样黑了。为让村里的孩子走出大山，他还不厌其烦，为高考和初中的学生补习功课，后来又从单位和公益机构那里争取来大量图书，在水富村建起了全县第一个农村阅览室，让水富村人知道忙完了地里的鸡零狗碎，除了吃茶聊天看电视之外，还可以读书求学作文章。于是水富村的全体乡亲早把他当作村里的一员。在他离开水富村时，全体村民在新修的道路两边夹道相送，特别是那些老婆老太，哭得像是送走了自己最亲爱的儿子。

何水英被县里追授为烈士，她去世时年仅二十四岁，那时小她两岁的妹妹何水珠正好刚考上大学。对于这个姐夫，她和何水安一样，从起初的痛恨渐渐成了热爱。而且越到后面，她对我四爷爷的情感越是深厚。当然这所有的情谊，她都暗暗埋在心底，如今大学毕业，她认为自己已经是个大人，可以安排自己的一切。于是一年后，在老支书的亲口应允下，发誓终身不娶的我四爷爷违背了当初的誓言，娶了比他小十岁的何水珠，就是如今我那位亲切无比的四奶奶。而他们的缘分还在于对农村和农业的深爱，他们不仅自己报考了农业大学，多年后女儿高考，同样报考了农业大学。

现在再说那个比我大不了几岁的小姑妈，她从小就是个绝对的"学霸"，小学直到高中，甚至后来考上大学，她一直都是班长，所以在遥远的绕山河，她在我们所有小辈人心中就是榜样一般的存在。可儿时的她便有种不同于常人的野性，对农村的一切都充满好奇，而且越是凶险的事她似乎越感觉新鲜，记得她曾让我带她去爬树，去看马蜂窝，去看山头的瀑布如何跌落深谷，去看我们曾经发现一条眼镜蛇的干涧里是否还有蛇出没。有一天夜里，猫头鹰在树梢叫得急，她却拉着我出门带她走一段夜路。我理都不理她，便一头扎进被窝里睡觉去了。小伙伴们都说，猫头鹰一叫，是会死人的。可她却专横无比，掀开被子就把我往外面拉。我只能硬着头皮陪着她继续往外走，一颗心却在胸膛里擂鼓似的跳动，感觉身子几乎都要炸裂。

　　我知道四爷爷早年忙于工作，并且长时间扎在基层农村，有时整整一个年头也回不了几次家，所以对她是一种近乎放养式的教育，不想却练就了她较强的自立精神，同时也培养了她十足的野性和冲闯劲。上大学后，她每个假期都不着急回家，而是常常深入农村一线参加社会实践活动。后来考上研究生，三年时间都驻扎到一个偏僻的农村科技小院，有两个年头连过春节也都没有回来。她在电话里告诉四爷爷和四奶奶，她的理想就是要把论文写在广袤的农村大地。

　　所谓女承父业，对于女儿的人生志向，两位老人是自豪的，也是欣慰的。但他们只有这么一个独生女，心中自然有说不尽的挂念。有一天我去看望他们二老，刚坐定便听四爷爷高兴地对我说，雪萍研究生毕业，已经考上了兰州的一个农业研究机构。雪萍就是我那位小姑妈的名字。我一听也为他们二老高兴。当时读书苦，读书忙，如今参加了工作，她应该可以经常回来陪陪她的老爸老妈了。可雪萍依旧很少回来，参加工作的第二年，脱贫攻坚大幕开启，她主动向单位提出申请，去了陇东的一个贫困县农村。我在脑海里搜寻好大一阵，才想起甘肃是一个干燥少雨的内陆省份，她下驻的农村，或许要比她母亲的故乡水富村更为干旱。我有些不解，比起咱们梅城，兰州总算还是一个省会城市，水往低处流，人往高处走，从小地方到大城市，这是人生发展的普遍规律，可她怎么偏偏还要往最苦最穷的基层农村去呢？

　　我最心疼的还是我四爷爷和四奶奶。一年到头，他们老两口其实是很孤独的。这几年，随着房地产的迅速兴起，当年居住在一起的左右邻居，大多在繁华的市区买了房子，州委党校的宿舍区一下子没有了其他居民，每到夜里，那个僻静的角落只有他们老两口住在里面。

　　还好他们有那么多的乡下远亲。一有人来访，小房子里又会热闹上一段时间。我也常去看望他老两口。包括好几个春节，都是我在党校宿舍区陪他们二老一起度过的。我在企业上了一年班，之后又参加专升本考试，考上了梅城大学的汉语言文学本科。两年后本科毕业，学校招一个校编文职人员，我想都没想就报了名，居然从一百多个报考者中脱颖而出，考上了那岗位。后来我娶了在一起上班的同事，常去看望四爷爷和四奶奶的就成了我们一家两口。一年后，妻子生了小孩，看望他们二老的变成了我们一家三口。这期间，我们买了个按揭的单元房，还买了一辆配置不高的小汽车，四爷爷也非常为我高兴。他其实是非常看重我的，对于一个对农村有着深厚感情的人，特别又是一个时刻关心着农村发展的人，他总希望我们每个农村娃，都能从农村走向城市，并通过自己的努力改变命运。

可对于他，包括我敬爱的四奶奶，还有他们最宝贝的女儿雪萍，他们向往的反而是真正的农村大地。有一天，四爷爷兴致勃勃地告诉我说，他们老两口要出门了。雪萍嫁在了她驻扎的陇东农村，他们要到雪萍工作的地方给她筹办婚礼。那时我方始知道，雪萍嫁的人正是她大学时的同班同学。她从小深受父母双亲的影响，同样有着深厚的农村情结，所以大学四年，她在那么多同学中义无反顾地选择了颇具励志精神的他。毕业后雪萍继续留校读研，而他则自己回乡创业，之所以雪萍那么急切地赶往陇东，说白了更像是去赴一场重要的生命之约。

那些天，我看到四爷爷和四奶奶满面春风，脸上时常显露的是一种大事已成的快意。四爷爷的身世我自然不用再介绍，而我四奶奶在失去了亲姐后，也就成了家里的独女。如今雪萍的人生有了归宿，对他们来说是件多么重要的事！

八

从陇东回来，四爷爷和以往一样捡石头、盘菜地，接待他那些来自不同地方的乡下亲戚，日子和早前没什么两样。后来听说雪萍有了孩子，四奶奶独自去陇东住了一段时间。之后大约两年不到，雪萍又生了，居然还是一对双胞胎，四奶奶又再次前往陇东，整整大半年都没有回来。州委党校那老房子里就只剩下四爷爷一个人。偏偏那段时间，我的业务异常繁忙，学校正在申报一个国家社科基金课题，我有大量的文案要写。工作之余，我还一直在认真复习功课，打算考一下本校的研究生，争取有机会转为正式编制。所以每到下班，我都一直扎在书堆里。妻儿催了我好几遍，我才突地想起已经好久没去看望四爷爷了。特别是我那孩子，和他四太爷特别亲近，有几天没见上他四太爷，都嚷嚷个不停。

那个周末，我终于有时间带他们母子到了州委党校，可刚见上面，我就觉得四爷爷脸色有些不对。果然吃过早饭，四爷爷告诉我说，他又得出门了。我还来不及问出口，四爷爷便说："之前我也未曾跟你说过我那女婿的情况，他出生在农村也长在农村，从偏僻落后的小村子出来的确不容易。可到了大学期间，父母两个先后离世，之所以当初刚一毕业，便急急忙忙回家创业，实在是因为家里太穷，得回家挣钱供两个弟妹读书。好在他的创业也较为成功，在沙地上种了上百亩西瓜、葡萄和苹果，几年来收成不错，于是他又把规模扩大了好几倍。雪萍现在过去，夫妻俩却各忙各的事业，我那三个小外孙就没人带了，你四奶奶一个人根本忙不过来，我得过去陪她，用心用情把咱们下一代教好！"

我话未出口，又听他继续说："现在，脱贫攻坚已经全面结束，但乡村振兴又拉开了大幕。雪萍学的是农业，农村一线，才是她施展才学和抱负的宽广舞台。如今这世界充满了浮躁，特别是许多年轻人，做事做学问都习惯蜻蜓点水，东一榔头西一棒槌，到头来什么事都做不好。所以我和你四奶奶都商量好了，以后咱们就随雪萍过去，让她心无旁骛地做好自己的事业！"

我知道四爷爷这一辈子最看重事业。早年走上工作岗位，他情愿一直泡在农村大地做自己的业务，也不愿意回到城里当个领导。到如今，他同样不希望时间从雪萍和我身上白白流逝。

我宽慰他说这是好事，四爷爷放心去就行！再说现在交通方便，兰州与昆明之间每天都有航班，梅城和昆明之间也通了高铁，四爷爷和四奶奶要是想家，一天时间就能回来了。四爷爷点点头说："其实也没事，这房子是我向单位租住的，把东西一收拾，该丢的丢，该卖的卖，到时我把钥匙给总务处一交，就可以轻松上路了。"

要说这一点，我对四爷爷始终充满敬佩，在这个他生活了一辈子的城市，他居然没有一套真正属于自己的房子。养父养母属于工人阶级，一辈子都租住厂里的宿舍。而他长期工作在农村和基层，也从来没想过要在哪里安家。后来到了州委党校，直至退休后的这十四五年间，他一直和四奶奶租住在这老式宿舍楼上。这么多年来，他老两口对农村的一切事业都特别上心。每个月的工资收入，大多被他们反哺给了农村大地。我后来知道四爷爷一直操弄那块菜地，除了解不开的土地情结，一半的原因还是为了节约开支。遗憾的是如今旁边没有了住户，四爷爷收到的菜都没地方送了。

只听四爷爷继续说道："看孩子可不是一朝一夕之事。养而不教，那根本就没有尽到我们做父母做爷奶的责任，但我如今都这么一大把年纪了，这以后的事谁都不好说，你四奶奶小我整整十岁，总不能让她以后一个人再回到咱们梅城吧？……"

他话未说完，我竟突然觉得他这一走，兴许就不会回来了，心里一下子疼了起来。这是他生活了一辈子的城市，怎么到了晚年，他却要选择离开呢？看到我的脸色不对，反倒是四爷爷安慰我说："我们只有一个女儿，女儿到了哪里，哪里就是家！要知道不论走到哪里，我们双脚踏着的，还不是咱们自己的中华大地？"

我被他说得泪如雨注，都不知道该怎样回答才好。思索之中，又听四爷爷对我说："可我心疼的是我这一堆石头，你说我该如何处理才好？天高路远，总不能把它们带到遥远的大西北吧？"

一句话问得我语塞。我知道这一堆石头，见证了四爷爷与广袤农村的深厚情谊。特别是他从水富村带回来的那一块花豹，见证了他最纯洁的爱情和最青春的人生年华。四爷爷曾跟我说过："我知道水英对我的爱，其中也有那么一点点自私的意味。但归根究底，还是为了水富村。我是分到县里的第一个本科大学生，那时候人才缺乏，所以县里一直想把我调回县上，包括州里也时常想把我调回来。可那时水富村的事业才刚刚开始，你不一头扎进去，根本成不了事。水英就希望我能一直留在水富村。别人常开玩笑说我是被水英给俘虏了，我自然也承认了。对于她那样一个真诚善良的女子，我又怎么能辜负于她？后来又因为你四奶奶，我便更加不能辜负这个村子！"

四爷爷的一番话，道出了他对水富村的爱。直到现在，他还常常回到那个大山村落，并通过多方的努力，引资建厂，引资建校，修桥造路，同时继续改善水利设施，大搞特色农业和石漠化治理，几年过去，终于让水富村成了远近闻名的"生态村"和"小康村"。

我相信随着时间的流逝，他对水富村的感情只会越来越深。可岳父岳母去世，村里一下子就少了一份热。接着几年前，曾经长时间接任村长并和他无话不谈的何水安也因病去世，他就不知道该把那块豹纹石放去哪里了。

看着四爷爷满腹愁思，我也给不出任何建议。他那堆石头来得太不容易，而且每一块都有一个特殊的故事渊源，随意丢弃，那可真是太可惜了。说送人吧，偏偏这就是一堆普通得不能再普通的石头，除了他自己，对于其他人没有任何意义。送到公园里吧，可他知道公园比家里还干净，搞不好会被环卫工人当作建筑垃圾给处理了。要紧的是如今的公园还总在改造，供排水设施、电路电线、危房危墙，总在拆旧盖新，兴许用不上几年，他那堆珍贵的石头就被当作一堆新的建材掺到混凝土中，从我们眼皮底下永远地消失了。那放到河里吧？可如今城市的河流早被硬化，兴许雨天大水一冲，就被冲没了。或者侥幸能够留下，到了干季河水断流的时候，一堆干枯的石头暴晒在太阳下面，该有多可怜多难看！那怎么办呢？总不能把所有石头再一块一块送回去吧？再说四爷爷那些石头来自四面八方，山高路远的，要送回去可是件多么艰难的事！

最终我们一家三口只能带着一腔愁绪从四爷爷家里告辞出来。

转眼又到周末，妻子提醒我是否去帮四爷爷收拾一下东西。我赶紧点头称是，我们一家三口到了州委党校，四爷爷的房子居然搬空了。包括它那一堆石头也不见了踪影。我赶紧给四爷爷打电话。电话通了，四爷爷在电话里大声告诉我，花豹被他快递寄到陇东了，他和四奶奶会永远陪伴那块石头。而他此刻正在送其他石头回去的路上。

我诧异不小，赶紧问他是怎么去的。他哈哈一笑，告诉我说陪他的是正德。我知道正是那个他从罗坪山带到城市的彝家义子，如今已从领导岗位退了下来，买了台新车。他们父子正准备把当年四爷爷所有工作过的农村都跑一遍！四爷爷在电话里说，现在农村变化太大了，家家户户盖起了楼房，村村寨寨通上了水泥路，还有电话电灯和干净的自来水，葱郁的田野丰收在望……

在四爷爷的讲述声中，我恍若看见一派生动的乡村气象，正向他们的车迎面扑来！

油葵花开

一

汽车越过大桥，开始爬坡了。发动机发出剧烈的轰鸣和震动，像是一头被困的猛兽，在声嘶力竭的吼叫中，急欲撞破牢笼，脱笼而出。刘大进伸出右手，紧紧地拉住额头上面的拉手，同时本能地把整个身子往山这边靠了靠。那是一条紧贴山崖的险路，像极了一卷曲线，被随意丢弃在这高陡的大山之上，窄得令人可怕，刘大进甚至不敢往江面上看。刀劈一般的危崖下面，大江奔流，急浪滔天，这就是被称作"东方多瑙河"的澜沧江，在群峰如簇的滇西高原一泻千里。高山深峡，水流湍急，是这条大河最显著的特征。据说当年滇缅公路贯通之后，这条湍急的江流，不仅淹没过整辆的大型卡车，还曾将坠入江中的日寇飞机瞬间化为无迹。

第一次见到这条传说已久的大河，刘大进没有感到丝毫的荣耀，相反却是满腔的懊恼和气愤。突然又是一个剧烈的颠簸，那阵势像是要把全车人一起甩出去，他的头也重重地撞在拉手上，砰的一声，像是被人在脑门上敲了一棍。又惊又吓，一阵闷疼让刘大进憋了一肚子气，只差骂出粗口。

到了这个时候，他真是有些后悔了。他知道绕山河远，可他绝想不到居然这么远。车从县城出来，不过两个半小时就到了大坪镇街。可吃过中饭再从大坪镇街出来，如今三个小时都要过去了，一辆车依旧在这大山大河之间环绕。

刘大进于是在心里骂起了蒲校长。记得那天他正上着课，蒲校长突然给他打来电话，他手上戴着蓝牙手表，一眼就看到蒲校长的号码。但有学生看着，他没敢接。一下课，他便径直来到校长办公室。他刚坐下，蒲校长便开门见山："最近县里又给咱们梅河一中安排了驻村扶贫的指标，还得担任第一书记。我看年轻人中，就你一个党员，所以我希望，你能支持一下学校工作，到基层锻炼锻炼！"

没有任何讨价还价，刘大进就爽快地答应了蒲校长。回到办公室，同教一个班的几位老师却骂他傻："一个高中老师，你不上课到村里扶贫算怎么回事？你年轻，有激情，有活力，有时间，而且刚从学校出来，学业基础扎实，容易出成绩。驻村扶贫，你能玩得过人家财政局、发改局和扶贫办？娘家就是一个破学校，要钱没钱，要项目没项目。再说咱们挂钩的那绕山河村子，说白了就是一个兔子过路不拉屎的穷山村，把十座金山填进去，恐怕都冒不了个泡！……"

然而刘大进却并不这么看。事实上蒲校长就是那么一两句话打动了他："我听说你爱人怀了孩子，如果村上事不多，你早晚有个来回，对她也是个照应！我对你没有任何指标要求，咱们一个学校，也不要什么先进和模范，只要你保证好自身的安全就行。"

说到底这一切都是为了韩梅。要说他一个当老师的没有事业心，那绝对是假话。可自从韩梅怀上孩子后，他便一直不得宁心。因为韩梅已经流过一个孩子，他不能让悲剧重演。而蒲校长对他先前的事，似乎也有所耳闻，临了还告诉他："以往，驻村甚至被看作是一种福利，那些孩子高考、老人生病、媳妇怀孕和要盖房子的，都会主动向我申请。我不批他还跟我有仇似的，见了面一双眼瞪得比牛腰子还大。如今一年时间，足够你带回个大胖孩子了！"

然而这一路绕山绕水，把他一颗心都凉透了。绕山河是个什么鸟地方？你姓蒲的当了那么多年校长难道心里没个数？轻描淡写一句话，就把我抛在这山旮旯里，我能插上翅膀飞出去照顾韩梅？

上山的路弯拐如肠，前前后后，刘大进呕吐了不止十次。严重的晕车，让他暂时忘记了对蒲校长的诅咒。但后悔的心思却一点都没有少。毛学清不知情，以为他还在闹车晕，只管一个劲让他好好休整休整，还说以往每年都有驻村干部进来，没有一个不像他这样。

毛学清是绕山河的村支书。比他大不了几岁，但对待任何事都足够热诚。那天中午，就是他开着自己那辆五菱荣光，把刘大进一行从镇政府给接回来的。那是一辆二手车，除了喇叭不响，其他什么地方都响。几个月后，刘大进几乎被这车害了性命。

看着他不吃不喝的样子，毛学清还专门安排炊事员给他熬了稀粥。绕山河没有一块土地种得出稻谷，几年前，大米在老百姓眼里依旧稀罕得很。看他总吃不下饭，炊事员却舍得下米，把一锅粥用炭火熬得喷香。最终饿得不行，刘大进总算把米粥喝了下去。但除了吃饭，他依旧对任何人都毫无兴趣，不理不睬，似乎把对蒲校长的所有怨气，都发泄在了这群无辜的人身上。让他受不了的不只是绕山河的远，同时还有绕山河的冷。时令已是三月中旬，这个时段，一百七十公里外的县城已经可以不穿外套，哪想绕山河依旧寒天彻地。最让他受不了的，是绕山河黏性极强的红泥巴，出门上趟厕所，厚厚的胶泥像是给人添了一副鞋底，沉重得好似灌铅一般，回到房子里不论怎么收拾，依然会落下满地的红脚印。

他改变态度是因为督查组的到来。那天正是星期天，督查组绕山绕水还是下来了。督查的目的再明确不过，就是驻村队员的到岗情况。毛学清带着大伙一起出去迎接。刘大进却懒得起身。办公室里发了盆炭火，他便一直偎在火盆边上。当毛学清把督查组一行迎进屋子，反让他感觉来人身上一大股冷气，坏了他烤火的兴致，从始至终眉头紧锁，对所有人不理不顾，心里还反复嘀咕："我就这么一个态度，能耐了你们把我开除回去！"

督查会便围着火塘开了，会开得就跟拉家常似的。绕山河不止来了刘大进一个人，还有市旅游局的老李和县文体局的小何，督查组传达了各种纪律要求，但更多的是嘘寒问暖。督查组的王主任自然注意到了他的情绪，把他悄悄地喊到一边，听完了他的满腹牢骚，点点头，若有所思。然后拍拍他的肩膀，说："以前的驻村干部，的确似你们蒲校长所说的那样，纪律松散、作风散漫，但如今决战脱贫攻坚，决胜全面建成小康社会，是压倒一切的政治任务，自上而下的总基调，就是强作风、抓纪律。针对你的情况，解决的办法当然也有，如果实在觉得媳妇那头放不下，那你也可以向学校申请换人。但话分两头说，即便回到学校，你又是否能够保证时时刻刻守在媳妇身边？"

见刘大进一脸愧色，王主任又变换了语气："如果愿意留下，那作为年轻人，我觉得你不该如此虚掷光阴，而是要拿出实实在在的干劲，踏踏实实干出一番事业，多年以后回过头来再看，你应该感觉驻村扶贫这段时间，自己真正做到了问心无愧！"

真是一语惊醒梦中人。眼前这个四十多岁的中年人，始终给人一种可以信赖的直觉。后来他还成了刘大进的好朋友，为他解决了不少困难。

二

天气终于放晴，刘大进想要搞一次入村走访。但毛学清要到镇里办事，老李和小何也都要跟着下山采购生活用品，两个副主任大昆和毛双军，得留守在村委会的便民中心执勤，刘大进只得一个人出行。让他意想不到的是，这次独行竟然让他和背阴村结上了不解之缘。

出门前他向大昆、毛双军了解情况时得知，绕山河最远的村落，当数这个离村委会大约二十二公里的背阴村。"在以往，几乎所有驻村干部都不愿挂这个村子，海拔高，路途远，而且基础差，底子薄，苗汉两族杂居，村民生活实在太穷困，二十九户人家，一百四十四口人，其中十八户是建档立卡贫困户。经济形式单一，除传统作物种植和劳务输出外，没有其他任何产业支撑……"

听完介绍，他把饭碗往桌上一搁，起身就走。雨后的空气清新无比，太阳暖暖地照着，让人感觉无比舒坦，他只当这是游山逛水，心情自然也好了许多。大约三个半小时后，人困马乏的他终于被那条小路带到背阴村口了。路从半山之中斜插入村，然而村道两边的房子大多低矮老旧，没有大门，也没有围墙，并且居住分散，东三户，西两户，在一面开阔的大山背坡之上，不到三十户人家，居然分隔出不下一公里的间距。

出门时大昆告诉他，村主任熊天泉打工去了，所以到了村里，他只能先去找上届全县党代会代表熊正茂。他媳妇是村里的赤脚医生，需要他时常帮衬，并且家里还有两位高龄老人要他照应，所以他平时也就在村里做些农产品生意，不仅群众基础好，各种情况也都熟得很。

大昆要给熊正茂打电话，却被刘大进婉拒了。他不想把自己的首次走访搞得那么隆重，前呼后拥，像个大人物似的，势必给人不好的印

象。然而刚进村不久，他就被几条狗一气追到村底。筋疲力尽的刘大
进根本没有看到它们，突然听到一阵剧烈的狗吠，前方路上、身畔的房
下、右前方的高崖上，四五条狗如同几只被点燃的"钻天炮"，唰一下
从不同方向一起向他扑来。刘大进被吓得不轻，双脚一软几乎直接跪倒
在地，同时一颗心都快要跳出嘴巴。幸亏他手里握着一根柴棒，左挥右
舞，狗自然不敢靠近他，他只得一边挥舞着柴棒，一边后退，一直退到
村子下面，但狗群依旧没有后退的样子。

　　突然，几块土坷垃在狗群前面炸开了，几条狗吓了一跳，狂烈的吠
叫声一下子停了。刘大进回身一看，才发现后面来了一个老头儿，赤裸
的上身肋骨突出，寡瘦的身子已经佝成了一张弯弓，手里还握着两块土
坷垃，大喝一声，一群恶狗便一起乖溜溜地逃走了。

　　又惊又吓，刘大进感觉浑身的力气都被抽走了似的。直待狗群远
去，他才渐渐缓过神来，对老头儿说了声"谢谢——谢谢——"结结巴
巴气喘吁吁的样子，可谓狼狈之极。老头儿却跟没事一般，放下土坷
垃，拍拍手上的泥，指向田头的一个大口缸让他喝茶，自己则又重新拾
起地上的锄头。他身后是一片向阳的山坡，一梯一梯，如同他脸上的
皱纹丘壑分明。一小块新翻的土地，在枯白的草色中透出一股淡淡的泥
土芬芳，如同陈酿的酒香沁人心脾。刘大进跑得口干舌燥，拾起口缸掀
开盖子就是一气牛饮，方才感觉满口酸涩，然而那滋味可绝不是什么茶
水。但刘大进还是咽了下去。

　　"这天气不雨不晴，阴冷得很，老人家咋不在家里休息？"好不容易
喘息平定，他才打开话匣，向老头问道。

　　"山村缺水，常常一入春就旱得种不成庄稼。我得趁着这雨水赶紧
下种，否则错过时令，就收不了粮了！"但很显然，他是把刘大进误认
为是进村收白豆的小贩了，突然停下活计，向他问道，"年轻人，这几

天外面的干白豆价格可好？"

"您家有白豆要出售吗？"

"是啊是啊，好大一堆白豆，还都在家里堆着呢！从去年秋后直到现在，一直没人进山来收购。换不成钱，所有的汗水都是白流！"

"背阴村一直都种白豆吗？"

"既是又不是。以往我们主产的是燕麦和苦荞，可背阴村高寒缺水，直到这个年代，依旧还是传统种植，可谓广种薄收，靠天吃饭。你别看这么大一面山坡，其实种不出几颗粮食。而且村子太过遥远，村人们千辛万苦种出的庄稼，就是运不出山卖不成钱。早几年，上面带我们发展过油葵，还在山下组建了榨油厂，可货源供不上，居然说倒就倒了！不几年，村人们又听说核桃价格高，便把玉米地和洋芋地都改种了核桃，可如今核桃也卖不起价钱，大家又一股脑地种起了大白豆，但这个东西刚好过两年，如今又滞销了！"

说话间，天空飘起了牛毛细雨，顿时寒气逼人，老头儿赶紧穿上衣服，收起锄头，说了声："走，一起上家里烤火烧洋芋吃去！"

老头家住村中心的大核桃树下。一个院落没有大门围墙，破烂不堪的房子也没有门壁，便围上一张大篾笆钉在几根厦柱上，总算把房子包了起来。但篾笆早被尘烟熏成漆黑一片，还破了好几个洞，就用纸板和塑料布填补起来，好似一件打满补丁的旧衣服。整个背阴村大多是这样的房子。不知道到了冬天人们该如何御寒？

来到门口，老头儿干咳一声："老婆子，来客人了！"

"好啊好啊，那赶紧迎进家里来！"

一声回答之后，就看到篾笆门从里面被推开了，一个又矮又老的老婆子走了出来，一双眼睛不断地翻着白眼。刘大进和她打了个招呼，就跟着老头儿走了进门。屋里很黑，唯一可以看清的是正中摆了个火塘。

老头儿给他递了条凳子，自己却一屁股坐到火塘边的一团树疙瘩上，轻轻一翻弄，火星子便如同生了舌头一般，往干透的松毛上一舔，火苗子就亮堂了起来。借着火光，刘大进才看清楚这是一个"口袋房"，中间没有隔障，各种东西好似装口袋一般挤在里面：左边两张床上几乎没有什么褥子；右边则堆满了洋芋、发了芽的蔓菁，自然还有成堆的大白豆。地没有硬化，不生个火，感觉好似进了冰窖一般。老婆子从橱柜里取出一个盘子，边走边说："农家小户，没啥好吃的，但这几个小核桃，味道可甜了！"

刘大进抓起两颗，放在手心一捏，只听"嗑"一声脆响，硬壳之中露出三两瓣白仁，拾起一块塞到嘴里，果然清甜得很。高海拔地区的核桃就是这样，生长期长，油性少，但糖分却很足。赶了几个小时的山路，他肚子里也饿得慌，便一口气吃了三四个。感觉这核桃不仅解馋，还能扛饿。柴火一旺，老头顺手从身边提出了酒壶，给他倒了大半碗酒。刘大进知道这是山里的待客之道，有了刚才那几瓣核桃仁垫底，他端起酒碗就把一大口酒喝到肚里。那是纯正的粮食酒，满口都是玉米和青大麦的甜香。刚才那种浑身颤抖的严寒，也被烈酒和火光给驱散了。老头儿呵呵一笑，彼此间的距离一下子拉得更近了。

老婆子眼睛不好，但黑灯瞎火的，她手脚却极是麻利，淘米，洗菜，接着又快刀切出一堆洋芋、蔓菁，伴着腊肉丝一起煮到同一口锣锅里。这时老头儿已经知道刘大进不是收白豆的小贩，而是县里来的驻村干部，特别是知道他是梅河一中的老师后，显得更加热情了。刘大进在交谈中得知，老两口有一个孙女，就在一中读高二。

说话间，屋子里飘满了米香、肉香和洋芋、蔓菁的焦香。菜饭一锅熟，老头掀开锅盖，盛了满满一大碗就给他递了过来，热气混合着饭香迎面扑来，饥肠辘辘的他早已是垂涎欲滴。接过饭碗，拿起一双筷子就准备大吃起来，偏偏电话在这时候响了。给他打电话的正是党代表熊正茂，原来大昆怕他找不到，就在他离开村委会后，给熊正茂打了电话。熊正茂在家里等了好半天没把他等来，只得主动给他打了电话。得知他的具体位置，赶紧在电话里大声说道："先别忙吃饭，我马上赶到！"

电话挂了不久，篾笆门就被人从外面拉开，一个敦实的汉子走了进来。不用问，这就是背阴村的党代表熊正茂。一进门便说："走走走，上我家吃去，一接到大昆电话，我就立刻吩咐媳妇把诊室关了回家准备饭菜。我在县里的代表会上曾经呼吁过，要上边给我们安排一个驻村干部来，可咱们村子交通不便，又是少数民族村寨，连续几年的几批队伍，都没有一个人愿意来……"

熊正茂快言快语，刘大进也不好表态，可身后的老头儿却大声骂道："岂有此理，哪门子规定我家里的客人要到你家吃饭？瞧不起我熊二爷啊？"

刘大进这时才知道老人被村人称作熊二爷，老太婆则被称作熊奶奶。看到熊正茂一脸难色，刘大进干脆一屁股坐下来，把刚才熊二爷给他盛的饭菜塞到熊正茂手里，接着自己动手盛了一碗，就大口吃了起来，熊正茂只得陪他一起吃上。刘大进其实也出生在山区，那是滇东地区一个极苦极寒的山头，他从小知道入乡随俗，如果他随着党代表熊正茂走了，就相当于把熊二爷的脸都尿到了裤裆底，那在这个背阴村，他就被看作一个见利忘义的人，从此再不招人待见。

一口气吃下了两大碗，同时又和熊正茂各自喝下满满一碗酒，熊二爷才笑着说："好了好了，背阴村里，从来没有让客人光着肚子出门的规矩！这下好了，吃饱了饭，也该到正茂家认认门，今晚不把酒喝醉，就不要回去了！"

结果那一夜，他果真就在熊正茂家醉成了一条蛇。各种各样的话说了几大筐，喝完之后，便一头扎在熊正茂家的木楼上睡去。

三

刘大进实在想不通，一百四十多人的村子，居然找不到一个厕所。第二天从熊正茂家的木楼上醒来，只感觉下腹一阵疼痛，下楼找了半天，可就是找不到厕所。只得悄声问了问熊正茂，熊正茂示意他进猪圈里解决，可刚到圈门口，却看到几头肥猪模样可憎，便硬憋住不解，三步两步从熊正茂家出来，飞快地隐藏到村子上头的一片林子里。然而刚蹲下身子，就听村子里传来一阵激烈的吵架声，男声女声，人嘶狗吠，听那阵势，感觉都要打起来了。刘大进赶紧提起裤子就往村里跑去，刚来到村子中央，就遇上了急成一阵风的熊正茂，都不用开口，便把他往村下头带。边走边说："村子里的水源本就不足，加之这两年天旱，居住在村子下头的张氏五兄弟常喝不到水，为此村里常常引发矛盾！"

昨天晚上和熊正茂一夜对饮，刘大进对村子的情况已经有了大致了解，二十九户人家，其中有二十四户都姓熊，全是土生土长的背阴苗族人，祖祖辈辈，已在这山村里生活了好几百年。村尾的张明达兄弟五户，是 20 世纪 90 年代被政府安置过来的汉族人，虽然人口不多，但兄弟五人擅长经商，还跑运输，居然成了村子里率先富起来的那一部分。

两人一起赶到村主任熊天泉家门口，清楚地看到，吵架的分成了两拨，一拨居于路上头，正是以熊天泉媳妇为首的男女老少；一拨居于路下，刘大进已经知道其中穿西装的就是张明达，只听他高声说："咱们共生一个村，同饮一箐水，几十年来都这样过来了，你们凭什么要断我们的水？"

熊天泉媳妇也说得有理有据："水往低处流，这道理谁都懂。咱们背阴村的水源本来就不足，可你们住在下头的，却不珍惜水源，什么洗衣机、饮水机常常从早开到晚，还有什么太阳能、冲水马桶的，每天耗用的水，比住上面的多了不知多少倍。关键是你们拿自来水浇花、浇菜，搞什么假山喷泉，都这么干了，那住上面的人家还喝得到水吗？"

如果话就这样说下去，很快便能找到解决的办法了，可下面的却把话说得有些难听了："我们交得起水费，想怎么用就怎么用，你们管得着吗？"

这样一来，上面的人也不客气了："以为挣几个钱就了不得了？有钱你们自己找水源！有钱你们全世界买水去！……"

谁也不让谁，一件简单的小事顿时被揉成一团乱麻，甚至还大有动粗的态势。刘大进想都不想，便挤到人群中央，大吼一声："大家一起住口！"两边的人都被这个年轻的陌生人给镇住了，愣了半天，才一起问这是哪里来的"四眼狗"，咋敢到背阴村撒野了？熊正茂赶紧走上前去，大声向村民宣布："这是县里下派到咱们绕山河村委会的扶贫工作队长，从梅河一中前来驻村的第一书记刘大进老师！"

刘大进接口向村民们说道："我们祖祖辈辈都居住在这个山清水秀的村落，都说远亲不如近邻，我们应该珍惜这种缘分。水源不足，我们可以找水源、修水渠，有钱的捐钱，有力气的出力气，或者可以向上争取资金项目，总之一起想办法解决问题，聚在一起吵架闹事、互相攀比炫富，算什么本事？"

三两句话，就把村民们给镇住了，一个个自觉理亏，渐渐从后面散开了。刘大进以为这事就这么结束了，谁想突然一个声音把大伙又叫了回来："请大家等一等！"

刘大进一惊，循声望去，只见人群后面走出一个约莫三十四五岁的男人，熊正茂悄悄告诉他说，这是大学生熊海的哥哥，名叫熊峰。在村委会，刘大进倒是听大昆说过熊海，他父母早逝，是哥哥嫂嫂把他带大的。当年考上梅河一中，家里供他读书可谓极其不易，于是村主任就发动全体村民，给他一起凑足学费。三年时间，他连每年的寒暑假都很少回来，哪怕只有半天休息，都会放下课本，来到县城的各种小商店、小餐馆打工，半工半读，居然成了背阴村里的第一个大学生，而且他考上的是炙手可热的省理工大学。毕业后进了一家大型规划设计院，至今三十岁不到，已经在省城买了车、买了房。据说，去年公司还派他到西班牙和希腊考察学习了整整一个月。

只听熊峰向村人说："乡亲们，刚才刘老师说得好，背阴村是我们共同的家园，我们自己不建设谁建设？前几天春节，咱们小海也回来过年了，看到村子里又是缺水又是贫困的样子，离开前还专门告诉我，他是村子里的父老乡亲一起培养的孩子，心里一直充满感恩，如果村子里要搞水利，他一定会回来替我们免费设计方案，还说要捐一万块钱！现在我就当着大伙的面，将钱交给村干部！"

说完，果真走上前来把一沓红钞交到刘大进手里。看着他满脸激动的样子，站在旁边的熊正茂首先鼓起了掌，刘大进也激动地鼓起了掌，村道里便响起了一阵热烈的掌声。

"团结就是力量嘛！"

"大家有钱的捐钱，有力气的出力气！"

"就是嘛，一起建设咱们的新家园，脱贫攻坚，咱们自己也不能掉队啊！"

……

类似这样的话，村人们还相互说了许多。这时，连张家五兄弟都纷纷表态村里的公益不能缺了谁，得要团结一心共建家园，说话间就把两万块现金交到了刘大进手里。刘大进感觉那不仅是钱的事，更重要还是一种信任、一种燃烧的力量，作为一名扶贫干部，就应该把这种力量团结成一团熊熊赤焰，熔炼成真正的脱贫攻坚精神。

之后三四天，他吃住都在熊正茂家，并且在熊正茂的陪同下，把每个家庭都走了一遍。他几乎不能想象，已经是 2018 年，确切地说，离全面建成小康社会、第一个百年奋斗目标的实现仅剩下三年不到的时间，但位于澜沧江边上的背阴村子，居然还有如此穷困的家庭，村民有的因病致贫，瘫在床上起不了身；有的因学致贫，好几个孩子在外求学读书；有的则是因缺乏产业致贫，归根到底就是找不到致富的路子。但不论哪一种贫困，最外在的表现，就是居住条件简陋，房子低矮老旧，有的甚至缺乏最起码的防寒保暖功能，对照"三不愁两保障"的脱贫退出标准，这首要的住房保障都满足不了。

刘大进第一次感到人生竟然如此迷茫，也不知该怎么做。此后每到一户，他都绝不是走马观花、草率应付。而是像一个远道而来的亲戚，和主人一边聊，一边往屋里屋外看一转，厨里灶上看一阵，接着又坐下来一阵嘘寒问暖，细致聆听每个家庭的急难愁盼。也就是在这样的交往中，他发现背阴村的人是有志气的，为响应政府的脱贫攻坚政策，村子里的年轻人大多外出打工去了，留守在家的，也都有大干一番事业的决心，一个个都信誓旦旦地向刘大进说："只要这路通，只要没什么大灾大疾，两三年时间，不把这贫困帽子摘了，那就把咱这名字倒着来写！"

一席话让刘大进感动无比。他此时明白，决战决胜脱贫攻坚，不仅是党和国家的重要战略，同时也维系着人民群众对美好生活的向往。既然自己横下一条心留下来，那就必须做成一番事业，绝不辱没扶贫干部这一光荣称谓。于是他当场拨通了毛学清的电话，大声宣布："老毛子，此后背阴村的扶贫工作，就由我来抓！"

四

一个月后，借第一书记第一次集中调研学习的机会，刘大进回到了县城。学习一结束，他却径直去了学校。当然他不是去和蒲校长吵架，并且一开口，就表明了自己的身份和立场："我是您派出的扶贫干部，您和梅河一中是我最大的后台和靠山，我有困难和问题，不向您申诉向谁申诉？不向梅河一中叫苦向谁叫苦？您没有去过绕山河，更没有去过一个离绕山河村委会还有二十二公里的苗汉杂居的村子。所以您无法想象，村人们常常喝不上水，种不出庄稼，卖不出山货，供不起孩子，盖不起房子，穿不上保暖的衣服，至今还有三分之二以上的村民是贫困人口，甚至直到冬天，都只能居住在一种用簸箕围成的口袋房里……"

他一气讲了一个多小时，把所有在背阴村里见到的景况都给蒲校长讲了。蒲校长耐心地听他讲完，点点头，告诉他说："首先我向你表示道歉，这么多年我们一直把工作的重心放在抓教育教学质量，忽略了脱贫攻坚是一项重要的基础性工程，自然也不知道绕山河和其下辖的背阴村居然这么偏僻遥远！但诚如你所说，你是我派出去的干部，你的困难我不解决谁解决？放心吧大进老师，我今天向你严正声明：我和学校，就是你永远的精神后盾。这样吧，今天晚上，我们就组织召开一个教职工大会，你把刚才跟我说的话，向全体同事再讲一遍，咱学校教职工人数比他们全村人还多，我们一起发动所有教职工向背阴村购买山货，同时给你承诺，食堂今年吃的洋芋和萝卜，还有腊肉，全都由你背阴村提供了！……"

当天晚上，刘大进在教职工大会上的演讲轰动了整个学校，背阴村里积压的核桃、洋芋和大白豆，差不多全被老师们认购了。学校当即决定，由工会主席组成个小分队，包上两台车陪他一起进山拉货，于是背阴村里的蜂蜜、草药、鸡蛋、苦荞和土鸡等，也被老师们一起买走了许多。当然这已是后来发生的事了。

而这次演讲引起的连锁反应还不止这些，蒲校长当即表态，让总务科长与食堂沟通，将三个来自背阴村的孩子安排到食堂参与勤工俭学。熊奶奶来村委会专门找过刘大进，把她那孙女熊艳梅的事跟他讲了一个下午。刘大进方才知道，老两口就只养了个独生女，从小被他们当作心头肉，后来给她招了个外地女婿，可生下这女娃没多久，夫妻俩一起出门打工，居然在回来的路上出了车祸，孩子从此成了孤儿……

当时刘大进听得五味杂陈，此时蒲校长一听也非常感慨，还特别吩咐各自的班主任，要加强与三个孩子的交流与沟通；同时要求教学经验丰富的学科教师组成专门小组，在正常的教学活动之外，对他们予以特殊照顾。在这一点上，蒲校长的态度明显转变得快，在会议结束前他这样说："我一直觉得教书育人是咱们学校的主责主业，如今竞争压力大，高考成绩一直是社会关注的焦点，一本率或本科率稍稍跌那么几个点，你就被舆论架到了刀尖上。但我们应该清楚，教育与经济发展是互哺的关系，和扶贫的关系同样如此。而扶贫的意义不仅仅在于'输血'，更在于'造血'。教育扶贫，说到底我们的任务就在于扶智，要充分发挥咱们学校的育人功能，为精准扶贫贡献人才的力量，为贫困山区培养出源源不断的各类人才，阻断贫穷的'代际传递'，让人民群众真正过上好日子！……"

整个晚上，刘大进始终心潮澎湃，特别是蒲校长一席话，打通了他心底的所有疑环。在学校耽搁得太晚，回到家时已是深夜十二点多。打开那套位于四层顶楼的出租房门，顿时一股热浪袭来，四月光景，这个山地县城实在太干太闷。但这样的空气里却夹杂着一种难言的温馨，刘大进知道这就是家的味道。归根到底，那就是韩梅的味道。韩梅还没有睡，倚在沙发上等他。他赶紧放下手里的一堆公文，就往韩梅脸上深情一吻。

是的，韩梅真是太好了。他驻村已经三十多天，在那个网络信号极不稳定的山头，他甚至没法和韩梅正儿八经地聊一回视频，白天常常走村串寨，晚上回来，还得填报表、做计划、学文件、写材料、报信息、手机打卡、收看网上夜校……他也不知道自己一贯的体贴和涵养都上哪儿去了？

当然韩梅的可爱，就在于直至今天，都没有向他发过一句抱怨。人生能有这样一个知心伴侣，于他何尝不是一种幸福。记得当时刚走出大学校门，就业的压力便让他喘不过气来。于是他报考了滇西高原上另外一个国家级贫困县的乡镇中学教师。一路过关斩将，几个月后，当他顺利地出现在那个离家一千公里的乡镇中学不久，就认识了韩梅。

当然要说真正的媒人，应该是一场突发的群体性水痘。那时的刘大进差不多把一颗心都放在学生身上，一听几个住校生前来报告，他立马放下饭盆带上患病的学生，急火火地送到乡卫生院请医生治疗。然而一进门，刘大进就被那张清丽的脸蛋给迷住了。他同时发现，这个小护士身上有着一种与别人完全不一样的气质。她沉着、镇定，而且那是爱心与责任心的交集，以及一种业务娴熟的自信。他忍不住和她多说了几句话。

事实上作为班主任，他并不缺乏与韩梅再次见面的机会。那时一个小小的乡镇初级中学，居然容纳了一千四百多名学生，却没有一个校医，于是学生的大疾小病，大到阑尾水痘流感或是其他群体性疾病，小到伤风感冒肠胃不适流鼻血，总会时不时地发生。然而日思夜盼，再次见到天生丽质的韩梅时他却说不出一句话。是的，韩梅出落得像一只孔雀，美丽大方，气宇非凡，相反他却呆头呆脑，躲在一副厚实的眼镜后面，如同一只反应迟钝的鹌鹑。源自内心的自卑，让他连续错过好几次机会。

真正给他动力的，或许正是当时的学校环境。课余闲暇，他听说好几个年轻教师都在打韩梅的主意了。一时让他紧张到了慌乱的程度。在经历整整一个星期的失眠后，他感觉自己这一辈子都不能没有韩梅。于是那个暑假，他听到韩梅父亲病危的消息，便紧随韩梅来到她的老家。韩梅父亲已经在病床上躺了好多年，甚至早在韩梅读初中的时候，父亲就因为不断加重的肺病失去了劳动能力。为此韩梅曾一度辍学在家。

刘大进带着十二分诚意，在老人床边侍汤奉药，献尽殷勤，没人的时候，他终于大胆地把那句话向韩梅说了出来："嫁给我吧！"

韩梅不置可否，父亲却替她表了态。他不等刘大进向他开口，便把女儿的终身托付给了他。他对刘大进的好感，就在于刘大进是一个初中教师。他忘不了当年，正是另外一位年轻的初中老师翻山越岭来到家中，把韩梅重新带回学校。更重要的是，每当咳得上气不接下气之时，他便感觉自己已经时日无多，他得给女儿找一个可靠的男人。

"您就放心地把韩梅交给我吧，我一定会照顾她一生！"面对他钉子一般的誓言，老人微微点点头，脸上露出一副再无牵挂的神情。半个月后，他们在那个遥远的山村送走了老人。老人当然也认可了他这个女婿。可送丧仪式上，韩梅却哭得痛不欲生。他知道韩梅把对父亲的依恋和自己前途未定的伤感都融进了泪里。

韩梅读书时就是全省护理职业学生技能大赛冠军，在如今这个临时工岗位，她依旧是全市乡镇卫生院职工技能大赛冠军。在流感多发季节，她准确的扎针技巧，令那些工作二十年的老护士不得不刮目相看。那些儿童患者，从一进门就声明只要韩阿姨打针；还有几个老人，如果知道韩梅不上班，他们宁愿让兑好的液体作废，也不愿其他人来打。他们害怕打了漏针，让一只只不太灵便的老手更加不灵便。在病患的连连夸赞声中，卫生院领导更是把她当作一张名片，不论大会小会，都要抬出来一番豪夸。

但越是这样，韩梅便越是不甘心和不自在。事业单位招录考试，可谓千军万马过独木桥，她已经连续两年都以毫厘之差落榜。于是每当刘大进把他俩的婚事摆上桌面，都会被她一口堵死，"等等，再等等！……"

她不是说拒绝，而是说等。刘大进当然知道韩梅内心深处那种高贵的自尊，便不止一次想到要和自己心爱的女人并肩作战。一年后，当把一届学生送出校门，以优异成绩被评为全县优秀教师的刘大进，居然大胆地把一条信息发到韩梅的手机上："树挪死，人挪活，为了明天，咱们一起走！"

一条短信，更似一种铮铮誓言，胜过千言万语。于是两人一起暗暗复习准备，并一起报考了澜沧江边上的梅河县医院和梅河一中。几个月后，刘大进中榜了，韩梅却再次名落孙山。是去是留，对于他们则是一次艰难的抉择。最终，刘大进还是果断地把韩梅带到了梅河县城，并且就在当年结了婚。

来梅河县城后，韩梅在县医院当上了临聘护士。但韩梅就是韩梅，在业务上她不输任何人，还舍得吃苦，在寒冷的医院过道，她常常把自己走成一阵风，有时竟似个男人一样，不惜力气地扛仪器盒、提液体、抬氧气罐，而且不论白天工作有多忙，晚上回到临时租住的宿舍，她首先做的事居然还是打开书本。过度地劳累同时也是过度地自信，让她对自己的首次怀孕都有些不知不觉，结果一不留神，就把孩子给流了。那时看着她有气无力地躺在床上，一张小脸苍白成了一张纸，刘大进心疼得连连摇头叹气，嘴里一遍遍地唠叨着："傻啊，你！……傻啊，你！……"

当几个月后得知韩梅再次怀上孩子，刘大进果断代她向医院辞了职。他不相信自己一个七尺男人养不活一个家庭。而且三百六十行，行行出状元。人生在世，成事的方法何止几千种，何必硬要把自己吊在一棵树上？又何苦急在一时？……

这样的话，他不知跟韩梅说了多少遍。那时的韩梅把头埋在他的怀里，萌得像是一只温驯的小猫，他也只想好好陪伴这个女人，给她更多的关心、体贴和照顾，履行当年在岳父病榻前发下的誓言。哪知一个冲动，竟把自己推到了一百七十多公里外的绕山河。

<h2 style="text-align:center">五</h2>

第二天一大早，刘大进就赶到菜市场，买鸡买鱼又买肉。他做得一手好菜，一直想给韩梅好好补一下身子，同时也要对岳母表达一种感恩和敬意。在前往驻村之前，他把岳母接到梅河县城替他照顾韩梅，这段时间真是苦了岳母。更重要的是，他还约了熊艳梅和两个来自背阴村的孩子。

后午时分，三个孩子怯生生地敲开了门。一桌子饭菜很快上了桌。韩梅和岳母了解刘大进的一片苦心，匆匆吃了点东西，就一起下楼锻炼去了。紧随一声门响，三个孩子似乎一下子放松了许多，而这时候的他则更像是一个和蔼可亲的兄长，给三个孩子讲起了自己的求学时代，同时给他们讲到了背阴村的大学生熊海。亲和的语调，也换来了三个同学的信任目光，短短一顿饭时间，他感觉三个同学自信健谈多了，说到了许多生活和学习的困惑，同时说到了自己的理想：一个想当医生，一个想上军校，一个想当老师。一次没有距离感的接触，让他看到了背阴村孩子身上展现的那种质朴率真和刻苦上进的精神风貌，都说教育是明天的希望，他心里多么希望三个背阴村孩子通过自己的努力改变命运。同时作为一种良好的示范，带领更多的孩子走出大山，一起走向充满光明的未来。此后几年，和来自背阴村的孩子一起聚餐吃饭，成了刘大进每次回到县城时的必修课。

送走三个同学，刘大进又给远在省城的熊海打了电话。哪知一开口，便给他一种相见恨晚的直觉，电话一打就是一个多小时。让他惊叹的是，熊海果真不愧规划建设方面的高材生，一开口，就表现出了比其他人更为专业的观点和主张，他说："背阴是个传统的苗族村落，在解放以前人们都习惯了刀耕火种，造成森林植被下降，缺乏水源。所以当前村落的发展要务，就是要解决缺水的问题。可多年来形成的粗放式农耕，加之早年乱砍滥伐严重，背阴村的山生不了水，也存不下太多的水。但我们可以重新找水源，比如通过争取项目，向上游的澜沧江抽水，还比如可以修水窖把雨水存下，发展特色农业种植……"

挂了熊海的电话，他又把电话打到了督查组王主任那里。约定好时间，就急急忙忙来到了王主任的办公室。故人相见，刘大进倍感亲切，刚坐下来，就迫不及待把绕山河和背阴村迫需解决的困难都向王主任汇报了一遍，比如交通问题、水源问题、危改问题、基建问题等等，总之一切对背阴村发展有利的，他都极力去争取。但他不是信口开河，所述之物，无一不来源于这一个多月的周密调查，内容详实，思路缜密，而且胸有成竹的样子，像极了当年大学毕业时的论文答辩，让王主任不得不刮目相看，简直不相信眼前坐着的正是一个月前还那么消极的刘大进。

在接下来的一个星期，热心善助的王主任专门带着他连续走访了发改、交通、水利、住建、扶贫等好几家单位，多渠道争取资金项目。刘大进发觉，各个部门都乐意听他的呼吁和倾诉。并且一再告诉他，要坚定信心，同时做好宣传和群众的动员工作，决战脱贫攻坚，各级党委政府可都是动了真格，项目和资金，很快会源源不断地下来。而他要做的，就是要把各种规划做得更加成熟和精细，让每一分扶贫资金都真正用到节骨眼上，发挥最大能量造福当地人民。

这样的回答让他心里更有了底，一回到绕山河，便忙成了一颗陀螺。他当然知道，各种项目的申报和实施，必须经得起时间和人民的检验，但归根究底，他必须有更为科学、周密、细致的调查和论证。于是他和毛学清一说，干脆把行李带到了背阴村。党代表熊正茂为他收拾出了一阁干净的屋子，吃住也都在他家。然而他刚一进门，就首先预交了伙食费，并坚称如果熊正茂不接，他就住到别人家里。争执不下，熊正茂只好收下。而那一刻，他的斗志更加强烈。短短几个月的工夫，他已经和背阴村里的老老少少混得全熟。前家厨里吃一碗饭，后家火塘边喝一杯酒，左家的地头帮一阵锄，右家的墙角拌一会儿水泥，就跟他在滇东老家山沟那样亲切融洽。背阴村人都习惯称他"眼镜队长"，而村里的狗也再不咬他。

这时候，远在省城的熊海专门回了一次老家。两个人一见面，便更加不能分开了，坐到一阁房里喝着一碗酒促膝而谈，要说的事真是几天几夜都说不完。到了第二天，两人还一起翻山越岭，走出十几公里的山路，一直走到江水湍急的澜沧江的上游地带寻找水源。熊海有着扎实的专业基础，一路上告诉他说："南水北调，不仅充分发挥了长江流域较为富余的水源效能，同时解决了华北平原的严重生态危机。再说我们滇西高原上的引洱入宾，通过五十多公里的管道和隧道，把洱海之水输送到以干热著称的宾川县，居然还缔造出了一个如诗如画的圣果之乡。只要我们把水用活，把路接通，那相当于是打开了一座资源富矿，背阴村能做的事还多着呢！"

一说到路的问题，熊海马上接过话说："在历史上，背阴村其实也算得上是一个交通要道。其实针对这一点，我们还可以申报一个更为大胆的新方案，就是在澜沧江上游建一座桥，把路首先修到背阴村，这样不仅缩短了与大坪镇和县城的距离，还可以带动澜沧江沿岸多个邻近村落的互惠互利，协调发展！"

从水源讲到背阴村的历史，再说到背阴村中那些不知年月的核桃古树，最终又说到了发展乡村旅游的构想，熊海思路清晰，计划周密，言谈举止，根本不像个山里娃。他说："我粗略地考察过背阴村的历史人文，茫茫大山之中的背阴村，在古时又称十字村，其实就是这个'十'字了得啊，因为这还曾经是茶马古道和历史上被称作'南方丝绸之路'的博南古道两条重要支线的交汇之处，这里的核桃古树多达一百余棵，每一棵古树都是村落历史的见证，我们正好可以借机做活乡村旅游，推动产业扶贫……"

一说到乡村旅游，便把刘大进说得更加热血沸腾，立马喊来老李和小何，这两个旅游局和文体局的干部，其实都有自己的渠道优势，开发旅游和人文资源的规划构想，居然在这时候一拍即合。

而他和熊海则一鼓作气，在做好了从澜沧江支流板栗箐引水规划的同时，又做好了道路施工、旧房改造、小水窖建设等一系列可行性报告，在熊正茂的陪同下一起来到县城，同时又在督查专员王主任的协调帮助下，连续跑了好几个部门，果真就如同上次表态的那样，许多可行性很强的计划和项目，当场被表态一定会特事特办，并以最快速度送到县里的专题会议上进行论证，或是转报到市里和省里。三人一高兴，就把王主任带到一个小饭馆里，用绕山河人的爽直与他一顿豪饮。

六

得知韩梅顺利生产的消息，刘大进高兴得几乎跳了起来。他热情地拥抱了旁边的毛学清,"生了生了,我媳妇生了!我当爸爸了!……"

　　没人知道他这话声中承载了怎样的快乐与苦楚,以及那么长时间的期盼与不安。话声一落,他顺手把毛学清的车钥匙借过来,驾着他的车走了。中午饭上喝过一碗酒的毛学清看着他渐渐远去的车影,硬是想不起还有什么话没向刘大进说。直待车子完全消失在视野中,他才猛地拍了拍身边的大昆:"快给刘大进打电话,让他把车停下!"

　　电话未打出去,大昆的手机却先响了,一个放羊的老头儿慌里慌张地向他报告:"支书的车翻到了路下……"

　　毛学清当即吓出一场冷汗,在听清翻车的具体位置后,急忙喊来熊正茂和熊峰等一干人赶往事故现场。他那辆半旧的五菱荣光,刹车和方向都有些不好控制,而刘大进本来眼睛就不好,更要命的是他在此前已经喝了满满一碗酒。作为土生土长的绕山河干部,毛学清自然知道,山里人淳朴、热情,但又含蓄、质朴,甚至还有一种天生的执拗和不可理喻。从古至今,他们的待客之道首先就是喝酒。常常要看到客人把一碗酒喝到肚里,才会把你当作亲人一般看待,许多思路和想法,也才会大胆地提出来。

　　刘大进入村六个多月,上级党委政府的各种扶贫项目,就如同这漫天的雨水一起降下来。修路、危改重建、小水窖建设、水源改造、厕所革命、太阳能路灯、村民活动场所建设等等,这本是一件件天大的好事,可这时候,村人们关心的却是自己的农耕,因为三月里一场雨后,那厚厚的云层便完全不见了踪影,天空干得像烧起了火一般,地里发出的新苗,很快被一轮毒日晒死了。一直等到六七月份雨水下地,他们才得以补种庄稼,错过了这几天,就得饿一年的肚子。

　　可工程同样得抢。不有效利用好这雨水季节,把工程拖到干冬和荒春,建设成本必定会成倍增加。毛学清告诉过他,当时绕山河小学的校安工程就安排在春季开工，偏偏那时天旱异常，连一阵风吹过都能擦出火光，山箐里都找不到水，结果所有的浇灌用水都得派车到澜沧江河谷去拉。直到现在六七年过去，毛学清还不无惋惜地说："如果我们把工期往后移上半年，或是往前抢那么几个月，那学校硬化、修路、仪器配置，以及大门和操场的施工钱就都给节省下来了！"

事实上除了缺水，整个绕山河令人担忧的还有冬日的严寒，大雪一降，冷得让人都出不了门，那时即便开得了工，水泥也无法凝固，许多基础设施无法改善，旧房改造和新建工程同样无法实施。为抢时间，毛学清和刘大进首先发动村干部一起进村帮农。但忙完了地里的事，村人们依旧勤快不起来。因为这个时候，他们要忙着进山找菌子、打蕨菜、采新笋，这都是村民增收的渠道。然而上山采菌挣到了钱，村人们又要忙着办客事。刘大进此时知道，农历六七月，正是山里的节会，按照当地苗族人民的传统习俗，就是各家各户都要分别选上一个黄道吉日，杀鸡宰羊，邀来十里八坡的亲戚大吃大喝一整天。一则图个休整，二则图彼此的亲切。许多年轻人的婚嫁大事，常常是借着这么一个个的节气给定下来的。

可就这么你来我往，那这整整一个月时间都要被耽误了。于是毛学清当即颁布"禁客令"，却依旧刹不住这阵疾风。无奈之下，他只得带领驻村队员和村干部继续走家串户，小到说理讲政策，大到拉下脸来骂。可背阴村民还是那样不温不火，不当着面把一碗烈酒喝完，即便你把刀子架到脖子上也是徒劳。

那就喝酒呗！

这一两碗酒下肚，什么事都好商量了。一时间，背阴村乃至整个绕山河都变成了一块名副其实的工地。所谓"人心齐，泰山移"，而这样的结果，便是毛学清和刘大进等人，几乎每天都得把自己泡在酒碗里。

但酒喝得多可是要出人命的，毛学清知道再不能掉以轻心了，当即向熊正茂等人宣布："此后入村，任何人不准再向驻村干部倒酒了！"

当一伙人急火流星来到事故现场，才发现毛学清那车已经跌到路下，翻了个底朝上，幸亏有几棵粗壮的栎树拦着，车才没有落入深涧。大伙找来绳索撬杆，甚至还赶来了几匹驮马，一起推拉提拔，费尽千辛万苦，才把刘大进从铁壳子里拯救出来。看他一副血肉模糊的样子，实在把大伙都吓坏了。可他竟还半点幽默不减，开口就对毛学清说："老毛子，赶紧点支烟来！"

站在身后的毛双军赶紧掏出一支烟给他点上。问完好歹，毛学清终于放下心来，同时吩咐不喝酒的大昆和小何开上另外一辆车，把他连夜送到县城医院。

第二天，当缠满绷带的刘大进来到韩梅的病房，吓得韩梅几乎哭出来。岳母也在旁边气得不行，怨气十足地说："这扶贫有什么好整的？咱们不图荣誉也不图影响，还是回来教咱们的书过单纯的小日子吧，一不留神把命丢在山里，那才是真正的不值得啊！"

刘大进知道她说的都是气话，直待她把脾气发完，才耐心下来告诉她们母女："我知道我是这个家庭的支柱，特别是看到咱们刚出生的儿子，我越发感到自己身上的责任有多大。可对于遥远的背阴村，我同样是老百姓心里的指望，那里的任务还远未结束，我怎能临阵脱逃啊？"

"那你要是还在乎这个家，还在乎你这个小胖儿子，你就再不准这么不要命地熬夜和喝酒了！"

韩梅也少不了对他责难，那是因为他那些检查的单子被韩梅看到了，满身满脸的伤痕也就算了，关键是什么肝损伤和转氨酶偏高，甚至还有高血脂的前兆。刘大进把头点得像是小鸡啄米。可出院后的第二天，毛学清就带着熊正茂、熊峰、大昆、毛双军、小何、老李等一干人来到了县城看望，几个人又在医院隔壁的一个饭庄里喝上了。因为这一天，刘大进认识了另外一个人，就是背阴村的村主任熊天泉。刘大进知道，他就是那个把熊海和熊艳梅等好几个孩子先后送进学校的人，在入学之时，几个孩子的兜里比脸还干净，连一分钱学费都掏不出，最终全是熊天泉想办法给解决的。刘大进在背阴村常听人说起他的故事，早就对他充满了敬意，于是一见上面，便向熊天泉敬了满满一大杯酒。熊天泉同样对他早有耳闻，同时也回敬了他一个满杯。

接下来的交谈中，他发现熊天泉的能耐并不仅于此。他喜欢做菜，一年到头，村子里所有规模以上的客事都是他主的厨。他能把各种农家菜做得地道无比，还常常加入自己的一些创意，深受新老顾客热捧。几杯酒下肚，率直的熊天泉话也明显多了起来："我虽然一直都是这饭店的主厨，深受老板和同事器重，可我知道自己只不过是寄人篱下的打工仔。何况我作为一个村主任，要是真有本事了，那就得回到咱们的背阴村，把全村人一起带上小康路。在餐饮这个行业摸爬这么几年，我总算是也看出了门道，差不多也已经攒够了单干的资本。真要是你们把背阴的乡村旅游做起来，我就辞掉工作回老家开饭馆，到时咱们再注册一个大的旅游公司，让全村的老老少少都一起发财致富去！"

又一次说到乡村旅游，大伙心里自然又是一阵阵地火热！

可火热过后，回到家的刘大进却陷入沉思。入村几个月，他已经清楚地看到，背阴村缺乏真正的产业支撑，所以直到现在，党委政府的扶贫工程几乎全是"输血"，真正要老百姓脱贫不返贫，那得要发挥村庄自身的"造血"功能，所以发展乡村旅游，推动产业扶贫已是势在必行。

但这也是个真正的矛盾体。第一，背阴村基础设施薄弱，自然条件恶劣，发展乡村旅游，至少得把基础工程做扎实，大的来说就是村庄的水电路要通，否则客人要么进不来，或者来了吃不到、住不下、停不了车，甚至连个上厕所的地方都没有，你搞什么旅游发展什么产业？

当然这些基建项目，刘大进可以跑、可以要，还可以整合其他项目资金一起推进，但关键是老百姓本身就穷，好不容易种成的山货卖不出去，吃住问题、子女求学问题、老人看病问题都解决不了，你说他还有什么精力去搞产业呢？就比如说，眼下村里的大小工程正如火如荼推进，大到全村的基础设施建设，小到村民自己的住房改造或异地搬迁等，但群众自身的配套就有困难，你说是要他们全身心投入扶贫，还是要保持自身的发展呢？

在此之前，刘大进对群众的这些焦虑也极其费解，甚至感觉背阴村的山民有些保守，说得好是固步自封，迈不开步子；说得不好那就是愚昧，缺乏全局性的眼光。政府扶持你盖房子，你还有那么多抵触做什么？错过了如今脱贫攻坚的大好机遇，你上哪里找资金和扶持？可有一天，熊峰无意中说起的一句话，却让他思索很久。"与其把那个钱用来盖房子，还不如我先养五头牛，到了年底卖了牲口，五万块钱的投入差不多能翻倍！"

熊峰是最支持脱贫攻坚项目的人，可那一刻他终于明白，不是群众不配合，实在是群众自己拿不出钱来。所以归根到底，解决这一切困难的答案只有一个，那就是发展。是的，改革开放的成功经验早已经说明：发展才是硬道理。破解一切困难的出路都在于发展。只有村庄和村民得到了真正的发展，背阴的一切困难和矛盾才能得到真正的解决。否则再多的投入都只是暂时的治标之计，而绝非长久的治本之策。而通过自身发展建立小康，才是真正的小康，才是经得起时间和历史检验的小康。

当然说到这一层，那接下来又不得不去思考第二个问题，也是其中最重要的一个问题，就是背阴村通过什么来发展呢？或者说我们用什么方式来开展乡村旅游,从而实现自我造血呢?

说到底,背阴村就是一个极为普通的山村,没有壮丽迷人的风景,也没有什么名胜古迹,更没有特殊的文化工艺……上次和熊海说起了乡村旅游,刘大进于是通读了大量的旅游经济学著作,自然也知道发展旅游的前提,是你得有特质鲜明甚至是独一无二的旅游资源,方能招徕源源不断的客人。可恰恰在这一点上,背阴村的旅游资源几乎就是一个零。我们到底要让游客在背阴村看什么,玩什么,吃什么,目前我们什么资源都没有,拿什么去发展乡村旅游?……

一系列疑问,让刘大进又陷入持续的苦思,连续好几天都睡不好,最终还把失眠症带到一个月后在市里举行的扶贫干部培训班。

培训班邀请了许多知名学者和教授讲课,也丰富了刘大进的知识视野,特别是培训主办方还专门组织了一个现场观摩活动,带领一线扶贫干部连续考察了好几个产业扶贫成绩突出的村落,有海稍湖畔依靠体验式旅游脱贫致富的新庄"红军村",有无量山中的乡村旅游打卡胜地樱花谷,还有剑湖之畔的传统木雕工艺狮河古村、苍山背坡的核桃之乡光明村等等,一个个成功的例子摆在眼前,让刘大进更加困惑无比,推动乡村旅游、实施产业扶贫,你背阴村的资源优势在哪里?

是啊,一切的归结,就是背阴村的乡村旅游该走什么样的路子。是学习光明村借核桃古树搞农家乐,是开发博南古道和茶马古道遗址搞乡村体验旅游,还是像狮河村那样带动村民搞活木雕产业?……

诸如这样的冥思苦想,又折腾得刘大进夜不能寐。但最终,他还是将这样的设想全盘否定了。相对于光明村,背阴村的核桃树实在是太少并且也太过寻常,不仅没有那么庞大的树群,也没有那么多神奇多变的树型。更重要的是,光明村有雄伟的苍山和深陷的漾江河谷作为底衬,从一千米的海拔突地上升到二千二百多米,大自然的鬼斧神工,在那一刻尽显地质幻化之奇，住在村里新建的各式各样的云景房、山景房和树景房里，可以尽享自然生态和地理变幻带来的无穷魅力，这是背阴村根本不具备的自然条件。假如以博南古道和茶马古道上的重要驿站进行打造，可如今背阴村里，能够证明昔日沧桑的历史遗迹也实在太少，如果硬要生造一个出来，不仅需要花费大量的财力物力，还可能会适得其反、漏洞百出。而他也知道，脱贫攻坚在全国大地一起铺开，各地各处的产业发展可谓八仙过海、创意百出，但其中不切实际的失败例子同样不计其数，造成资金浪费和项目资源挤占，更重要的是时间已经进入了倒计时，山里的人民等不起啊！作为一个真正有责任有担当的扶贫干部，你留给山村群众的必须是经得起时间和历史检验的小康，而决不能是冠冕堂皇的形象工程、毫无意义的花篮子工程……

　　每当想到这些，刘大进可谓愁肠百结，疲态尽显。特别是又一次跨过澜沧江大桥，再次颠簸在那条弯转如肠的进山公路上，刘大进又一次陷入深深的苦恼。

　　可他却不能在沉思中徘徊太久，转眼已是仲秋，绕山河的各个山头，到处硕果压枝，披红挂绿，核桃熟了，梨子熟了，玉米熟了，荞子熟了，白芸豆也成熟了，空气里到处都充溢着一片暖暖的果实甜香。他又得为农产品的销售问题牵肠挂肚、夜不得寐。

七

　　天气转凉，北雁南飞。好不容易帮助村民把山货卖完，寒假也快来临。刘大进请了个休假，回城陪韩梅和儿子过了一段时间。是的，韩梅多好，知道他工作的不易，她从来不向他诉苦，自己能顶过去的事，就一个人默默去做。曾经一个弱女子，如今变成了一个真正的女汉子。驻村扶贫差不多一年时间，他还真是对不住韩梅和孩子，也对不住善良可亲的岳母。

为了补偿这种愧疚，他决定带祖孙三人一起出门走走，信马由缰，他们最终一起来到了之前参训时去过的无量山樱花谷。

严冬季节，骄阳灿烂，天空澄澈得像是一面镜子。迎着冬日的清寒，一树树樱花密集绽放，谷内谷外，火树琼花，流云走雾，这一切壮观的景象远远超乎他的想象。而且到处可见打卡拍照的人群，手机相机，长枪短炮，有的还把婚纱影棚带到了樱花谷，有的在做直播，还有的躲在一角，操纵着无人机在天空搞航拍，忽上忽下，如同一群热情洋溢的蜜蜂。在滚滚人流中，刘大进把孩子抱在胸前，韩梅则小鸟依人一般站在旁边，一家三口，也拍了无数的照片。

是的，拍照。之后发微信朋友圈、抖音、快手、小红书……这是如今快节奏旅游生活的一大模式，看着葱郁的茶园和火红的樱树，刘大进突然想到，这不就是一个真正融合自然的人造景点吗？原来旅游资源是可以自己开发出来的，而樱花谷却更像是一个无心插柳的壮举，如今既可采收茶叶，又可以发展旅游观光，两者相得益彰，真是太妙了！

一时间，刘大进突然间茅塞顿开，激动不已。没有资源，为什么我们就不能自己开发和创造资源呢？他同时想，或者我们就直接将樱花谷的模式复制到背阴村，在背阴村打造一个新的樱花谷，又能否吸引游客的脚步呢？

可刘大进很快想到，这并不适合绕山河，也不适合背阴村。第一，周期太长。无量山有上千年的茶叶种植历史，并且长成那样六七米甚至十几米的樱花树，至少得要十年以上的时间，绕山河和背阴村都等不起。第二，即便背阴村和绕山河能等，但樱花和茶树都是高耗水的作物，也不适宜缺水的背阴村借鉴，何况你把背阴村按这个模式打造出来，也只是无量山樱花谷的盗版，游客还不如直接来这里看正版……

于是刚在肚子里燃起的一腔热情，顿时又被一瓢冷水给浇灭了。不承想带着一肚子疑虑回到家中，刘大进那一系列的困惑立即有了解决的办法。

"油葵？"

"是的，油葵！油葵！……"

他自问自答，一连喊了三四遍，把韩梅和岳母都搞得有些蒙。这段时间，母女俩总看刘大进魂不守舍的样子，而且喜怒无常、一惊一乍，真不知道他究竟哪里出了问题。正疑惑间，刘大进又自顾自地笑了出来："对，就是油葵！"

韩梅和岳母面面相觑，越发不能明白他这是怎么了。都说女婿如宾客，每当刘大进从村上回来，岳母桌子上的内容也要比平常丰富许多，如同招待客人一样，不仅有茶，还有果盘和茶点。这次她居然在茶几上摆出了一盘油葵。刘大进猛地想起了第一次走访背阴村时，熊二爷曾在田埂上给他说过，背阴村里曾经种过油葵。只是因为规模小，价格又不稳定，后来就不种了。

这么说背阴村也适合油葵种植？那我们就带领背阴村群众一起种油葵，并且还要将之打造成为独一无二的产业亮点。

他于是饶有兴致地把"油葵"两字输入手机，许多信息，让他激动得差点跳了起来，那情形好似韩梅又给他生了个大胖儿子——

　　油葵和向日葵一样，对环境的适应能力都很强，对土壤并没有过多的要求。其种植时间在 5 至 6 月份之间。从开花到成熟需要四十五到五十天，花期一般在 7-9 月份，开花时间可持续三个月左右。油葵的主要作用就是用作榨油，被誉为 21 世纪"健康营养油"。

......

几百个网页一个一个翻过,刘大进越看越激动,特别让他感到激动的是油葵有花,有着太阳一样的热情,而且一年一熟,打造类似樱花谷一样的打卡拍摄点,不需要太长的周期。而且花期一到,就如同樱树一样,毫无保留、倾情毕放。对照这些特点,他立马点开手机里的记事本,编制他的宏图构想,一份规划初稿完成,已是凌晨一点多钟,但激情澎湃的内心波澜,还在源源不断地冲激着活跃的大脑皮层,让他根本没有一丝睡意。

春节临近,学校已经放假,驻村的扶贫队员也都请了休假回到城里,他却迫不及待回到了背阴村。而此时的山村也正沉浸在一派喜气洋洋的节日氛围之中,各家各户都在杀年猪、迎新年。让他感到高兴的是,在省城闯荡的熊海也已经回到家,还带回了一个非常漂亮的女朋友。听到他的到来,熊海立马打来电话,把他和村支书毛学清等几位干部一起邀到家中。

在背阴村,年前的年猪饭差不多就是全村人的节日大联欢,尊长老幼,都被一起邀来喝酒、吃肉、谝嗑子,气氛极是热烈。见到如此热闹的氛围,第一碗酒喝完,刘大进就迫不及待地展开一叠打印纸,向背阴村的全体村民宣读了他那份发展油葵种植推动乡村旅游的发展规划。

然而他热情洋溢地宣读完毕,村民们却满脸茫然,他语速太快,专业性词语太多,加之他的稿子又实在太长,场院里时有小孩喧哗闹腾,忽一阵在墙外燃起一阵烟花把大伙的目光吸引过去,村人们甚至完全不知他究竟说了些什么。

气氛有些尴尬,熊海把刘大进手里的纸接过来,他发现纸上主要写了这么五点：

第一，背阴村坐落在山的背坡，但村子对面的山坡就是村子的主要农耕地，两山相对，形成了一个视野开阔的巨大山谷，海拔落差高达七百多米，总面积超过二千五百亩，参差错落，层次极感强，适宜于油葵连片种植，容易形成规模性的视觉冲击，也适宜于在村中建观景台和观景房，发展观光休闲旅游。

第二，油葵对土壤的要求并不高，一年一熟，适宜背阴村缺水的实际，同时花期较长，每年两三个月左右的时间，可以依托第三方运作，举办"葵花旅游节"或其他大型节庆活动，借机发展农家乐、民宿客栈为主的乡村旅游，从而带动餐饮、养殖、种植、食品加工等一系列行业发展。特别是要鼓励发展一些纯手工的榨油坊，榨制葵花油和核桃油，开展手工核桃糖、油葵饼、酿酒等传统工艺开发，多渠道增加村民旅游收入。

第三，组建背阴村乡村旅游发展合作社，以村民入股的形式进行融资，企业化管理，公司化运作。村民可作为合作社员工，按劳取酬，赢利部分在年度进行再次分红。而合作社则可以发挥我们的物产资源优势和人员优势，制定更为明细的分工方案，真正做到人尽其才，物尽其用，比如县党代表熊正茂有极好的组织能力，可以牵头组建旅游公司；村主任熊天泉厨艺好，可以牵头做餐厅；村民熊峰有一定的物流经验，可以作为业务代表，开办绕山河农特产品公司，通过与党政机关合作，积极扩大惠农支农和扶贫支持面；村民张明达等兄弟有一定经济基础，可以鼓励其发展观光客栈，率先开展休闲旅游。

第四，针对油葵种植必须轮作和病虫害防治的特点，可以在三至五年后考虑发展万寿菊，或是轮种、套种其他花卉型作物，保障乡村旅游的长期效应。

第五，要善于打组合拳，积极改善村庄交通、水电、通信等基础设施，开展厕所革命，推进环保绿色产业发展，建设美丽乡村，打造绿色生态品牌。要积极挖掘背阴村的地域文化、丰富灿烂的苗族文化和苗汉和谐文化，加大宣传力度，有效利用报、刊、微、端等各种媒介，向全世界共同推介澜沧江畔的绕山河与背阴村。

熊海默默看完，就用背阴村的方言，逐字逐句逐条给大伙解释完毕，这回村人们都听懂了，一时议论纷纷，有的高兴有的忧愁，有的更是疑虑重重："不种粮食我们吃什么？用什么去喂牲畜？来年还能不能杀年猪了？……"

场面有些尴尬，听到大伙的疑惑，熊海耐下心来向人们说："刘老师为咱们背阴村的发展，可谓鞠躬尽瘁。今天已是腊月二十八，可他却抛家弃口，回到村里，动员全体村民一起种油葵发展乡村旅游，这一点尤其让我感动！大家知道，我这次回来，主要是想办一下自己的婚事，今年我已经三十多岁，我哥我嫂早催得不行。但为了让刘老师一番心血不白费，同时也让背阴村早日走上小康大道，我决定，这个婚，明年再结，原本准备用来结婚的十万块钱，一起拿出来支持刘老师种油葵、做旅游！"

熊海的一番话，一下子引发了全体村民的热烈掌声。他从小就是个听话孩子，后来又是背阴村里的第一个大学生，直到现在都是全村人的骄傲，是小孩子们的励志榜样。而且他情愿拿出结婚用的十万块钱支持刘大进，可想刘大进的规划和决策有多么重要！

于是在村支书毛学清、背阴村县党代会代表熊正茂和村主任熊天泉的主持下，背阴村旅游发展合作社正式成立了。大昆掏出一个小本子开始登记造册，把村子的人口、村对面向阳坡的耕地面积都做了详细的记录，同时又按规划，将合作社分为旅游接待、住宿、食品加工、餐饮服务、产品开发、停车收费等若干个小组，可谓老老少少全上阵，这回村子里就再没什么闲人了。

刘大进看得激动，便当众宣布一个重要决定："我昨天已经向学校和县委组织部作了汇报，明年3月份开始，我将继续留在绕山河，和全体村民一起种油葵，发展乡村旅游，不打赢脱贫攻坚战，我就坚决不出村！……"

漫天的掌声，让刘大进脸上闪现了两行泪花。而且他说到做到，匆匆回城过了一个春节，就提前回到背阴村，并请人采购了最优质的油葵籽种，同时托付王主任请来县里的农技师，指导村民种植油葵。3月下旬，天气一天天热了起来，背阴村也跟着沸腾起来了。得益于熊海的有效规划，去年村里向水务局申请了二十口小型水窖项目，积攒了大半年的雨水，终于在这时候一起派上了用场。

令人欣喜的是，老李和小何关于发展乡村旅游的规划，以及人文资源调查的成果也有了实质性进展，市旅游局和县文体局连续派出几批专家团队，对背阴村的文化和史料进行了挖掘、搜集和整理，意想不到的是，背阴村里还遗留着一段鲜为人知的抗战历史，七十多年前，日寇妄图用飞机炸毁澜沧江边的那条国际救援大通道，大江沿岸，很快布下了很多个炮台，作为护桥保路、抗击敌寇的最后阵地。当年背阴村后面的山顶，就曾有过一个高射炮台，承担着澜沧江大桥保护神的使命；在

1944 年滇西大反攻期间，中共地下党积极发动群众，通过背阴村隐蔽的古道交通优势，为远征军运送过辎重与粮草；在新中国成立前期，背阴村还作为中共滇西工委的一个重要的地下交通点……

各种成果一公布，便引起了轰动性的连锁反应。暑期到来，油葵花开，背阴村附近的山地换上了金灿灿的盛装，连绵起伏的山地如同被缀上了一块宏大的黄色幕布，堆金叠翠，尤其惹眼。刘大进请来航拍团队，经与市县文旅部门的有效配合，许多背阴村的照片、视频，开始铺天盖地出现在各种新媒体，美丽的自然风光和丰富的物产，特别是盛大的花海在云霞的映衬下显得尤其壮丽辉煌，一瞬间就吸引了无数人的眼球。而村子要搞"葵花旅游节"的讯息，更是如同惊天炸雷，瞬间成了网络关键词。

而那些天，刘大进正忙着将熊奶奶送到县医院，请来医院最好的眼科专家为她做了个白内障手术。因是建档立卡户病人，果然一路绿灯，短短几天过后，熊奶奶灰了十几年的一双老眼立马变得亮堂了。出院后，刘大进就陪着他们两位老人一起在梅河县城兜了一圈。他们是刘大进在背阴村里最先认识的人，一年多来始终把他当作亲儿子一般看待。有时吃顿肉，也都要把他喊来。刘大进一直记在心里，此时自然也要尽一些儿女的孝心。

然而正当兴头上，毛学清一个电话打来了，语气颇为严肃地说："快点回来，你小子把事情闹大了，刚刚镇里打电话过来，咱们首届葵花旅游节，市委和政府的主要领导都要亲自参加并组织召开现场办公会，各县区市的一二把手和扶贫一线干部也都要前来观摩学习，届时参会规模将达一千多人，这将是咱们乡村旅游实施以来第一次真正的大考，也是扩大咱们背阴村油葵景区影响力的最佳广告……"

毛学清说完，自己却早已激动地笑了出来，反应迟钝的刘大进方才知道自己被幽默的毛学清诈了一回。但他自己也一下子激动万分，来不及挂掉电话，就一气奔出几百米，来到空旷的县城边缘，朝天空大吼了一声。

八

2021 年，是中国共产党成立一百周年，此时刘大进已在绕山河驻村四个年头。背阴村的"葵花旅游节"已经成功举办了三届，而且一届比一届热闹，一届比一届更加成熟，借着乡村旅游的这阵风，背阴村和整个绕山河村的产业扶贫越来越出特色，终于和全国人民一起迈进了小康。

在一轮又一轮的政策和项目、资金推动下，重新勘测后修通的公路，首先就在离背阴村不远的澜沧江上游建了一座大桥，让曾经偏僻的背阴村成了绕山河的门户，并且与大坪镇和县城的距离拉近了三十多公里。背阴村被打造成了全县的党史教育基地和爱国主义教育基地。熊海主持勘测并设计的引水规划被省市立项，十几公里的管道，把板栗箐的清洁水源引到村子里，背阴村从此告别了缺水的历史。这期间，熊艳梅等三个孩子先后考上了各自向往的大学，同时又有两个背阴村的孩子考入梅河一中。两年前，在督查组王主任和县乡党政府的帮助下，他们还成功引进了一个外地客商，投资三千多万元，在背阴村打造了"春夏秋冬"四个大花园，让背阴村一年四季鲜花不断，游人不断。

同时也是这期间，基层工作成绩突出的毛学清被选拔为副镇长，接任的支书大昆和刘大进依旧每天干劲十足。背阴村的乡村旅游已经发展成了全市乡村振兴的一面旗帜，开小客栈的张明达兄弟在村里搞起了婚纱摄影，熊正茂、熊天泉则成为了真正的致富带头人，背阴村生态农特产品公司经理熊峰，也都在这场山乡巨变中把自己的事业做得轰轰烈烈。

挂钩绕山河村委会的梅河一中坚持"四个不摘",刘大进就向蒲校长申请继续留下来,按照产业兴旺、生态宜居、乡风文明、治理有效、生活富裕的总要求,参与乡村振兴。蒲校长几乎每学期都会带领一部分教师进山看望他。但这一次到来后,看到村子的变迁,不禁对他夸赞有加:"小刘真是把脱贫攻坚和乡村振兴都做成了事业!想来咱们这教师队伍里,从来就没有一个软蛋!"

他同时带来了一个好消息,学校党总支经过集体讨论决定,将推荐他担任梅河一中学校党总支副书记。"这个决议,我们已经向县委组织部作了汇报。你年轻实干,并且富有朝气,做事有想法,我们应该真正贯彻在脱贫攻坚和乡村振兴一线考察干部的要求,我还指望你以后来接我这个班啊!"

蒲校长语重心长,可刘大进却当场谢绝了。因为这时候,韩梅居然一鸣惊人,在一年前考上了梅城大学附属医院的护士岗位,那可是人人羡慕的省属大医院。韩梅把母亲和儿子一起带到了市里。而此时,儿子也上了幼儿园,韩梅就越来越感觉自己心力不济了。于是两人一打起电话,她便向刘大进抱怨:"如今就是把我砍成两半都不够忙了。你要是真有能耐了,那就赶紧给我考到市里来吧!……"

一番话让他心疼不已。挂了电话,他果真便翻开了放下很久的考试课本。他不是曾经向岳父发过誓,要照顾韩梅一辈子吗?如今韩梅和孩子就是他远方的召唤,经历了脱贫攻坚和乡村振兴,他真该要重新走出大山,和一家子人团聚了。

黑马村的篮球世界

三

黑马村球队组建后的第一场正式比赛，刘海就把大伙带到了市教体局。

梁斌问他："行吗，刘海？人家教体局是专业搞体育的，像你这样一个，足够吃掉咱们整支球队。再说咱们队伍里的成员都是些'泥腿子'，刚从泥地里出来就换上球鞋，技术粗糙，根本没什么实战经验，到时吃个败仗回来，影响士气啊！"

刘海哈哈一笑，说："放心吧队长，教体局的篮球队员，大多是些从事教育管理和教学研究的干部，聚集在一起打球，全是为了锻炼身体，在技术层面比咱们高不了多少，赢下他们应该不在话下！"

听刘海这么一说，反倒是陈支书有些急了："那得提醒大伙，要时刻注意纪律和形象啊！尤其不能像大兵和鲁川那样拗着性子，不听指挥。也不能只顾着赢球，什么下三滥的动作都玩出来！自脱贫攻坚开始以来，教体局就开始挂包帮扶咱们黑马村，至今整整七年多了，说到底全是咱们黑马村的亲人，咱不要仗着自己力气大，到了场上就变得认球不认人！……"

梁队长、陈支书和刘海的对答，透露出大家极其复杂的内心波澜，尽管刘海脸上一副胜券稳操的神情，却难消除每个人的紧张情绪。全队人马共有十八人，但说白了只有刘海一个人能打，大兵和鲁川就是两头跑不死的蛮牛，队长梁斌和茶建兴的两下子当然也还有模有样，但毕竟这么多年没有实战，不晓得真正跑上了全场，他俩的体力是否还支持得住？

好大一个体育馆！刘海说里面的观众席能坐一万人。去年的中国女排对抗赛，再前年的梅城全明星队与美国鹰队的篮球对抗赛，以及全国的拳王争霸赛，都在这里举办。第一次走进这么高标准的体育馆，许多人没有丝毫的自豪感，相反却被里面的气氛憋得喘不过气来。看到大伙脸上写满的惊诧，走在前面的茶建兴把脸一横，说："都别只顾着看啊，跟陈奂生进城似的，来这儿干什么都不记得了！"

教体局就在旁边的办公楼，此时队员们都已在馆内练球等候多时。当刘海带着黑马村的球队走进球场，场内立即响起了热烈的掌声，教体局队员迅速停止练球，一起过来列队欢迎。在彼此握手致意之时，有人还看到正面的观众席上坐了许多人，都是一张张熟悉的面孔，这几年不知多少次翻山越岭来到黑马村，还一次次来到田头地脚，和村人们一起抢收庄稼、播种，那不是亲人又是谁呢？

大屏幕上还打出一行鲜红的标语："欢迎黑马村篮球队前来交流！"对面的大屏又是一行标语："向奋战在乡村振兴一线的基层工作者致意！"大伙顿时激动了起来，暗暗互相勉励说："豁出去了，不战自败，还对得起咱黑马村脱贫摘帽、共建小康、一起走向乡村振兴的精神面貌？"

开球了。刘海是中锋，凭借他一米九七的身高和绝好的弹跳争到了球权，轻轻一拍就将球准确无误地送到身后的梁斌手里。刘海一声快下，大伙就一起杀到本方篮下，奔跑之中却听到观众席上一片欢呼，转身一看，才知道梁斌球还未过半场，就被对方后卫断了回去，一个远投三分命中，观众席上又响起了一片热烈的欢呼声，黑马村的队员像是被人当头重重敲了一棍。

"没事，没事！重新来。"

刘海知道鼓舞士气的重要性。在调动大伙情绪的同时，他主动回到底线给梁斌发球。按照战术安排，梁斌打组织，鲁川司职进攻后卫，茶建兴和大兵一起充当左右前锋。到了前场，刘海主动出来要球，余光看到茶建兴跑位很好，唰一下就把一个好球喂了过来，但茶建兴却吐饼吐得厉害，他平时最拿手的擦板篮居然没中。大兵抢到了篮板，然而无人盯防的他却依旧没有投中，被对方抢了篮板，迅速一个快攻又得两分。

刘海立即喊了个暂停。他把大伙叫到一边安慰一番："教体局不强！关键是他们坐拥主场优势，可谓以逸待劳，大家心情放松，不要紧张，一定要打出咱们自己的节奏来！"

回到场上，还是梁斌运球，刘海的接应带出了对方中锋，接球在手，立马示意梁斌跑动策应，大家交互跑位，于是内线一下子抽空了，眼疾手快的他也不转身，把球举过头往后一丢，就传到篮下鲁川手里，鲁川不急不慢一个三步篮得手。终于得分了，陈支书和副主任李雪梅一起大声为球队呐喊，场上队员瞬间士气大振。

就这样，刘海带领队员和对方打起了对攻。当然他们也知道防守。在驻村以前，刘海是教体局球队的主力中锋，也是梅城市代表队参加省运会的大前锋，往小禁区一站，就好似一座擎天高塔，放眼整个梅城，很难有人与之匹敌。此时他长臂一伸，便几乎完全挡住了曾经队友和同事们的进攻视线。而更大的是一种心理震慑，对手一个个来到前面，要么不敢仓促出手，要么投篮失去了准星，被刘海抢了篮板，往前一甩便打成了快攻，茶建兴和大兵的快下如同两把尖刀，左右开弓，即便不能进球，也能较好地牵制对方防守。据说在市教体局球队，刘海和队员们最成熟的战术就是这一招，在与梅城市各个强队的交手中屡屡奏效。如今却成为他带领的黑马村球队反戈一击的利器，第一节结束，尽管刘海一分未得，但比分居然战成了 21∶20，黑马村球队还领先了教体局一分。

第二节，对方干脆留两个队员在黑马村前场，加强了对茶建兴和大兵的防守，尽管刘海主导的快攻战术频频打成，但在对方的干扰下，大兵的半截篮和三步篮已不像刚才那样精准，茶建兴更是体力下降得厉害，跑不上半场就累得气喘如牛。而对方的反击却连连命中。刘海只得把茶建兴换下，同时自己也加强了进攻，摘到后场篮板后一条龙运球过来，或是杀入内线得分，或是在外线三分命中，再或是助攻队友得分，半场结束，比分战成了 40 平，黑马村球队亦不落下风。

第三节，刘海把自己和几个主力队员换下，让陈支书等几位老队员一起上阵，既能让主力队员得到些许的休息，又能体现全员参与。从黑马村出发以前，他就告诉大伙："体育比赛就是大众运动，不论输赢，只要流一场汗回来也是胜利。何况你来到的是全市规格最高的室内篮球场！"

然而到了场上，刘海的激励根本起不了作用。陈支书等一干人要么年岁太大，体力不支，要么技术太糙，对手一防便自乱阵脚，连个球都运不稳，即便对方也是替补阵容，但短短五分钟时间，却给黑马村打了个 10∶0。比分一下子被拉大到了两位数。

梁斌等看不下去了，包括副主任李雪梅和几位女干部也都异常着急，刘海把脸上的汗水一擦，又重新回到场上。他是黑马村球队名副其实的队魂，一到场上，刚才还溃不成军的球队又重新活了，如同一条游龙贯通全场，对方的替补阵容根本不堪一击，等刘海用一记三分球反超了比分，对方似乎才被打醒了一般，仓促间重新换上主力阵容，却已经无法挽回颓势，第三节比赛结束，63：57，黑马村球队已领先了六分。

第四节一开始，对方加强了对刘海的包夹，同时有意放慢节奏，加强了球的传导配合，黑马村球队组建不长，彼此缺乏默契，这种阵地战就是他们的死穴，联防防不了，跟人跟不上，突然一个漏人就被对方轻松完成得分，很快又让分差拉大到了十几分。但刘海就是刘海，在大学时是学校参加 CUBA 联赛的主力队员，在与美国鹰队的两场全明星对抗赛中，同样是挑大梁的主力大前锋。第一场明星队大败，第二场居然以一分险胜对手。那一役，刘海在其中独得十九分，而且在防守端完成了两次抢断和一次封盖。到了读秒阶段，明星队还落后两分，鹰队的防守却像一个铁桶似的牢不可破。球发不出去，教练被迫喊了暂停。暂停结束，对方的防守紧逼变得更加凶悍，刘海一个大前锋不得不退回中线附近接应，但时间已经所剩无几。于是在梅城体育馆上万球迷的见证下，他一接球就果断出手，在美国球员的紧逼之下，突一下让自己的身体做出一个高难度的拉伸，投出的篮球如同出膛的炮弹，在天空画过一条美丽的弧线，居然一击致命，用一记超远三分完成了绝杀。至今两年过去，那场荡气回肠的经典之战，依旧是梅城青少年球迷津津乐道的话题。

今天重新回到熟悉的市体育馆，他依旧能够主导比赛。他个高身长，却也足够灵活，不但有封盖和篮板，还有抢断和进攻，球到他手里，就能一溜烟回到前场上篮命中，而且内外皆得，有时居然在两三个人的包夹下将球打进，最终主裁一声哨响，他居然包办了球队第四节的全部得分，78：77。黑马村球队赢得了建队以来的第一场胜利。在大伙的欢呼声中，陈支书给予了刘海高度评价："黑马村的乡村振兴，我们让体育振兴走出了第一步！"

一

刘海被市教体局下派到了黑马村，成为脱贫攻坚后的第一批乡村振兴驻村队员。到达后的第二天中午饭后，他一个学体育的大个儿，便换上球衣抱着个篮球出来，在球场上独自练球。

黑马是澜沧江畔一个海拔两千多米的山村，地广人稀，居住分散，一个行政村八百多人口，却还分作十一个自然村、九个村民小组。村委会就建在一个斜坡上，作为村子进出的门户，这里与离得最近的村组还有三公里路程，最远的居然有十六公里。所以两年前在市教体局支持下建成的篮球场就一直闲置到现在。在村民们看来，翻过几座山蹚过几条涧，就为来村委会打场篮球，说白了那是吃饱了撑着的事。再说篮球还是个集体项目，几年前全村上下开足马力脱贫攻坚共建小康，不是搞基建就是发展扶贫产业，谁有时间在这球场上耗？

所以刘海的出现绝对有里程碑的意义。确切地说，在黑马村球场建成两年后，第一次响起了拍球声、跑动声和篮球撞击篮筐篮板的声音。村委会附近住着十几户人家，听到声音，便有人带着孩子出来看热闹了，球场下面还有黑马小学，三个老师也带着二十多个学生，一起来到球场边把刘海围住。刘海个大臂长，球性娴熟，运球、弹跳和投篮，以及三步篮、勾手、抛投，各种花式进球看得人眼花缭乱。他以风一样的速度运球过去，上篮进球，又以风一样的速度回来，刚踏上罚球线便开始起跳，其突出的滞空能力，如同踩上了筋斗云一般，在空中一阵滑翔后接着完成一记技惊四座的双手暴扣。"嘭——"一声脆响，一颗篮球被他重重地灌进了篮筐，这完全是电视里才能看得到的画面，惊得场外的老少村民一起张大了嘴，如同瓷住一般，过了好半天，方才一起拍手叫绝，大声喝彩。

刘海还打算给大伙再表演一些绝活，却被茶建兴叫去开会了。黑马村干旱少雨，太阳实在毒辣，刘海喘着粗气，浑身汗如雨下，但他顾不上回去换件衣服，就光着膀子来到会议室坐下。

这是驻村以来的第一次正式会议。由陈支书主持，参会的还有和他一起驻村的五个干部、九个村民小组长和村委会的全体人员。在学习传达了一些文件和讲话后，一个重要的议题是所有驻村队员都谈谈自己对于乡村振兴的思路和想法。轮到刘海发言的时候，刘海开口就说："我建议，咱们组织一支篮球队！"

一句话说得大伙有些蒙。陈支书却让他继续说下去。刘海于是说："乡村振兴的目标任务是——农业强、农村美、农民富，我想这九个字的内涵，不仅仅是农业有收成、农民有钱花，更重要的还是农民的体质、健康也得有保障。在前期脱贫攻坚中，黑马村整合各方力量，积极推动各种基础设施建设，广大村民通过外出打工、红花种植、果树栽培和大牲畜养殖等多种产业，千方百计增收致富，终于顺利通过了摘帽验收，与全国人民一起迈进了小康。在物质条件不断改善的同时，我想咱们当前的一个重要任务，便是引导广大村民积极参加体育锻炼，全面提升身体素质和健康水平，让黑马村群众一起享受幸福安康的美好生活。"

见众人不语，刘海又说："人民健康是民族昌盛和国家富强的重要标志。发展农村体育，就是要让农民兄弟都拥有一个强健的体魄，我想这应该也是乡村振兴的一大内容。但这看似容易，做起来却困难重重，具体来说还是一项庞杂的系统工程。所以我提议咱们先组建一支球队。从陈支书和村委会干部入手，从各个村民小组组长做起，再到以梁斌队长为首的驻村工作队员，大家都要积极报名参加。此外我们还要从各个村组吸纳一批能吃苦、会打球、作风好的青年队员，一起组建好这支球队。这其实也是给广大村民做一个示范。只要我们打出精气神，我想黑马村在推进乡村振兴的路上，就有了一个攻城拔寨的'尖刀排'，同时它也象征着一种无形的力量，引导更多村民一起参与到体育锻炼与振兴乡村的伟大战略中来！"

刘海不善言辞，但今天的发言，他或许早就有过一番深思熟虑，居然没打一个咯噔。话声一落，梁斌马上接过话头："刘海的建议好是好，但打球比不了爬山，得有经费，咱们首先得有套球衣和一双球鞋吧？出去与人家交流，也总得解决一些饭钱、水钱和交通费吧？黑马村集体经济薄弱，而且我们刚刚经历脱贫攻坚，办了那么多事，哪有什么钱去做这些额外的支出？而且关键的是我们要组建一支以农民兄弟为主的球队，总不能让他们自己掏腰包吧？……"

梁斌是乡里的宣传委员，同时也是乡里联系和挂钩黑马村的工作队长。体育活动属于他主抓的精神文明范畴，他理应第一个举手赞成。但正因为自己身份特殊，他总比任何人都考虑得更加周全一些。

刘海接话说："经费的事大家都用不着考虑，我可以先回单位和市篮协争取，同时跟几个俱乐部和专卖店也说一下，请他们赞助一些球衣球鞋。困难是会有的，但说白了，农村是中华民族的根，只要咱们自己做好了，这些公益事业很容易得到各方各面的支持！"

说干就干，下星期从梅城回来，刘海在汽车后备厢里带来满满一大堆球鞋和球衣，每人都发到了一套红的和一套白的。虽然都不是什么大品牌，甚至还被专卖店老板告知：都是一些积压了好几年的货！但刘海不介意。作为平时的训练和比赛之用，已经足够了。他同时请老板在左前胸的标志牌下面打上"黑马村"三个字，在背后照着名单打上号码和所有队员的名字，一种荣誉感和归属感就在大伙心里油然而生。接着他又把从市篮协争取到的三千块活动经费交到账上，陈支书当即宣布：
"咱们黑马村的篮球队今天成立了！"

四

第二场球，刘海和老徐把大伙一起带到了乡中学。

老徐是和刘海一起驻村的教体局干部，确切地说他是个"老教育"，对基层的人和事都要比刘海熟悉得多。经历教体局一役，大伙心中的畏难情绪已经大大减少。然而比赛一开始，乡中学就加强了对刘海的包夹，甚至完全放弃了对其他人的防守，从而在小范围内形成三打一甚至四打一的局面，或者用身体把刘海靠住、围住，让他进不了禁区，接不了球，或是无法起跳。但刘海毕竟是打过大赛甚至是国际友谊赛的人，比赛应变能力特别强，总能利用自己灵活的跑位、精准的中投或是强劲的身体强吃对手上篮得分，在阵阵喝彩声中上演了一场独狮战群狼的好戏。

但说实话，这恰恰不是黑马村球队所喜欢的节奏，或者说是他们最艰难的节奏，依靠刘海一个人的英雄主义救不了整支球队。因为有着主场优势的对方人多，而生活和工作在这样一所山区学校，篮球差不多成了他们唯一的业余爱好，一个个都练就了一副能跑能跳的好身板。面对刘海这样一个篮球智商极高的对手，他们不惜玩起了"砍鲨战术"，刘海接个球、抢个篮板、投出个球，都可能遭受严重的身体侵犯。而这毕竟又是一场非正规比赛，裁判的哨声时有时无，刘海被累得疲惫不堪，手上、臂上、肩上、胸口上都被抓出了一道道口子，有时就是近距离起个球，居然也像一个装满货物的货架难以移动。相反对方球员得了球却非常默契，传导起来像是带电一般，轻轻松松把一个个球准确地送进篮筐，半场结束，已经反超了比分。

中场休息时，刘海一口气喝下半瓶水。然后气喘吁吁地对队员们说："防守！以其人之道，还施其人。防守就是最好的进攻。我们不仅要在战术上把对手拖垮，更要在精神上把人拖垮。"黑马村的队员共有十八人，在那天都先后来到了场上。刘海叮嘱大家采取人盯人战术，而且他明确要求，上了场你就跟着你对应的人跑，可以不得分，但不能把人跟丢。跑不动了你就下场休息，换其他人继续上场紧盯紧防。

果然，人盯人战术给对手带来了不小的压力，同样也缓解了刘海的攻防负荷。一有机会，他就能在篮下或外围投出精准的好球，或是给本方队员送出绝妙的助攻。

如今队伍的磨合已经越来越好了。当然刘海较为看中的就是两个年轻人，打前的大兵和打后的鲁川，像是两只下山的猛虎被安排在他的两翼，好似当年岳家军阵中的张宝王横，也像是包拯座前座后的张龙赵虎，让整个队伍的进攻显得更加立体。特别是大兵本就是省师大的体育生，不仅有很好的速度优势，四年的体育专业素养，还让他敏于观察，善于跑位，他既能进攻，又能较好地牵制对手。在场上与刘海的默契越来越强。

然而当时动员他参加到队伍中来，刘海还颇费一番功夫。听说刘海要组建一支篮球队，大兵父亲第一个就来村委会给他报名，一个老实憨厚的农民，站在刘海面前刚和他说上两句话，便可以清楚地看到他两眼里泪水打转："他就是懂事太早，因此给自己的压力也实在太大！……毕业后每天都在家闷头复习迎考，端着书本连门都不出。绷紧的弦容易断，这话我跟他说了好多遍，没有用。……结果今年还是没考上。……也不是他没考好，两年的笔试全是第一，可一进面试，常常大半夜失眠，第二天站到台上能讲得好吗？他妈不止一次告诉他，这工作咱可以不考，如今山里经济好了，只要身体健康，上哪儿没有个吃饭的地方？……可孩子就是那性格，越是考不上，就越是沉闷得无法形容，每天都把自己锁在房子里埋头苦读……"

大兵父亲说得没头没脑，但刘海倒是听懂了。当天晚上便让茶建兴把他带到大兵家，可听到两人是来动员自己加入球队，而且还是一个以农民为主的队伍，大兵就完全没有了兴趣。起身就往房间里走，门一开，刘海看到大兵的墙上赫然挂着三件 13 号球衣，红的、黄的、白的，胸口上还有鲜艳的五星红旗。父亲也知道孩子喜欢打球，并且从早到晚都习惯这样穿着，但父母和村人却一直以为那是因为黑马村天气较为闷热。

可刘海知道 13 号是姚明的国家队球衣。于是说："你知道姚明最可贵的精神是什么？"大兵一脸惊诧看着他，刘海不卖关子了，说："那就是自信和敢于放下！你想如果他把负担带到球场，那面对如日中天的大郅和巴特尔，他一个刚出道的小毛孩根本统治不了篮下，当然也得不了全国冠军，更去不了 NBA。如果把负担带到美国，他无法对抗强大的科比、奥尼尔、诺维茨基、霍华德和纳什，也无法在奥运会四分之一决赛面对强大的西班牙和加索尔，带领中国队把比赛拖入加时，甚至在面对科比领衔的美国队时，依旧展现了不俗的实力……"

大兵把即将关上的房门重新打开，原来两人都是姚明的忠实球迷，一聊到球，心的距离便一下子拉近了。刘海年纪更长，而且他是从小看着姚明打球长大的，于是打开话匣，对着眼前的大兵侃侃而谈，从更为专业的角度去解析一次次的"姚鲨对决"和"降兽"，去讲"姚麦组合"和"刘伟姚明联线"，再讲到"小巨人"和"移动长城"的称谓，以及姚明那颗容易受伤的大脚趾，接着又聊到姚明与邓肯、霍华德的一次次对决，以及他带领中国男篮取得的一场场酣畅胜利……在一夜畅聊之后，大兵终于决定放下一切，参加篮球队。

然而那天的比赛，乡中学板凳深度太强，比分一直紧咬。特别是到了第四节，黑马村队员的体能已经到了临界点，乡中学的替补队员还源源不断冲击着黑马村球队的篮筐。而此时的刘海又陷入对方的包围中，"砍鲨战术"让他几乎就摸不到球。他不得不请求暂停，把大伙喊到一块儿，他喘着粗气讲了三个词："第一，咬牙。第二，配合。第三，掩护。"然后自己先伸出手掌，让大伙的手连在一起，往下一压，齐声吼出八个字："齐心协力，黑马必胜！"

哨声一响，首发五虎一起回到场上。经过短暂的休整，大伙又重新恢复了信心和意志，并且按照刘海的战术要求，用灵活跑动拉开对方的防守球员，争取为刘海拉出最大的进攻空间。最要紧的环节，身陷包围的刘海抢到了篮板，把球传给了快下的大兵，大兵到了前场看到前面有人，便把球给了跟进的鲁川，鲁川一个打板把球投进。下一个来回又是快攻，鲁川投桃报李，助攻大兵得分。对方仓促之中刚发出球，终场哨声响了，黑马村的球队赢得了比赛，并且赢的就是大兵和鲁川投进的最后那四分。在欢呼声中，两人像是一对亲历生死的兄弟，紧紧抱在了一起。

二

黑马村球队成立以后，刘海开始组织大伙练球。按照当时球队组建的思路，队员不仅来自村干部和驻村工作组，还有一些是村子里会打球的青年小伙，当然也完全符合了"能吃苦、会打球、作风好"的要求。

但来自核桃坪小组的鲁川和大兵却怎么都配对不到一起。队内训练，也搞对抗，只要鲁川一上场，大兵就果断地退下来，像是刻意避免两人的直面相向。合在一起打全场，大兵在那边篮下跑出了位置，鲁川却不传球，常常浪费许多大好的得分机会。"你说一个后卫和一个前锋在场上这样算怎么回事？"

队里的人对他们的互不搭理议论纷纷，刘海作为一个经验丰富的篮球运动员，同时还兼任黑马村球队的教练，关于队里的纪律，特别是对战术执行不到位，他却骂得出口。可不论再怎样苦口婆心，两人照样谁都不理谁。

特别是鲁川，说到底他也是一个彻头彻尾的犟牛。初中毕业后读了几年中专，就留在梅城打工，可他自小喜欢打球，至今依旧常常出没在梅城的街头广场，然而仗着自己一身球技，他常有种"独孤求败"的落魄感。听说黑马村要成立一个篮球队，并且还从市里来了一个超级球星，他连假都不请，就骑上他的大摩托回到村里报名，老板把电话打到村子里，他想都没想便回答说："我不干了！"

当然他那工作也不是什么重要差事，一个私营企业的文职人员，说实话他做起连自己都感觉别扭，两三千块的工资，还不够他自己花销。鲁川父亲在村里做农特生意，倒卖松茸、核桃和大白芸豆，据说还出口到了国外。尤其这几年势头一直很好，他早盼晚盼，就想让儿子回来帮帮自己。可鲁川不是个吃软饭的人，说实话他也看不起父亲的生意行当。正是这样高傲的性格，到了球队，他很难融入这个群体，除了服他刘海，他根本看不起那些和自己一起长大的"泥腿子"兄弟，瞧他们那是什么？即便传出一个好球，一个个还慌手慌脚，好似电视直播被按下了慢进键，连球都接不稳，一连串的失误相当于给对手送分。他从此成了著名的"独行侠"和"单干户"，越是提醒他前场已经有人跑出位置，他越是视而不见，白白浪费一个又一个的得分机会。

后来刘海也专门打听过他俩的情况，村委会副主任李雪梅悄悄地告诉他，鲁川和大兵其实就住隔壁，但两家人却一直不说话，而且已经不是一年两年的事了。作为兼职调解委员会主任的她，也曾多次为他两家的矛盾进行调解。在整个黑马村，李雪梅是出了名的"爱心干部"和"耐心干部"。她工作经验丰富，并且长着一张慈祥的脸，与人一见面，就给人一种特别值得信赖的感觉。于是许多邻里纠纷、兄弟失睦或家庭吵闹之类的大事小事，一经她的手，便能化干戈为玉帛。偏偏大兵和鲁川家的事，不论她怎么苦口婆心，都不奏效。

当然说到底，只能怪黑马村的地理和气候条件。进村后不久，陈支书腾出时间，专门带刘海和其他驻村队员一起走遍了整个行政村，十一个自然村散落在几座大山上，只要稍稍有一块较为平缓的坡地或坳地，便有村民结庐而居，这个旮旯六七户，那个坳口四五家。而黑马村常年干旱少雨，植被稀薄，所以村民盖房子也充满了随意性。大约二十年前，大兵父亲和鲁川父亲就把房子盖在一条枯河边。那其实是一个角度并不大的斜坡，两院房子被盖成了一平排，大兵家房子在左上，鲁川家房子在右下。那时两个父亲都还正值壮年，并且还是一起上山赶马、一起下地种田的好朋友，说白了都是有志气的人，年纪轻轻就能盖新房，这在黑马村人面前是件抬得起头的事。于是在村人们的夸赞声中，两家的妇人们和孩子们也常常左门出右门进，彼此亲密无间、融洽无比。

大兵父亲手脚勤快，一有时间，便提起锄头到屋后掏泥挖沙，渐渐把一条枯河掏成了深沟。鲁川家背后的河却无人搭理，几年过后，连河沟的模样也不见了。村人们对大兵父亲的举动充满不屑，一个个瞪大眼睛这样问他："就一条枯河，你理它作甚？"

"反正闲着也是闲着，未雨绸缪嘛！掏得干净一些心里踏实，要相信这世间的汗水，总不会白流！"他总是那样不厌其烦地回答。

果然天有不测风云，大约五六年过后，夏夜里突然一场大雨下降，黑马村四处雨水成灾，大兵和鲁川居住的核桃坪同样如此。特别是他两家房背后的那条枯河，一夜水涨，好似一群桀骜不驯的野牛从极狭的小道上挤了过去，在大兵家房背后倒相安无事，到了鲁川家房背后无渠可流，就一起灌进鲁川家中，不但冲倒了围墙和几间简易的厩房，还在鲁川家场院里积下了汪洋洪水，甚至还淹没到房子的厦台上，一家人狼狈不堪地转移到安全地点，直待大水去后好几天，还不敢搬回去住，担心一座房子被水泡过这么久，突然间垮塌下来那该怎么办。

最终鲁川父亲急不住，还是一个人回到了家中，见到场院里还留下半尺厚的一层泥沙，心疼得他差不多当场瘫倒在地，想不到自己千辛万苦建成的家园，竟在一夜之间变成这个样子，于是痛心无比的他在这个时候完全失去了理智，面对好心前来相帮的大兵父亲，他差点当场就把锄头砸到了后者的头上。

他一直觉得这是大兵父亲有意为之。谋划了这么多年，就是为给鲁川家带来这么一个灾难。要不是他在枯河里掏来掏去，洪水进不了枯河，就直接从村中心流去了，如今他家安然无恙，鲁川家却淹成那个样子！

这时的大兵家人，就是浑身是嘴都说不清了。雨后天晴，鲁川家请来工匠清理灾后现场，在两家之间用石头水泥镶出了一堵厚实的挡墙，从此也隔断了两家之间的一切联系。第二年的夏天，黑马村再次暴发大雨和山洪，结果这次受灾的却是大兵家，要不是第二天洪水退去，恐怕大兵家连主房都要被水泡倒了。于是两户人家再次发生了矛盾，几乎到了大打出手的地步。

村委会数次前往调解无果。后来借脱贫攻坚基建项目实施的契机，村委会硬化了核桃坪村道，还专门拓宽了泄洪通道，方才为两个家庭永久地解决了山洪的潜在危害。如今两个家庭先后推倒了旧房又建了新房，并且家庭的境况早已今非昔比，但两家人却怎么都好不起来。让人意想不到的是，如今刘海组建的篮球队，却让两个家庭的孩子又重新做回了亲人和兄弟。

<h2 style="text-align:center">五</h2>

赢下了两场比赛，刘海一下子成了黑马村的名人。包括黑马小学的老师，也专门来到村委会请他到学校给黑马村的孩子上篮球兴趣课。在"双减"的大背景下，这样的举动尤其受到师生家长的欢迎。

走进学校，刘海才知道黑马村小学仅有二十九个孩子。并且有十一个是幼儿班的学生，其余十八人上一二年级。黑马村人口太少，分散办学出不了效益，所以三年级以上的学生，得让父母送到乡小住校就读。而这里的两位女老师都是外地人：其中先来一年的何老师是学数学的，被任命为校点负责人；另外一个尹老师是学思政的。还有教幼儿班的男老师则是村里的临聘教师。来到黑马小学任教后，他们都不得不把自己变成"全能型选手"。直到刘海把二十九个学生带到院子中心，手把手教完列队，黑马村的孩子才有幸上了人生中的第一节专业体育课。

孩子们在见到刘海的第一刻就爱上了这个大个子叔叔，也特别喜欢到操场上向他学习球技。但第二节课，刘海却把孩子们一起带进了多媒体教室，给他们播放了一部好看的电影：《顺子加油》。影片中的张顺子，其实是和刘海一起从市体育学校毕业的孩子。她出生在滇西大山之中，从小就喜欢跑步，这一天赋被老师发现后，被送到了市体育学校进行专业学习。在教练的陪伴和指导下，她通过自己的坚持和不懈努力，克服重重难关，一步步靠近梦想，从业余运动员到专业运动员，并最终摘得第三十届世界大学生夏季运动会田径女子一万米冠军，参加了里约奥运会，还多次在好几个马拉松比赛中取得不俗战绩，创造了人生的奇迹……

影片播放结束，刘海给同学们讲了许多励志的运动员故事，比如同样从云南大山之中走出来的，并最终获得中国第一个女子世界冠军的乒乓球运动员邱钟惠，还有同样来自贫困农家、最终却带领中国女子篮球队摘得巴塞罗那奥运会银牌的郑海霞，以及中国女排的传奇人物郎平和弟子朱婷……

刘海口才并不好，然而面对眼前的二十九个孩子，他同时想到了自己的童年时代。他同样出生在滇西高原的另外一个山头，那时发育极快的他，不到十岁就比村里的初中生高出半个头。但这没给父母带来半点骄傲，相反却让他们感到非常苦恼，一套新衣，其他的孩子能穿两年三年，可刘海穿不到半年便套不进去了。同样，吃饭时刚刚还跟大人一起撑下三碗四碗，过不了两三小时他又喊饿了。村人们都觉得他那是患了"巨人症"，老师让他坐最后一桌，下课了同学们也不愿搭理他，所以刘海的整个童年一直充满了自卑和胆怯。

但在母亲的眼里，他就是自己的心肝宝贝。记得那是他读四年级的时候，母亲到外婆家借了一笔钱，要把他带到市医院看病。结果却被前来医院带学生做体检的一位篮球教练看上了，在问清他的情况后就严肃地对母亲说："这哪是什么'巨人症'？这是发育过快，人显得有些高大嘛，在我看来他就是一个学篮球的天才，想不想学？只要吃得了苦受得了累，没准就是他人生的一条路。"

母亲还在犹豫当中，刘海却果断地站起来对教练说："我想跟您一起学篮球！"

家里拗不过他，在回山后一个星期，就包了一辆车把他送到了市体校。在教练的精心调教下，十五岁的刘海已经打上了市青队的主力，在全省中学生运动会中夺得金牌。之后又相继夺得全省 U16 和 U17 锦标赛的一个亚军和一个季军，十八岁时已经成为了市队的绝对主力，在省运会中帮助球队摘得冠军后，他幸运地被省师大体育学院录取，又在大学校园开启了人生的另一段传奇之旅。

十几年的篮球生涯，充满了坎坷艰辛，也充满了励志和荣耀。至今快三十岁了，篮球依旧是他人生中缺之不得的伴侣。而他最崇拜的却是足球运动员克里斯蒂亚诺·罗纳尔多，不放弃，不纵欲，甚至还不文身，二十多年的运动生涯足够漫长，还始终保持顶级的竞技状态，每每在比赛最艰难的时候挺身而出拯救球队，不仅带领葡萄牙国家队夺得欧洲杯冠军，还与队员多次加冕欧冠冠军，成为足球世界里一个不老的神话。所以他勉励孩子们："只要坚持自己的梦想，不放弃，你的人生也将是一部荡气回肠的传奇史诗。"

他看着孩子们一脸懵懂的样子，也不知他们是否听到心里去了。坐在后面的三位老师却带头为他献上了掌声。狭小的多媒体教室里，一下子掌声雷动，刘海居然也被自己给感动了。

六

刘海和黑马村球队的声名在县内不断远播，邀请他们打球的单位或群体亦不断增多。这一次，他们来到了县一中。当然这场球也是老徐联系下来的，不过之前向老徐提议的人却是村委会副主任茶建兴。最终，他们艰难地赢下了比赛，而让刘海和球队所有人都意想不到的是，这次拯救了球队的人是茶建兴。

和绝大多数的中国西部县城一样，一中是全县当之无愧的"最高学府"，在早年还是所有农村孩子的梦想之地。但如今，这个令全县孩子无比仰望的最高学府，也正深陷"县中塌陷"的泥潭。那些在初中阶段就非常闪光的孩子，基本都被市里和省里的一些名牌高中给选拔走了。所以学校多年出不了成绩，特别是优生比率较低，成为学校始终难以突破的瓶颈。

一年前，茶建兴的儿子以两分之差被市里的重点高中拒之门外。茶建兴只好把他送到县一中。然而他却渐渐发觉，中考的失利给孩子带来了严重的心理阴影。上不了好高中不等于上不了好大学，只要舍得吃苦，愿意付出，自己的人生同样可以出彩！

诸如此类的话，他也想和儿子好好谈谈。可他发觉上初中以后，儿子突然变得非常叛逆。甚至已经不爱和他交流了。他就这么一个独子，从小到大一直是他最大的骄傲。从进入黑马小学就读的第一天起，他一直是当仁不让的全班第一名，后来到了乡小住校就读，他依旧是全班第一，并且在初中的前两年还是这样。他热爱阅读和写作，仅仅初中三年时间，已在老师的推荐下发表了十几篇文章。可没想进入初三年级以来，他的学习成绩断崖式下滑，让茶建兴一度陷入了长时间的苦恼。

在和刘海交流的时候，他也曾悔恨万分地说："这一切，其实都是我自己造成的。这么几年来，我对他的陪伴和关心，实在是太少太少！"

刘海在那时方才知道，茶建兴在当年的高考时曾以区区五分落榜。以他当时的学习状况，也许补习上一年，就能如愿以偿考入大学。但毕竟当时家庭条件所限，父亲在他读小学时便突然辞世，母亲含辛茹苦，一个人供养他一直读到高中，可他底下还有两个妹妹也正读初中，他不愿让母亲为他再那么劳累。一个星期不见面，她头上的白发又多了一层，一个学期回来，她脸上的皱纹又多了几行。而一个家庭也因此背上沉重的经济负担，每年开学，母亲最艰难的事就是为他们兄妹三人借学费。思索再三，他便毅然决然回到老家成了一个农民。

然而回到黑马村，没人听过他的牢骚和抱怨，他凭着自己的务实和勤谨发展生产，一边搞烤烟种植，一边搞肥猪养殖，不过几年就把读书时家里欠下的债给还清了。那时县里推行林权改革，他把自家的几十亩自留山都发展成了秤砣梨，不多几年，满山的秤砣梨成了黑马村的一大生态品牌。贫寒出身的他就在村子里率先盖起了大房子，给自己娶了媳妇，还将两个妹妹一前一后送进了大学。

他的成功让人眼馋，几年间，村子里很多人都效仿他在山坡上种起了梨。看到种植规模不断扩大，他索性成立了一个农业合作社，以股份制形式吸引村人们把另一面山也种上了梨。按说茶建兴是个有市场眼光的人，两千多亩的规模，他按照市场的需求和梨果的成熟周期，引导村民分别种下了早熟和晚熟等十几个不同品种，能从五月盛夏第一批梨果上市，直到严冬十一月最后一批果子摘完，园子里的梨果总是供不应求，源源不断，靠山吃山的黑马村民就在茶建兴的带领下一起走上了致富路。

而经过几年的努力，黑马村梨园同时成了远近闻名的休闲胜地。从梨花盛开的早春，直到梨果采收完毕，一年四季不缺少游客。他一眼看出了其中的市场前景，又带领村人们在果园里做起了生态养殖，开挖鱼塘，养起了土鸡和肥猪，酿起了土酒，种起了不施化肥不喷农药的小蔬菜，开办了餐厅，还建成了一座冷库和梨果加工作坊，不仅解决了村里的富余劳动力，还真正成为了黑马村的致富带头人。于是新一届村委会换届，陈支书就把他吸引到了村两委的班子中来。

这时候，轰轰烈烈的脱贫攻坚拉开了序幕。而茶建兴同时又是个责任心很强的人，父母去世得早，年少时他没少受到村里乡亲的关照，所以他也想在这个岗位上为村民多尽一份心力，于是常常为村里的大事小事挨不了家。而黑马村毕竟又是个山村，不论是早先的脱贫攻坚，还是现在的乡村振兴，首先要解决的还是基建问题，比如修路、架桥、路灯安装、污水改造、厕所革命和其他的一些社会事业项目，占地、迁房的事自然必不可少，上面专项资金里根本就没有这一笔钱，村里也拿不出任何配套。但山里的群众性情直爽，支持村里的公益事业，他们做得心甘情愿。然而这样的群众工作，就得花费茶建兴更多的时间精力，在一次次走访协商中，将更多的歉意和谢意都表达在酒碗里。几年下来，早出晚归成了工作常态，不但他自己身体一落千丈，还严重地影响了家庭关系，妻儿对他的抱怨越来越多。

特别让他感到不安的是，缺少了父亲的陪伴、关怀和有效沟通，儿子渐渐变得如此叛逆和消沉。所以自从刘海组建了篮球队，他不仅戒烟戒酒，而且还是球队出勤率最高同时也是最卖力的一个。

当老徐把一中的赛事联系好的时候，他高兴得又像当年考上高中一样。是的，他当年就是从县一中毕业的，并且也是在一中的球场上学会了打篮球。那时他高超的球技一度让全校师生充满了赞叹，而多年后他娶到的妻子，居然也就是在当年的一中球场上对他萌动了芳心。

而今回到学校，他更是要铆足干劲，不论抢球、防守、进攻，都拼尽了全力。比赛结束，他竟然是队里的第一得分手，特别是他的防守，如同一张密不透风的大网，夸张地说连水都泼不进去。而在进攻端，他同样凶悍无比，不仅内线外线频频得手，还为救一个球重重地摔到场外，两个膝盖各被搓出一道深深的血印，因而被学生们暗暗赐予了"拼命三郎"的外号。

赢球后的黑马村球队洋溢着胜利的喜悦。回到村委会，在晚饭上破戒喝了两杯酒的茶建兴却不想回去了，一起来到刘海的宿舍里和他一夜畅谈，他高兴地告诉刘海说：儿子在球赛结束后给他打了电话，而且开口就说："爸爸您摔得重吗？"听到父亲说他没事，儿子才放心地打开话匣，说那些同样来自黑马村的同学在比赛后向其他人介绍起了他爸爸：

"他不仅是村子的致富带头人，还是一个极好的篮球小前锋，都四十多岁的人了，还能像个十七八岁的青年小伙一样不要命地拼。这种精神尤其值得我们学习。据说当年，他就是在这块球场上，凭借自己绝好的球技赢得了许多女同学的芳心！……"

茶建兴把这些话转述得绘声绘色："我绝难想象，他如今可以毫不吝啬地夸赞他这个并不负责任的爸爸。甚至到了最后，还郑重其事地对我说：'爸爸，我为你骄傲！'"

说完这话，茶建兴便陷入了沉默。刘海抬头一看，想不到这个七尺男人眼眶里居然溢满泪水，如同春日清晨的花蕾，只要轻轻一碰，便能碰落一地晶莹。送走茶建兴之后，刘海一度也陷入了沉思。从茶建兴的事例不难看出，长达六年的脱贫攻坚，给人民群众带来了较大的实惠和福祉，但快节奏的生活和沉重的攻坚任务，却好似绷紧的橡皮，给村人们带来了较大的心理压力，人们需要放松和宣泄，更需要解压和释放。黑马村的球队从建立到今天，似乎已经起到了这样的效果，那又能不能做到与经济发展、人民生活富裕的完美结合，使之彼此相得益彰呢？想着想着，二十八岁的刘海居然有了人生中第一个失眠的夜晚。

九

国庆节临近，黑马村的首届"振兴杯"篮球节盛大开幕了。

陈支书怎么都想不到，村委会附近这块屁股大的地皮上，居然赶场似的聚集了那么多人。赶场的、卖花的、卖水果的、卖冷饮的、卖农具的、卖药材的、卖手工艺品的、卖零食的、卖种子化肥的、卖茶叶烟酒糖果副食的，还有开饭铺的、拔牙的、镶牙的、补牙的、做医疗保健用品的、卖手机家电家具的，甚至还有卖保险卖房子卖汽车的销售人员，当然也有县乡各级领导、乡村振兴工作队员、受邀参赛的各篮球代表队，以及前来维持现场秩序的交警、公安、消防队伍。那阵势和改革开放初期为活跃经济组织的各种农村集会一般。当然现代交通工具的改变，以及道路的畅通，今日的规模远非当日可比。陈支书还不得不开辟出好几个临时停车场。

作为一个多年的村委会干部，他一眼就看得出十岭八乡的群众住在哪座山哪条箐，也听得出那些并非来自黑马的杂色口音。而让他感到欣慰的是，不只拍档茶建兴家的泡梨、鲜梨、梨干在赛场附近摆上了摊，还有许多黑马村的群众把自己采收的木耳、菌类、松子、松花粉带来，当然还有山里原生态的火腿、腊肉、蜂蜜、土鸡蛋，以及富有黑马地域特色的橄榄、核桃、芭蕉等等。

篮球节带来的不仅是人气和热闹，更是一个才艺荟萃的舞台，十点钟开幕式后，首先进行了四个暖场的文艺节目，都是黑马村群众自编自演的，那些源自黑马村的民族元素，既展现了山村人民的热忱奔放，又体现了建功新时代的豪情壮志，赢得了广大观众的阵阵喝彩和掌声。他知道，山村群众喜欢的就是这些，一个为人民举办的节庆，就得真正拿得出让他们喜闻乐见的节目。

按说筹备这样一个大型活动，对黑马村和对他自己来说，都是大姑娘上轿——头一回的事。开初那几天，他甚至为那些大大小小的细节磨得食宿不安。但开弓没有回头箭，弄好了是黑马的名气，弄不好就成了黑马村的笑话，作为两委的"一把手"，归根结底就是他姓陈的笑话。于是节目的事，他安排给了副主任李雪梅。想不到短短一个月不到的时间，他这个副手迅速编排出了这么多精彩的节目。当年他俩一起从乡中学毕业回来，又一前一后进了村委会，尽管她外表看起来好似一个弱女子，但工作能力却一点不弱。九个自然村，她一共分派了八个节目。

如今看来，不论从服装、道具，再到轻松愉快的节奏，都与体育文化和黑马乡土文化实现了较好的融合，引起的效应甚至要远远超过他的预期设想。

文艺展演一结束，篮球节便正式拉开了序幕。当然说是篮球节，但出于时间、场地、经费及安全压力等方面的综合考虑，这次活动仅邀请了三支球队，在两天时间内举行四场单循环比赛，即第一天是分组淘汰赛，第二天是排名赛。与黑马村球队不同的是，三支受邀球队都是乡镇级，参赛队员大多是奋战在乡村振兴一线的驻村队员和乡村干部。毫无疑问，拥有刘海的黑马村球队就是其中当之无愧的豪华之师，兵不血刃，便以两战全胜的成绩拿下了冠军，当作为队长的刘海从篮球节组委会主任、乡党委书记手中接过奖杯的时候，黑马村一下子陷入了沸腾，隆隆的鞭炮声、呐喊声、欢呼声以及村民们的唢呐声响彻云霄。

篮球节成了黑马村的狂欢节。由于周密的筹备和出色的组织协调能力，两天时间，除了一辆三轮摩托车因为操作失误出现了侧翻，并无其他重大事故发生。屁股一样大的黑马村，真正接受了举办大型集会的考验。更重要的是，黑马村的群众也借机赚了个盆满钵盈。特别值得一提的还有两件事：一是茶建兴的梨园在篮球节第一天就签下了一笔大单，省外的一家酒厂决定投资两百万元，将在他的梨园建成一条果酒生产线；二是用来接待的核桃坪的大核桃，受到了省城一家饮料企业的关注，正准备将之作为该企业主打饮品"核桃乳"的原料。

"广种梧桐树，引得凤凰来。"黑马村的篮球节，不仅与乡村振兴相得益彰，同时也是营造良好营商环境、招商引商的大事，每想到这些，陈支书又感觉自己该做的事实在是太多了。

七

8月上旬，四十周年县庆如期而至，县里精心筹备了一系列重要庆祝活动，其中一项就是举办一次规模宏大的篮球比赛。黑马村球队是其中唯一一支报名参赛的村级球队，而且其中还有许多是真正的农民选手。或许也正是这个原因，县庆办较为重视，拨出了一笔专门经费，为黑马村球队购买了球服，还为所有队员都购买了意外保险。

然而大伙远征县城，正跃跃欲试之际，却遭遇到了建队以来最大的滑铁卢。小组赛第一场对阵实力超强的县公安局代表队，黑马村的球员就被对方的全场紧逼压得喘不过气来，上篮没有准度，进攻没有篮板，防守跟不上节奏，本方的球却还被对手多次抢断。相反对方的传接配合却打得有声有色，冷不丁又漏人，冷不丁又被对手偷袭成功。而且他们的得分方式亦是多种多样，忽而打成快攻，忽而又飙进三分，忽而又在内线打成二加一。可谓全面开花，而绝非单纯地依靠其中的任何人。刘海连续叫了暂停和换人调整，但都无法扭转被动局面。于是黑马村球队就被牵入对手熟悉的节奏，控制不住情绪的鲁川还因五犯离场。独挑大梁的刘海更是遭遇到了层层包夹，每得一分都极其困难，最终以 75∶50 落败。

刘海鼓励大家不得气馁，"球队成立以来，大家齐心协力打过十几场比赛，赢当然赢过，输也照样输过。但不论输赢，我们都体现了无比坚韧的团队精神和意志力。只要大家不畏惧，坚持不放弃，打赢后面的两场生死战，我们照样能够小组出线！"

确切地说，刘海的鼓舞还是起到了很好的动员效果。第二场面对实力不俗的工业园区代表队，已经取得开门红的他们也很想兵不血刃赢下比赛，从而实现提前晋级的目标。但黑马村球队在刘海的带领下空前团结，寸土不让，顽强的防守让对方同样备感艰难，于是比赛打得很胶着。前三节结束，比分一直交替上升，直到第四节比赛打了一半，比分居然还战成了 53 平。刘海看了看时间，果断叫停了比赛，希望大家稳定情绪，放慢节奏，一要打出成功率，同时还要重视盯人防守，不能让对方轻易得分。

果然回到场上，黑马村球队连续两次进攻奏效，而对手的两次进攻都被成功防下，眼看时间只剩下两分半钟了，胜利的天平已经逐渐向黑马村球队倾斜，只要大家咬紧牙关，应该可以拿下比赛。

然而谁都想不到，对手却在这时候急了，在一次篮板球的争抢中，对方高个中锋居然重重地拐到了大兵的肚子上，只听大兵一声惨叫，就捂着肚子一头摔倒在地，黑马村的球员赶紧围上去。鲁川气不过，冲上前要为兄弟出头，往对方肩上推了一把，却被杀红了眼的大中锋重重地一球砸在脸上，险些就酿成了两队之间的冲突。当然他这一粗暴举动很快就吃到了违体犯规，被裁判果断罚出场外，还判给了黑马村球队两记罚球。

刘海两罚命中，比分已经领先到了六分。

但刚才的这一个变故，却严重扰乱了军心。大兵被抬下了场，换上的老徐根本跟不上对手的速度，更重要的是队员们的节奏也都一起慢了下来，一个个缩手缩脚，几乎都不敢防守了。事前他们也曾听说过，工业园区代表队是从驻区十几个企业中精选出来的，有的是工人，有的是腰缠万贯的大老板，球技自然不差，但其中一两个的人品可谓极其低劣，往前几年甚至还有黑社会背景，为打球结仇，甚至打架闹事的情况居然也时有发生。

今天的比赛，对方的防守动作一直很大，但黑马村的队员却用进攻回应了他们，其中的大中锋就一直被刘海压制，甚至刚才的两次进攻未果，也是因为遭遇了刘海的封盖。于是他打得极其压抑，好几次报复都没有成功，而恰恰是因为刚才的两个球被对手反超了比分，使他一下子失去理智。当然他的目标是刘海，只不过全场都没有休息的刘海此时体力有所下降，还没能及时跑到前场，他这一下黑手就发泄到了大兵身上。

刘海当然也已经看出了势头，但对方的动作依旧没有丝毫收敛，黑马村球队再无斗志，连续被对手打进四球，终场哨一响，工业园区以两分优势赢下比赛，和公安局代表队提前一轮锁定八强席位。

大兵被送进医院做了检查，幸好没有太大的问题。但大伙的情绪都极为低落，据说被罚出场的大中锋极不服气，叫嚣着要和黑马村球员在场下继续一较高下。一下子给大伙造成极大的心理震慑。吃饭的时候，几个农民兄弟脸上都显露出了惴惴不安的表情。有人甚至还发出抱怨之言："我们这是打球吗？搞不好把命送在场上也未不可知啊！……"

军心涣散，恰如山垮，有人甚至决定放弃明天的比赛。这时连刘海也有些动摇了。他真不知道该怎样安慰他们，轰轰烈烈地带着黑马村的干群兄弟来县城这一遭究竟是为了什么？

但这时候，真正稳定军心的人却是陈支书。看到大伙低落的情绪，他重重地拍了下桌子："你们忘记咱们当时建队的宗旨了吗？咱们不仅是为了打球，还是为了黑马村的形象。来县城参加比赛，这是党委政府举办的赛事，自会有党委政府为我们撑腰。我们不怕他的威胁，那些违反体育道德的负能量，自会有纪律和规矩在等着他。大家只管把球打好就行，要知道到了场上，不仅场下的观众在看着我们，包括黑马村的八百多位父老乡亲也在看着咱们。咱们不仅要打出形象，还要打出黑马村的精气神。不仅要赢得起，当然也要输得起。明天这场比赛，就是我们为荣誉而战的最好时机，咱们可以被对手打败，但绝不可以被对手打倒，更不能束手就擒，不战而败。哪怕是输球，也必须是站着身子离开!"

陈支书的话像是一支强心剂注入大伙心中，让所有队员都恢复了斗志。第三场比赛，黑马村球队以五分的优势险胜乡村振兴局代表队。然而谁都想不到的是，凭借这场胜利，他们却递补进入了八强。

事后他们才知道，陈支书向组委会实名举报了工业园区代表队，不仅存在严重的违体犯规，还威胁到了球员的生命安全。陈支书作为黑马村球队的领队，具有多年基层工作经验，他行得正、坐得端，而且眼里最容不下沙子。组委会当即对工业园区代表队进行了纪律调查，这时他们知道，在比赛结束的当天晚上，大个子中锋就曾带着十几个人前往黑马村球队住宿的酒店寻衅滋事，幸亏半途中看到派出所的巡逻车后仓促解散，未成大祸。

举报一经查实，组委会就本着公平竞争的原则，果断取消了工业园区代表队成绩，结果小组第三名的黑马村球队递补了第二名的成绩，阔步挺进八强。

八

好几个学生娃都在周末来找刘海学球。有的孩子尚未到读书年龄，便能叫得出刘海的名字。而黑马村的球场上，从此没有个消停的时候。特别是到了周末或其他休息日，有的孩子居然是被父母用两轮、三轮或是四轮的各种车子，从各个山头带到村委会学球。当然还有一些家长开着汽车，从百里之外的县城赶来，请刘海对孩子的球技进行辅导。县庆杯篮球赛上的绝地重生，让他一下子成为了全县家喻户晓的焦点人物。县一中初中部的校长甚至还专门带上一本聘书，屈身下降黑马村，请他担任校队主教练，带队参加即将到来的全省中学生运动会。

刘海自然知道，一中代表队已在去年举行的全市中学生运动会上夺得冠军，将作为市代表队参加省级比赛。在征得陈支书的同意后，刘海当天就和校长来到一中带队集训。一个月后，一中代表队从省城捧杯回来，小小的县城一下子沸腾了。县教体局局长在欢迎仪式上不无自豪地说："这是新中国成立七十多年来，我们县在省级的体育比赛中夺得的第一个冠军！……"

然而他不知道的是，比赛尚未结束，刘海帐下的三名主力队员已被省师大选中，将作为特招生免试入学进行专业培养。消息传开，刘海和篮球再次成为人们茶余饭后一个津津乐道的话题。甚至在更偏更远的高寒山村，缺了牙的老头儿老太也都能叫得出刘海的名字。

的确，他的到来，让黑马村甚至全县的群众更加透彻地明白什么是"五育并举"，同时也彻底打破了"学而优则仕"的传统成才观念。在市、县教体局的支持下，刘海成功地组织了一个迎接北京冬奥会的公益宣传活动，募捐了一笔资金，向全县一百所中小学捐赠了一千个学生篮球。作为活动的发起者和组织者，本来口才不好的他在开幕式前做足了准备，并郑重地告诉孩子们："只要坚持自己的梦想不放弃，那你的梦想就不是梦，任何事业都可以做到尽善尽美。就比如篮球，哪怕在咱们这样的小地方，你都完全可以变成一个人人皆知的超级巨星！"

他说的这些话在此前县庆杯比赛中也得到了印证。进入淘汰赛阶段，黑马村全体球员的心态反而变得放松下来。首先是小组出线已经圆满实现了赛前既定的目标。毕竟他们只是一支组建不久的球队，而且还是唯一的一支来自基层农村的球队，第一次参赛就实现了全县八强的荣誉，显然已经创造了历史。其次是组委会的公正判决，也让所有参赛队员有了更多的安全感。

在四分之一决赛中，刘海把主要精力都放在了助攻和防守，这时完全放开了手脚的黑马村球队内外结合，多点开花，终于取得了一场久违的大胜，以 75∶58 的成绩拿下了财政局代表队，在县庆杯的赛场上继续阔步前进。

半决赛对阵以县一中为主的教体代表队，曾经的历史战绩让黑马村球员信心倍增，当然比赛也并非顺风顺水，但刘海在关键的第四节挺身而出，并在比赛最胶着的时候坚持在内线发力，连续两记"二加一"，兔起鹘落，不仅将球打进，还造成对方中锋五犯离场，从而一举摧毁了教体代表队的整条防线，最终以十分优势率先闯入决赛。

在当天下午举行的另一场半决赛中，夺冠热门县公安局代表队却意外地输给了供电公司。在此之前，公安局未尝败绩，几乎每场比赛都以摧枯拉朽之势大胜对手。但他们绝难想到，在半决赛中却遭遇了供电公司代表队的顽强阻击，双方打了三个加时方才决出雌雄，最终以三分落败。

毫无疑问，黑马村球队以逸待劳，他们有了较长时间的休整，同时也有着较大的心理优势。作为教练兼队员，刘海在赛前依旧不忘给全体队员动员打气："看过 2016 年里约奥运会吗？中国女排的每一场比赛，都可以载入史册，小组赛战绩不佳的她们以最后一名的成绩惊险进入八强，但四分之一决赛，她们不屈不挠，以 3∶2 的比分艰难取胜主场作战的卫冕冠军巴西队，接着又在半决赛中以 3∶1 的成绩战胜荷兰。在决赛中，姑娘们在先输一局的不利局面下连扳三局，最终把奥运会冠军带了回来！她们身上展现的顽强战斗、勇敢拼搏的女排精神，就是我们黑马村球队最好的榜样。"

为了制造主场氛围，乡政府还特意从乡内安排了以黑马村为主的六百名干群，经过这么长时间的比赛、训练和磨合，确切地说黑马村球队的整体素质早已今非昔比，战术执行力明显增强，虽然场上困难不断，并且供电公司有着较强的板凳深度，一度给黑马村球队带来了相当大的麻烦，但在现场六百多干群的呐喊声中，黑马村的每一个球员都坚定了必胜的信心，把防守做到了极致，最终裁判一声哨响，黑马村球队以三分优势获得本届县庆杯篮球比赛冠军……

十

十年时间，方才有这样一场大庆。作为一个民族自治县，这样的大庆就是全县人民的集体狂欢。喜庆之余，陈支书已经不再去思考黑马村球队夺冠带来的重大意义，相反他却在县城的滚滚人流中觅到了一丝商机。那就是节庆假日经济。让他一时想起了年少时被母亲带到县城赶集的情景。记得那天，母子俩天不亮就起床，每人背着一袋沉沉的松子，走了十几公里山路，才搭上一辆前往县城的拖拉机，在后午时分到达县城时，城里的集市已经散了，松子没有卖出去，他们当晚差不多就只能露宿街头。于是只得继续背着沉重的松子沿街叫卖。饥肠辘辘，他几乎昏倒在县城的街头。幸好在天完全黑透的时候，他们把其中一袋松子卖了出去。

当和母亲蜷缩在旅店里啃一个冷馒头时，他突然想到："能把一个集子带回黑马有多好！"是啊，黑马村要有一个集，那山里的果子就不会烂在树上，还有那么多物产也就不愁卖，山民们的生活也会变得一天更比一天好！

转眼四十多年过去了，他已经是个年过半百的人。但这个夙愿至今还保留在他的脑海里。黑马村毕竟太偏太远，交通落后，人口稀少，除了那些不定期进山收购农特产品的商人小贩，很难招徕更高级别的客人。即便搞一个市集，那也是绝对不能长久的事。

然而县庆活动的举办，特别是黑马村球队在篮球比赛中夺得冠军，让他重新燃起了童年的梦想。于是待两个月后刘海率一中代表队从省城捧杯回来，精心筹备的黑马村首届篮球节也就拉开了序幕。让他意想不到的是，篮球节上签下的两个大单已经远远超过了集市的意义。

篮球节结束，澜沧江沿岸的大山渐渐进入了干燥而漫长的冬季，但球队里的好事却还接二连三。首先是刘海向他请假要回城结婚了，对象就是黑马小学的负责人何老师，想不到在这遥远的大山之中，他还能收获一份甜美的爱情。之后鲁川告诉他，自己已被供电公司聘请为合同工，他在县庆杯上的优越表现，给公司领导留下了深刻印象，便把他聘作供电局文联的工作人员，供电系统的文体活动较为丰富，以后还可以让他参加供电公司的球队。而大学毕业后一直待业在家的大兵也已经顺利考上了小学教师，秋季学期就将走上工作岗位。之前他连续两度落榜，问题居然都是在面试环节。此次成功，或许就是在篮球比赛中收获了胆量和信心。

陈支书点点头，告诉他们："明年我们还要继续举办篮球节，而且规模只会比今年更大。我和刘海就在村里等着你们回来打球，我们要让健体强身，成为黑马村乡村振兴中一道闪亮的风景！"

梅花谷绝响

一

　　罗万春像是被人抽走了骨架一般，有气无力地瘫坐在一堆干麻袋上。厂子里依旧车来车往，人出人进。喧嚣之声如同气浪一般向四面膨胀，突然一阵汽车喇叭声响起，似一把锋利的尖刀猛地扎在他的胸口上，让他孱弱的身子好似一个被戳破的轮胎，突的一下冲到了半空之中，待气流放尽，又重重地摔了下来。嘭的一声被砸得血光四溅，顿时感觉整个天地都变成了血红色。

　　"我都快要死了！"

　　罗万春在心里想。可偏偏有一个声音让他不能舒服地死去。不用问，那是玲花正在门口与人吵架的声音。他于是就在心里骂起了玲花：到了这个时候，你吵还有什么用？都告诉你说不要贪这小便宜，得不偿失啊！拿昨天来说吧，停车费一共收了一千三百七十元，付去五个收费员人工工资七百五十元，末了有辆车不知被谁在侧门上那么一撞，赔去五百元，等于我们一家四口在这五亩多的大厂子里折腾了一整天，全部收入只有一百二十块？

早在昨天天黑之前，他便已经算清楚了这笔账，一再告诫玲花今天不要收费了。云鹤村位居云天之上，山势陡峭，天宽地窄，停车难是不争的事实。这梅花节是村委会举办的，他们总不能眼睁睁地看着各处各地远道而来的客人到了咱们云鹤村，连个车都停不下吧，所以最经济最省事的办法，就是你把厂子租给村委会，让他们来经营。

可玲花终归是玲花，说到底就是一个没经历过事的村妇，不知道这大事小事之中还有这么多不可预见的风险。这不刚一个小时过去，门口又有一辆宝马车不知被谁顶了一下。肇事者早已经逃逸在外，厂子里没有监控，于是这么一顶，无论你今天有再多的收益也是白搭了。你别看那宝马车主，一个文文弱弱的女司机，口气却是那样盛气凌人："反正我给你们付停车费了，出了事你们就得给我赔！"

玲花有种男子汉似的爽性："好了好了，算我们倒霉，昨天这场子里也有一辆大众车被撞了一下，肇事者也和今天一样逃跑了，结果我给他赔了五百……"

"五百？五百你打发大众车可以，你没看见我这是宝马？而且还是纯进口的宝马 760Li，光提车价就是二百六十多万！"

女司机的声音如同狙击枪子弹一般，无声无息便穿透了心脏。罗万春只感觉玲花瞬间脸色惨白，但她却故作镇静，扶了扶顶上的草帽："那你说怎么个赔法？"

"赔？"女司机把手往空中一扬，"赔多了你还以为我在讹你，你修还我就是了！"

玲花松了口气，那感觉像是在茫茫无边的沙漠中行走时，突然遇到了一汪甘泉。可饥渴难耐的她刚要把干渴的嘴巴触过去，才发觉甘泉只不过是一道幻影，瞬间消失得无影无踪。又听女司机接口说道："但是，我这车是在省城买的，平时我连换个机油什么的都上省城 4S 店。

州市上的维修店，我压根不信任，搞不好让人在你发动机里倒一包白糖进去，这样的事网络上也常说，总之什么龌龊事都做得出来。所以这一次我当然也得上省城去。可如今这车被撞了，你也知道，故障车是不让上路的，那么上省城的拖车费，包括接下来的修理费，全都得由你来负责。"

玲花还未开口，又听她继续说道："你知道在如今这个时代，车可以说是人的第二张脸，平时我上班都开这车。我还得开着它去见客户，去考察、谈判、开会、签约、宴请，出席大大小小的仪式，这车对我有多么重要你可知道？没有个车人家都以为我是个骗子。我一个生意人，时间可是耽误不得的。所以这车上省城修理期间，你得给我租一辆车，是什么车我不管，但价格可绝不能低于我这车子……"

玲花一脸蒙，好半天说不出一句话来。罗万春本就不善言辞，这时刚凑上前问个话，又被那女司机一句话顶回来："说我讹诈？那么我问你，刚才向我收停车费时你可曾给我撕过发票？我都没问你有没有收费资质，二话不说把钱给你了，你还不为我看好车，我这可是宝马，最新款的宝马尊享型 760Li……"

她话声不大，然而最后一句话，却像是将一枚点燃的鞭炮直接塞到你的耳朵里。玲花脸上唰一下子流下泪来，足足半分钟哑口无言，然而她还要和女车主理论，罗万春则是直接瘫坐到一边再无法动弹。真是虎落平阳被犬欺，不就是个宝马车嘛！当初娶玲花时，他也曾给她许诺，等将来一定要给她送一辆宝马车，让她活得像个真正的人上人。如今车没挣到，反而被一个开宝马的女司机教训得脸不是脸，鼻子不是鼻子。

其实他也爱车，宝马、奔驰、路虎、保时捷、凯迪拉克、雷克萨斯、特斯拉……许多世界名车，他也不是没有开过。事实上哪怕就是一年前，买辆一两百万的车，对他来说也不是什么大不了的事。可真要是买那样一辆车，他却又舍不得了。关键是他不晓得自己买那样一个娇贵的家伙回来到底有啥用。

辞职回村办厂已经十几个年头，他的确赚过很多钱，但总是赚到了一分又望着两分，赚到了两分又巴望着一毛，甚至常常还有一块和十块的奢想。得陇望蜀，追求利润的最大化，成了他经营的最终目的。所以这钱，哪怕就是十万甚至一百万他都感觉不够赚。而这么多年驰骋于生意场，他还有一套特别的经济理论，就是钱到手里，总得再想一个钱生钱的法子。而不是购买死物——比如汽车，只能源源不断地消耗和折旧。何况像云鹤村这样海拔超过两千四百米的高寒山区，地势不平，上坡下坎，还左弯右拐，坑坑洼洼，把那样一辆好车开回来，绝对是暴殄天物。

可现在没有了车子，你只能俯首帖耳被人欺负。比如眼前的这小女子，你听她那咄咄逼人的口气，一字一句，都好似一把把利剑，连绵不断地刺进你的耳底，甚至直接插入你的心脏，让你血流如注却还叫不出口。瘫在麻袋上的罗万春抚了一下胸口，一下子感觉更加心浮气躁，恨不能站到高台上大吼一声，把厂子里所有的车和人一起撵出去。

罗万春其实就是一腔容易激动的多血质性格。这样的念头刚钻进大脑，他便立即起身，往厂子东边的晒架上爬去。那是一个用钢管焊接而成的高架，待夏秋时节用来晒梅坯，那些被盐水浸过几个月的梅坯，或是乌梅和木瓜坨坨，在出厂前得暴晒风干。这几年厂子的生产规模不断扩大，但云鹤村却找不出一块面积够大的平地，而且夏秋季节，雨水频仍，天气莫测，抢收不及那就等于前功尽弃。罗万春绞尽脑汁，终于做了这个晒架，像座小楼似的分出四五层，立体式的结构能够容纳更多的梅坯和木瓜，同时还分层配备了几台大型吹风机和烘干机，让刚出盐池的梅坯快速风干，居然把出货量增加了好几倍。

每年夏季来临梅果下树，直至寒冬来临之前把最后一池梅坯晒干，大约六七个月时间，就是他在一年之中最为忙碌的时节。他起早贪黑，不知疲惫，常常还像个工人似的背上百十斤重的梅坯，头也不抬便往上攀，噔噔噔噔，晃悠悠的钢梯被他沉重的脚步踏得发响。两三个来回，人就好似从浴池里钻出来一样。可那时的他是充实的，同时也是心安的。云鹤村的梅产品市场一直延伸到北上广，甚至还延伸到了国外，而且如今这条道，说白了还是他自己踏出来的路子，走来走去都是那么几个熟悉的节奏，他闭上眼睛都能蹚过去，到头来每年都少不了一两百万的赚头。

可他万万没想到，商场如战场，战机稍纵即逝。今年的路子，其实只有那么一脚踩空，他一脚栽下去，居然被摔得连站都站不起来。几个订单被取消，数千吨产品不是烂在泡池，就是在仓库发霉变质。说实话那可是他十几年辛辛苦苦打拼积存下来的全部力量，忽一下子损耗一空，像是一个人被抽走了骨血，瞬间从一个胖子变成一根瘦筋寡骨的芦柴棒。

刚踏上钢梯，他便感觉浑身发虚，汗水如流，接着眼前一阵发黑，几乎从梯子上直摔下来。他赶紧把眼睛闭上，同时紧紧抓住扶手，好不容易等那一阵眩晕过后，才迈开步子继续往上攀。为方便透风和晾晒，罗万春的晒架建在厂子边角的一块高地上，好似一个位置极佳的瞭望塔，向南可以一眼望尽璨白如雪的梅花谷。罗坪山上下，梅花与白雪争艳，雪花与梅白共舞，交相辉映，共同组成了一幅绝美的春天画卷。向北望去，云鹤村层层叠叠的高楼矮房，有如历史的书页，厚厚实实地铺展在一面斜坡之上，层次分明的黑白色调互为交杂，勾勒出一个白族山村数百年的发展脉络。

恰恰正是这样一个春光明媚、梅花竞艳的时节，由村委会组织策划的梅花节便悄然来临。山里山外，每天都有数以千计的旅游者从八方拥来，或是云集在梅花谷口的会场里看表演、看画展、看书展、看花展，或是来到云鹤村中走村看寨，闲游购物。新冠疫情肆虐全球整整两年，中国西南边疆群山之中的这个山地农村，同样被困在一种死寂之中，如今好不容易有了一个欢畅热闹的集会，村子里的老老少少，正忙着向游客售卖各种积压的货物，雕梅、盐梅、炖梅、乌梅、话梅、脆梅、梅酱、梅醋、梅子酒，还有松子、酒梨、泡梨、香木瓜，以及原生蜂蜜、果脯蜜饯、干菌新笋等等，挣到的钱又让他们拿去购买种子、肥料、农具和可人的衣物，源源不断的商品流动，如同被打通的肠梗阻一般让人通体舒泰。这个时候，即便你从这楼上跳下去，肯定也不会有人注意。或者即便每个人都听见，你又能让这轰轰烈烈的梅花节瞬间停下来？

还算理智的罗万春终于收住脚步，但他却不想再理会这个世界。于是果断下了晒架，从厂子边角推出他那辆摩托车，拧开发动机，像是骑上了一匹脱缰的野马，从熙熙攘攘的人流中直撞出去。

二

转眼春节快到了，天气还有几分寒意，但云鹤村里还遗留着首届梅花节带来的隆隆喜庆。许多人在这场集会上赚了个盆满钵盈，特别是积压许久的货物被销售一空，直让人感觉浑身畅快。但似乎只有罗万春一家是个例外。为迎接节庆，善于抓住商机的他迅速腾空了整个厂子，用以接纳源源不断的游客车辆，却不知是因为经验不足还是运气欠佳，一个五亩大的厂子没给他带来多少经济效益，反倒还被一个弱不禁风的女司机讹走了一万多元。

村人们在说谈中都为玲花叫屈。当然在体恤之中，也还夹杂着几分哀其不幸、怒其不争的意味。他们一起告诉玲花说那是宝马车不错，可究竟是不是纯进口的宝马，或者是不是两百万以上的车，一切都是未知，这样的人就喜欢坑蒙拐骗，欺负老实人，说不定她正是靠这办法生钱的。

当然这些话不说还好，说多了玲花便当着众人的面哭了出来："要怪就怪这死罗万春吧，宝马车司机说话那么蛮不讲理，一通通理论被她说得天大地大，我一个妇道人家，本来识字不多，当然也没见过多少世面，更无一点法律常识，忽地被人家欺负得说不出话来。偏偏这个时候，他罗万春一个大男人却不知死哪里去了！这大过年的也不见他踪影！"

玲花这一句话像是提醒了所有人。直到这时候，村人们才惊奇地发现，罗万春失踪了。而且是彻彻底底地失踪了。在以往每年腊月二十七八，至多不会超过二十九，罗万春都会骑上他的那辆弯梁摩托车，挨家挨户与人结账。他背着一个沉甸甸的大包，里面不仅装着上百万的现金，还装着一本厚实的笔记本，上面清楚地记录着他在云鹤村赊下的每一笔梅款账目。他会毫厘不差地将欠款如数偿付给向他赊销梅果的父老乡亲。并且还会按照协议，额外支付百分之一的利息。

十几年了，罗万春在云鹤村是诚信的象征，也是务实进取的代名词。山高路远的云鹤村长不了粮食，但却长得出梅树。不知从哪年哪月开始，漫山遍野的梅树开始在这罗坪山腹地落户安家。长成了密林，长成了深谷，长成了长河，长成了大海。特别是在改革开放以后，云鹤村的梅果果开始随着时代的步伐销售到了全国各地，甚至还流出了国门，从此大大小小的梅树变成了乡亲们的摇钱树，那再普通不过的梅果果，成了村人们脱贫致富奔小康的金果银果。从此饱受高寒少雨之苦的云鹤村民，都吃上了白米饭，盖起了大瓦房，修通了水泥路，穿上了光鲜艳丽的新衣服。更重要的是村里还建起了标准化小学，无数山村孩子得以走出大山，并改变命运。

可谁能想到，进入新世纪以后，传统的加工工艺和落后的生产技术，在日新月异的竞争浪潮中彻底败下阵来，红极一时的云鹤村梅果变得不值钱了，有的烂在树上任鸟啄食，有的掉在地上化为尘泥，有的毁在泡池变成有毒的残渣废品，还有的在装满成品的仓库慢慢过期变质。

当村人们都痛心疾首地砍掉梅树，或是远赴城市另择他业的时候，那个整个少年时代不显山不露水的年轻人罗万春，突然从国境线上的学校辞职回来，默声不响地接过父亲的厂子，从村人们手中赊走了梅果，以及大量滞销的梅果制品，居然还能在父老乡亲们失败的路子上闯出一条新路，接着又连续在县内办起了十几个分厂，硬是让云鹤村甚至整个梅河县的梅果产业重新红火了起来。

当然罗万春也从心底里感激这山里的乡亲，都是从小看着他长大的长辈，他们从心底信任他。十几年来，老老少少都情愿把刚下树的梅果一起赊销给他。一起过完秤，罗万春当即把户主的正名和斤头都登记在他那本厚实牢靠的笔记本上，并且当着众人的面注上当天收购的行情。完了自己不论盈亏，总会在每年春节来临之前把账款结清。他当然也知道，这沉甸甸的梅款，是每一个家庭的生计和指望。因为拿到梅款，他们便可以买米买粮、买猪买牛，还可以盖房子、买农具、买化肥、买汽车，重要的是可以娶妻嫁女、赡养老人、供养子女、开店做生意，把小日子过得更加甜蜜滋润。越是这么想，他越是觉得不能辜负村子里那么多乡亲父老，再怎么艰难困苦，都一定要把自己的生意做得越来越红火，把云鹤村的事业越做越大。

可今年罗万春却不见了。直到大年三十，家家户户清洁打扫，贴红挂彩，做好了饭菜敬完神灵和祖宗，一起吃罢年夜饭，等待新春联欢晚会开播，罗万春还没有前来和大家结账。直待晚会结束，午夜里的鞭炮密集响起，家家户户一起外出"抢头水"，罗万春依旧没来。村人们就是在这样一种期盼与失望中度过这个除夕的。

可纸包不住火，正是大年初一，有一个消息在村人之中暗暗传播："罗万春把生意做折了，否则以他那样的经济状况，完全用不着因为赔人家宝马车一万多块钱，就一下子不见了踪影。"

"真的吗？你知道这话可不能乱说啊！"

"这么重要的事我岂能信口开河、胡言乱语？我也是刚刚才听说。而且，他那可不是几百万的亏空，而是上千万！即便他罗万春能耐再大，或者索性把他在宁湖县城买的新房卖掉，把他在县内的十几个厂子一起卖掉，再把他那几辆农用车、货车和小轿车一起卖掉，也都完全补不回来了。"

"上千万？有那么多吗？"有的人将信将疑。

"咋没那么多？"回答的人瞬间提振了音量，"你想仅仅咱们云鹤村，应该二百户不止，整整十万亩梅园，丰产的家庭，梅款多达十几万，一般家庭也该有一两万，可今年你收到一分钱了吗？不用回答，没有。当然我也一样，至今分文尚未收到。可罗坪山一线，除了咱们云鹤村，还有隔壁的白鹤村、仙鹤村、绿塘村和兰林村，全是种梅的，这几年的收成不都完全赊给了他罗万春？这些钱全加起来，我想兴许一千万还不是个数！"

问的人似乎心里不甘，重重叹出一口气，说："罗万春是个好人，这么多年一直诚诚善善，我相信吉人自有天相，他肯定能够顺利渡过难关的！"

回答的却唯恐事还不够大："诚善有什么用？所谓商场如战场，阴云变幻，可不看你是好人坏人！"

"说那么损干什么？包括你在内，这不去年的收成还都在他手上。

今年的梅果，咱们不卖他又卖给谁？还有明年的呢？后年的呢？往后十年二十年的呢？出入云鹤村那么多大大小小的梅老板，从头到尾只知道一个劲儿地往下压价。梅贱伤农更伤心啊！你不记得那时候村子里多少人毁林砍树？若不是他力挽狂澜，重新把梅子市场做通做大，兴许云鹤村已经没有一棵梅子树了。咱们就当积份嘴德，一起祈求他平平安安吧！"

"可问题就在这儿，按说我们也愿意和他一起同甘共苦，共渡难关。可谁想他罗万春或许早知道这生意做不成了，悄悄地给村子里的几个人先结了款，还叮嘱他们千万不要声张。"

"有这等事？"

"何止这些！这十几年来，他每次结账的顺序都是这样：先外后里。先把外村的款项都结清了，才回本村结。说白了这不是把资金风险都转嫁给咱们云鹤村？更可气的是，他提前结清的，全是些族外的异姓人家，什么毛国林、李海军、李四喜、刘云章，居然没一个姓罗的自己人……"

"岂有此理，我以为他罗万春是个诚善人。想不到大难面前，他分不清里和外、亲和异？按说咱们才是他在云鹤村的至亲亲人啊！那时候罗家房子被火烧了，接着他爷爷奶奶在一年内相继去世，家里穷得连学费都交不上，关键时候还不是我们这些亲戚竞相奔走，互为帮衬，硬是把他家从困境中拉出来。可如今日子变好了，他却把我们给忘了。真是个吃里爬外的白眼狼啊！走，咱们得向他要回自己的那份钱！"

就这样里呼外和，大年初四一大清早，罗万春厂子门口聚合了上百口人，山呼海应，喊成一片。玲花赶紧出来应答，可刚到门口，就被人围在里头，像是被人当面套上一个厚实的塑料袋，让她连气都喘不过来。吵吵嚷嚷的声音更是要把她的耳膜震破——

"让罗万春这小崽子出来说话！"

"罗万春，有种的你出来！我们要要回自己的梅钱！"

"罗万春，我可是你亲亲的二爹呢，还有从小抱过你亲过你的三爹，你小子真他妈不够意思，大难面前，你怎能这样先外后里，连自家亲戚都不照顾？"

"罗万春，你狼心狗肺，把我的梅钱给我！那可是我们一家老小的血汗钱，我们还依赖它买米买粮呢！"

……

又吼又叫，哀哭怒骂，玲花好不容易才找到开口的机会："二爹三爹，各位乡亲父老，大家相信我，万春欠着大伙的梅钱，并且大过年的都没结清，我当然是知道的。但请大家相信，万春绝不是个不负责任的人，而是前几天梅花节，厂子里赔了那台宝马车，他心里不顺意，出门散心去了。他这一回来，我立马让他把大伙喊来，把梅款一起结了，请大家再宽限几天好吧！"

"玲花，那你告诉大伙，罗万春到底去哪里了？不会是卷着钱自己跑了吧？"

"他敢！要是他敢跑，我们马上带上家伙，把他这厂子给掀了，把瓦揭了把砖撬了还要石头梁柱都一起抬回去，看他回来了上哪里吃饭睡觉？"

这一唱一和，急得玲花一脸惨白，快当着众人的面哭了出来。但她还是强忍着眼泪，告诉大伙说："二爹三爹，乡亲们，你们从小看着他长大，还不知道他是怎样的人吗？请大家相信我，他很快就会回来的！"

"那他上哪里去了呢？怎么大过年都不在家呢？"

"兴许，他是上梅花谷盲叔那里喝酒去了！"

"那我们就到梅花谷找他去！"

"走！上梅花谷让他给咱们一个说法。"

吵吵嚷嚷的人群终于散了。

三

梅花谷位于云鹤村往南大约十公里的罗坪山箐中，一个绝美的清幽世界。每至腊月时分，汪洋绽放的梅花如同箐谷中发源的涓涓细流，千沟万渠汇集在一起，流至宽敞的峡谷腹地，便汇集成了汪洋澎湃的大海，一直延伸至茫茫不知尽头的大山深处。

这是罗坪山腹地最亮丽的风景，也是罗万春心灵的皈依之地。转眼他已经四十岁了，并且早已是两个孩子的父亲，但不论身在何处，他都感觉自己始终不曾远离。多少次在梦里和记忆里，他又回到了幽僻的梅花谷，流泉、轻风、鸟鸣，衬托出与世隔绝的宁静，这里不仅有梅花的幽香，还有爷爷的草烟清香和奶奶喷香的锅炊。那时的夜空如同缀满星斗的玉盘，夜风之中常常还带着野狼的嗥叫。

他出生在云鹤村，可三岁那年家里不慎起了火，几间大房被烧得一干二净，晚上连个睡觉的地方都没有，为了挣钱，父母把所有心思全扎到生意里。他被可敬的爷爷奶奶带到梅花谷小院，一直到了八岁，才被父母带回云鹤村上学。可仅仅两年过后，爷爷奶奶就相继走了。从此生活好似落进深谷的石头，再也捡不回来。对他而言，爷爷奶奶才是家。可两位可敬的老人去世后，梅花谷里的那个家便不复存在了。

但他依旧会回来。因为这里还有梅树，那棵高耸的老梅树就长在爷爷奶奶昔日的房前，虬龙一般的枝干向四周伸张，在苍茫的天空下如同一把巨大的绿伞，见证着他的整个童年，同时也见证着云鹤村的上千年历史。见识广博的爷爷也说不清它的树龄，并且说他还是个小孩子的时候，这树便已经这么高这么壮了。于是奶奶就把它叫作父亲树，逢年过节，都会在树下焚香熏草、磕头祭拜。不知从哪年哪月开始，村人们把这老梅树的梅核一枚一枚拾起，用来育梅秧，种新树，转眼几十年过去，罗坪山环抱中的梅林早已超过十万亩。

关键是老梅树下，还有善良可亲的邻居盲叔。盲叔几乎一辈子都生活在梅花谷，至多就是在年节喜庆的时候，回到云鹤村里吃个席，完了又独自回到他的梅花谷小屋。但拄着一根拐杖的他不会因为眼盲而摔到谷底去。勤快务实的他心底是阳光敞亮的，在美丽幽僻的梅花谷，他不仅种梅植树，还养蜂割蜜。那些勤劳智慧的蜜蜂，每到春暖花开便大量繁殖，盲叔要做的，就是用土砖木瓦和牛粪为它们筑好蜂巢，大大小小，居然有数百之众，不请自来的蜜蜂会给盲叔酿下无穷无尽的梅花蜜。

当然盲叔的能耐还不止这些，他还能烧饭做菜，酿得出一坛醇香的青梅酒，罗万春不顺心的时候，总喜欢来他小屋里狂饮。那年咏梅和他分手，他回梅花谷醉过；后来老大万吉车祸去世，他又回来醉过；刚进入生意场那年，一场雨水冲走了他的简易厂房，一夜之间，价值数十万元的梅产品化为乌有，他又回来醉过……总之不论多大的困难险阻，他在狂醉一番之后，都会重新上路。风雨之后是彩虹，他从来不会有放弃的想法，同时从骨子里坚信，这世上根本没有过不去的独木桥。

但这一次，玲花却没猜对他的行程。或者说不全猜对。当罗万春的二爹和三爹，带着十几个人气势汹汹地来到梅花谷时，他们只看到盲叔一个人。大黑汪汪一阵狂吠，突然被盲叔一句话叫停了。他从说话声中得知来人身份，同时也知道他们所来的目的，便猛吸了两口烟，说："万春过年前来过，但现在已经不在这儿了。至于他去了哪里，我也不知道。"

众人面面相觑。只听盲叔又说："我这么说，并不是为万春遮掩推责，他是我摸着脑袋和脸蛋长大的孩子，和我的心交得最近。我坚信这小子是个正派人，走的肯定也是正路！我不知道万春这回遇到了什么困难事，但我相信，他绝不会少大家的一分梅钱。刚才大伙都说他里外不分，把钱先结给了那些异姓外族人家，我想这正是这小子的可贵之处。比如毛国林吧，他供养了两个大学生，媳妇又一直患病在床，压力之大可想而知，万春怕他财力不济，影响了两个孩子的前程，就把款项给提前结了。李海军的父亲患上了肺心病，每到这样的寒冬时节，更是喘得厉害，万春于是把他那钱也提前结了，嘱咐他即刻带着父亲到宁城的医院住院。对于海军和他父亲，那一分一厘可都是救命钱啊！"

嘈杂的声音终于停了下来，只听盲叔继续说："李四喜的儿子今年急着结婚，因他娶的是外地媳妇，人家急着筹备婚礼，而且一直说不在梅城买房就不让结婚，万春总不能眼睁睁地看着人家陷入困境而无动于衷吧？还有刘云章，我听说是媳妇在医院生了小孩，但孩子不足月，出生后不久便周身起了黄疸，高烧不退，每天住院费都得上千元，家里央着万春提前结款，万春能说个不字？"

众人你看我我看你，一下子都不吭声了，盲叔轻咳一下，才又说："这些事我为什么比你们清楚，是因为万春什么事都跟我说，前几天他手头实在太紧，还向我借钱来了。你们都是万春的至亲亲戚，条件都比上述几家要好得多。关键时候，应该为万春排忧解难，而不是火上浇油，让他难上加难吧？"

刚才还波涛汹涌的万丈声浪，被盲叔轻轻几句话便彻底平息下来。在云鹤村，盲叔是个德高望重的长者，养了一辈子蜜蜂的他早已形成了自己的生态品牌，十几年来他的蜂蜜一直不愁卖，几个孩子又都外出参加工作，每年给他的钱他没有个用途，存在手里早已是一个无法想象的大数。在云鹤村，钱不仅是财富的象征，更是能耐的象征。在盲叔这里就显得更甚。有钱的他也舍得花钱，常常捐资助学，修桥造路，或是充入其他公益，虽平日都生活在遥远的梅花谷，但一说话却让人极是信服。此时众人听他这么一说，便一起低下头，四散回去了。

过不多久，盲叔屋里又来人了。从大黑的亲昵声中，盲叔知道来者正是玲花。不待她开口，盲叔便说："兴许万春真是遇上大麻烦了，否则他不会大过年的把你们丢下，一个人出去。"

玲花被他说得惊叫出声，一张俊秀的脸瞬间变得惨白："那您为什么不把他拦下呢？"

"好儿郎志在四方。一个男人真要出去，小小的梅花谷岂能拦得住他？何况我只是个瞎眼的老汉？他见过的世面远比我多得多了。"

在玲花看来，盲叔的话如同一部深奥的哲理书。她其实是盲叔的亲侄女，最终又被盲叔嫁给了罗万春。他俩从小在盲叔身边长大，这一段姻缘可谓天作之合。不过那时的罗万春正身陷那一段感情的纠葛之中。他那个大学同学，曾被罗万春带回到云鹤村，也曾带到隐秘的梅花谷。盲叔虽没法看到她，但他能从村人们的惊叹声中，感觉到她的气宇非凡和美丽动人——"万春真是好福分啊，带回来的女朋友，简直跟画里的人一样！"

这也就可以想象，当时大学毕业的罗万春，之所以选择滇南国境线上那个偏远落后的乡村中学，完全是为了咏梅。因为咏梅专业特殊，音乐和音乐教育，在全面推进素质教育的今天，在各级各类中小学校园可谓名副其实的"稀有资源"。偏偏咏梅的专业名称上却多了个"学"字，音乐和音乐学，一字之别，可是两种完全不同的方向和概念。那时毕业在即，放眼全省一百二十九个县份，唯有这个学校符合报考条件。罗万春便义无反顾地，跟着她来了这么一次千里走滇南。谁想最终却成了那样一个不欢而散的结局。

当然说到底，热忱于艺术的咏梅，压根看不上乡村教师这样一个孤寂的职业。国境线上的中学，至今还有许多学生连普通话都说不利索，平时上课时被老师点名回答问题，一个个身子都抖成一堆发软的棉花。她的特长在这里根本施展不出来。两年多来，她不是不想挪窝，但即便她挪到镇上，或是县上，她又能做什么？于是在罗万春教学成绩越来越出众、人生越来越顺的背景下，她却好似虎落平阳、龙游浅水，越来越呈现出一种落魄才子的窘迫。要么郁郁寡欢，要么极易动怒，他们开始了争吵、僵持、冷战、互不搭理，那些山盟海誓的铮铮誓言，兴许早忘到十万里开外了。

有一天，她突然无头无脑地对罗万春说："你走不走？"

"什么走不走的？"

罗万春被她问得一头雾水。好不容易听清楚咏梅所谓的走，就是离职北上，到适宜她艺术生命生长的土壤上去。罗万春却有些舍不得了。当然他不是迷恋自己刚刚提拔的教务副主任职位，而是舍不得自己的学生。两年多来，他和这些农村娃朝夕为伴，他从孩子们的眼神里看得出他们对知识的渴盼，对外面世界的向往。这学校是全县出了名的质量垫底户，每年勉强能考上高中的学生，总是少之又少。但罗万春却有望为学校打一个翻身仗，他带的班级不仅班风好，各科成绩也都较为出众，在全乡全县的几次统考中均位列前茅，在连续举行的几次模拟考试中，至少有二十个以上的学生能够触到往年的高中录取线，其中两三个，应该可以考上州里的重点高中。

可在这复习迎考急需添柴加火的关键时刻，咏梅却提出要离开。她那急性子脾气，根本容不得罗万春有丝毫的迟疑、忐忑、徘徊和犹豫，说走就走，第二天，学校里便再也见不到她的踪影。她走得匆匆忙忙，说是不辞而别，但更像是一种破釜沉舟、荆轲西行似的诀别——没有辞职信，甚至连自己的档案资料都一概不要。她没给自己留半点后路。罗万春相信，除非她在外面大红大紫，否则他这一辈子都不可能打通她的电话了。

让罗万春懊恼的是自己的怯懦，不能为心爱的女人舍弃自我，为她圆梦。说什么要为她遮风挡雨，直至海枯石烂？那个春天，他每天都在懊恼和失意中度过。要不是当年的教学成绩还较为出众，他可能一辈子都不会原谅自己。

好不容易熬到学期结束，罗万春便急不可耐地回到老家云鹤村，几十天来把自己泡在父亲的梅果厂上，收梅、验梅、摘梅、洗梅、腌梅、晒梅、雕梅、炖梅、卖梅，每天都累得差不多散架，有时竟不避风雨，更不管烈日暴晒，全是为了冲淡心中的那个身影。可不论白天再苦再累，到了晚上他还是常常彻夜失眠，即便眼前的那个身影已经模糊不清，可还有一个电话号码一直清晰地深刻在他心底。

转眼新学期又将开启，他感觉自己一双脚犹如铅灌，再也迈不开步子。他在那时才真正知道，国境线上那个让他曾经万分迷恋的中学，原来让他迷恋的仅是那个可人的咏梅而已。

四

直至春节过后整整一个月，罗万春都不曾回来。而且电话不通，信息不回，如同人间蒸发了一般。弄得玲花每天提心吊胆、担惊受怕。在梅花谷，盲叔一席话说得一帮要债的颜面扫地，悻悻离开。但过不了多久，依旧有人来到厂子外面，或是带上一家老小哭闹叫嚷一通，或是明里威胁暗里使坏。

玲花有时也会义正词严地反驳："谁欠你们的钱你们找谁要去！在这里欺负我们孤儿寡母，算什么英雄好汉？"但这样的话，她到底还是底气不足。因为再怎么说，她和罗万春毕竟还是夫妻，在村民心中，他们甚至还是云鹤村团结和谐的榜样。村里年轻夫妇起了争执，总会有人不失时机地在一旁规劝："吵成这样做什么，你们咋不看看万春和玲花，十几年夫妻，从没见他们红过一次脸！"

如今在罗万春的一身债务面前，她以这样一种姿态遮掩，完完全全颠覆了她在村人们心中的美好形象。但这也是没办法的办法。罗万春欠村民的梅钱，那可绝不是一万两万，而是几百万，甚至有可能是上千万。玲花当然也知道那钱对于村民何等重要。可谁让自己是罗万春的妻子呢？她的职责，不仅是相夫教子，还要拼命保住罗万春辛辛苦苦挣来的一切家产。不是他们夫妻都吝啬钱，而是这么多年和罗万春一起打拼，她知道待罗万春东山再起之时，这每一分钱都将是无比昂贵的创业资本。

昨天上午，琼婆带着她的孙子，来到厂子里又哭又闹，一把鼻涕一把眼泪，称儿子儿媳出门打工几个月，却没带一分钱回来，要是玲花再不把她的账给结了，她就在厂子里长住下去了。玲花听得真切，当即表示这钱得付，但得让琼婆喊一个中人来，琼婆毕竟年长了，没有个中人，以后有事说不清楚。琼婆觉得有理，带着孙儿往外走，可刚出大门，玲花当即把一扇沉重的大铁门在她身后重重关上，"啪——"一声，震得琼婆头昏脑涨，耳膜生疼，愣了半天，才发觉自己上了老实人的当，气得她拍门撞门，喊天哭地，甚至直接骂到了玲花的八辈祖宗，躲在门内的玲花都不应声。

琼婆的账不多，区区几千块，但目下对他们已是个巨数，不要说玲花付不起，即便付得起，她也不能付。因为她知道罗万春这账就是雨水季节的堤坝，不论在哪里通开个口子，你就别想再把它堵上。琼婆叫嚷半天叫不开门，也寻思自己犯不着为几千块钱在这里寻死觅活，孙子在旁边说他肚子饿了，家里当然还有几头猪牛得喂，只得拍拍屁股起身回去了。

今天早上，又有两个妇人架了把钢梯，从厂子的南后墙上翻了进来，一进厂便哭天喊地找玲花要钱。玲花把人打发不走，二话不说就往墙上撞，而且那可绝对是货真价实地撞，当场撞得头脑发昏、鲜血直流，两个妇人害怕，也只得自己走了。

类似的消息在村子里传得越来越多，人们开始对玲花另眼相看。公公婆婆不敢出门，但他们却悄悄地打电话给玲花，让她带孩子搬回去住。从焦急的语气中可知，他们如今是多么在乎这个儿媳妇。特别是得知玲花撞墙的那个晚上，公公婆婆在夜色黑透之后叫开大门，在一个保温饭盒里，给她带了一碗热气腾腾的蒸猪脑。玲花在那时候哭得像个孩子，公婆和她之间的十几年恩怨，似乎在这时候完全解开了。

事实上谁都不会想到，老实巴交的玲花最终会成为罗万春的媳妇。那年在离开山村之前，罗万春专门去了一趟幽僻的梅花谷，和盲叔一夜酣醉，在破晓时分即将离去之时，他突然告诉盲叔："叔您帮我询问一下，让玲花妹妹嫁给我吧！我保证我这一辈子会好好疼她爱她，并且绝不会有二心。当然也不急着让她答应，寒假回来之前，让她给我一个准信。我好做下一步的筹划！"

"何必把战线拉得那么长？你若真在意她，那叔这就为你们做主，明天就成亲！"

玲花早孤，从小把盲叔当作自己心理上的父亲，也心甘情愿接受叔父对自己人生所做的安排。于是罗万春向学校多请了一个星期的假，把婚事一办，才匆匆赶往那个国境线上的学校。

　　当然他们这一段婚事，最先并不被村人们看好。因为村人们是见过咏梅的，在云鹤村，玲花也是个俊俏女子，但相对于绸缎一般珍贵的袁咏梅，玲花至多只能算是一张纯粹得没有上色的白棉布。何况彼此之间还有着巨大的门楣差距，他罗万春不仅是个在职在编的公办教师，还是云鹤村果品厂厂长的儿子，他那父亲早在十几年前已是云鹤村的首富。

　　然而就在村子里的人，都看着玲花的未来只会弄得竹篮打水一场空的时候，罗万春却坚决地回到了山村。当父亲看到他提着一包沉重的行李，在暮色之中风尘仆仆地回到自家的小院时，气得他当即放下手中的茶杯，如同一个二十多岁的年轻后生一溜烟奔到他面前，狠狠地给了他一巴掌："你以为这世上的钱这么好挣？怎把一个端在手里的铁饭碗，说砸就砸了？"

　　那时正是云鹤村民大肆伐梅砍树的世纪之交。曾经翻云弄雨，把小小梅果生意做到省外甚至国外的父亲，在那时也成了一个早已过气的农民企业家，厂子入不敷出，还欠了数十万的银行贷款。他实在搞不明白，一个有着正儿八经国家编制的儿子，怎能说辞职就辞职呢？或者即便回来，也不应该是他回来。在父亲看来，此时最该回来的，是老二儿子万顺。

　　父亲一直觉得，万顺才是自己最合适的接班人选。这小子从小就钟爱云鹤村的山地林果，他上初中时，正是云鹤村梅果大产大销的时候，一个高寒偏僻的山村一下子在滇西高原声名鹊起。自幼耳濡目染的他立志要考林业大学，钻研果树栽培技术，以期大学毕业后回到云鹤村子，改良果树，提高产量和品质，带领村民把小小的梅果产业一起做大做强。

　　高中毕业，万顺果然考上了省农大的果树栽培专业。大学四年，他勤勤谨谨，踏踏实实，的确学到了许多专业的林果改良技术。可正当他信誓旦旦，带着一张优秀毕业生的证书回乡造福村民的时候，传统的梅果产业已经走到了穷途末路，随着人民生活质量的提升和健康理念的转变，大糖大盐食品已经逐渐淡出人们的餐桌。同时因为传统手工业耗时费工、效率低下等等一系列原因，梅产品市场大幅度萎缩。云鹤村民自己手工制作的雕梅、盐梅、炖梅、腌梅，以及村果品厂生产的果脯蜜饯、果酒、果干、梅坯等，均因成本太高而销路堪忧，最终一起烂在了果品厂里。

负债累累的父亲于是再无心经营，把厂子交给老大万吉，便回到家里养儿带孙，侍弄花草，再不理会厂里的事了。而当时学成归来的万顺，正志得意满地等着县里的统一分配。不想一个月后答案揭晓，他被分配到一个离家七十多公里的山区林管所。海拔奇高，交通不畅，气候恶劣，出了门，眼前全是树，除了山还是山。一身才华毫无用武之地，他于是破罐子破摔，渐渐堕落了。

天有不测风云，万吉说走就走。而那些年的梅果产业，如同垮塌的山体，代父经营这么多年，万吉没有力挽狂澜的才干和胆略，但至少他把父亲的厂子保了下来，再怎么苟延残喘，他没让那一堵裂痕斑斑的山体迅速倒塌。不想那年中秋之后他下山送货，却在半途之中遭遇车祸，便再也没有回来。

家里匆匆为他办完丧事，父亲更是悲痛欲绝，想不到自己人生几起几落，到了暮年，还得经受白发人送黑发人的悲苦。于是卧病在床数月有余，依旧起不了身。再想自己勤苦半生打下来的江山，就将这样化为乌有，实在令人叹惋。当然那时候，他首先想到的还是万顺。可哪想林管所的五年光阴，竟让二儿子沉沦成了一只无比颓废的病猫，每日都沉湎于酒精和赌博，甚至为此欠下了几十万的赌债，只得与债主在莽莽的山林之间猫捉老鼠一般周旋。

罢了罢了，顽石毕竟难成大器。父亲含泪告别林场，回到云鹤村中，让母亲把厂子一锁，便听任一个家庭风雨飘摇、中道衰落。可他们想不到的是，这时回到村子的竟是没有丝毫生意头脑的罗万春，更可气的是，他还是一个端着国家饭碗的人民教师，事业蒸蒸日上，短短三年时间，已经当上了一个乡村中学的教务副主任。

然而母亲却不明就理，把这一切缘由都归咎于玲花对儿子的诱惑。从此这个家庭再也不待见玲花，不论她再怎么谦卑、容忍、孝敬，甚至低三下四，都不能博得公婆二人的一丝欢颜。罗万春劝不动父母，只得带着玲花和两个孩子，住到厂子里去。直到十几年后罗万春这段离奇的出走，才让公婆与玲花的关系重归于好。

五

几场梅雨压住了燥热的夏日天气，枯白的大地重新换上了新绿的盛装。罗万春终于在这时候回到了云鹤村。自他离去的这一百多个日夜，村子里的说谈几乎完全离不开他，而且关于他的去向，村人们甚至有几百种猜测，有说他被关进了牢房，有说他被债主扣押，还有的说他早已经遇害……

各种谈论千奇百怪，说得人心惶惶。但如今他却活生生地回来了，而且正是云鹤村即将摘梅果的时候。

他不在的时候，村人们说他、骂他、咒他，但事实上每个人都在等他、盼他。这不仅仅是因为他还欠了村人们的钱，更重要的是再过一个月，罗坪山腹地的十万亩梅果就要成熟了，山风里常常夹着那醉人的梅果芳香，可如今那却是一种让人极其烦恼的气味。

是啊，这时候村人们方才想到，村子里那么多梅果，若不卖给罗万春，他们又该卖给谁呢？

好在这时候，他还是回来了。但他这次回来得却有些火急火燎，一进门就让玲花往村子里叫人。玲花见到他时都不敢相信自己的眼睛，把手里的东西一放，就直接扑进他的怀里哭得像个孩子。罗万春脸色一沉，对她骂道："你死了爹还是死了娘啊？让你叫人你还哭成这样？"

玲花赶紧擦干眼泪，掏出手机在云鹤村民群里说罗万春回家了，让她通知大伙赶紧到厂里一趟。消息迅速扩散开来，很快，村里不论是否和他有账务往来的，都一起放下手中活计聚到他的厂子当中。可这时却又寻不见他了，有人说他可能是上厕所去了，可好半天依旧不见踪影，便又有人说他可能是取现金去了，村人们只得聚在厂子边缘围墙底下的阴凉处，一起抽烟、喝茶、聊天，焦急而又耐心地等待他的到来。

言谈之中，村人们方才感念到罗万春的好。那年罗万吉车祸去世，罗万春不声不响回到村子，就把村里滞销三年的雕梅一起收走了，大大小小，加起来不下一千桶，仅仅一个星期，便把村人们手中的积压货变成了十几万的钞票。

后来人们知道，当年他那一千多桶雕梅，最终都卖给了国境线上他任教的学校附近的一家白酒厂。那厂子生产一种特别俏销的白酒，在当地极有口碑。可惜技术和设备老化，加之成本过高，厂子一直处于亏损状态。厂长于是把厂子买断，从国营转为私营，通过追加投入和技术革新，千辛万苦，总算让厂子活了起来。但受外来名酒品牌的冲击，如今还是没法走出扭亏为盈的烂泥塘。可谁也想不到，这个问题最终被罗万春给轻松解决了。

说来事有凑巧，罗万春从教后就教到了老厂长的四儿子。三年以后，那个无比顽劣的孩子，居然也顺利考上了县里的高中，这在学校内外，无不是放卫星一般的大事。然而大伙都知道，那孩子当初只服当班主任的罗万春，事实上也只有罗万春对他敢管敢骂，并且耐心有加，不离不弃，甚至在每天放学后，都会把他留下来单独补课。罗万春是教数学的，但他在初、高中时却是一个真正的"学霸"，语数英政史地理化生，几乎无所不能、无一不通，而当时刚走上教学岗位，自然对所有学生都充满热情，不想三年过后，真是有了好结果。

出于感激，厂长在收到通知书的当夜就设了一个局，把全校老师一起邀到家里喝酒吃肉。但罗万春却不擅喝酒，厂子里的酒度数太高，第一口酒下肚，便感觉肚子里像是起了火一样，烧得他实在难受。但那时告别了咏梅的罗万春只图一醉，当即放下酒杯，人们以为他要走，哪知他却径直回到学校，取来一瓶从老家带来的雕梅，用长筷拣出两三颗放到酒碗里，稍微调和几下，刚才还无比火辣的烧酒顿时变得清甜起来，不再那么难以下口了。满桌子的人都如法炮制，酒桌上的话题便由此展开，一下子，大伙的兴趣点已经不在教学和质量，也不在于重点高中和山村里的"卫星"，而在于调制酒水的雕梅了。

见众人兴趣盎然，罗万春便告诉大家，这雕梅乃是家乡的一种传统美食，在梅子成熟后，村里那些心灵手巧的妇人，会选取其中的优质大颗梅果，用锋利的雕刀将其雕制成菊花状，再压扁取出梅核，放到瓦罐里用白糖和蜂蜜密封浸制一年，让糖分浸透梅肉，便可以开坛食用了。雕梅是一种理想的食品和调料，既保留了梅果的酸性和鲜香，又渗入了充分的糖分，脆而不烂，酸中带甜，清香四溢，可以调酒、做菜，烹制雕梅扣肉，辅制千张肉，做卤肉，做红烧肉，让大油大腻的肥肉变得清香可口，更独具一番风味。早在唐代边疆少数民族政权南诏国统治时期，便已是苍山洱海地区各族人民互赠的佳品，并是上贡中央朝廷的贡品。有一首古诗曾经这样赞道："小小青梅上指尖，巧手翻作玉菊兰。蜜糖浸渍味鲜美，疑是仙葩落人间。"

罗万春把一首诗念完，厂长便动起了心思，当即让他回村收购上十桶来。罗万春把头一点，不出三天就把雕梅给带到了。其实他也没回去，打电话让新婚妻子玲花把货给捎到省城，他坐了个夜班车赶去省城，很快把货带到学校。一个月后，厂子里的技术人员反复尝试，居然调制出了一种"雕梅酒"，从此成了酒厂走向复兴的中坚品牌。

后来罗万春知道，"雕梅酒"其实技术上也并无多少革新，就是在原来的白酒中按比例调入雕梅汁，在食品卫生部门做过严格的检验，取得了合格证之后便开始大量生产。厂里的酒本来品质就好，调入雕梅后口感更是上佳，天然绿色的品牌，同时因为梅果本身具有的食用和药用性能，使之广告效应倍增。做成小杯型的封装，再像模像样地装进一颗雕梅，便使产品的档次一下子大为提升，不仅销路畅通，利润居然还翻了一番。厂长于是给了他十万元的货款，让他继续回乡收购雕梅。

结果第一笔生意，罗万春就挣了三万多。要知道那可是他当时两年的工资总和。而对于一个以农为本的边疆贫困县，极其惨淡的县财政还常常无法保障工资准时足额发放。在这样一种半推半就的情况下，他毅然决然地走上了经商之路。此后罗万春成为宁湖县著名的梅果大王，成为远近村落的致富带头人，而他的厂子成为绿色产业发展龙头企业，也正是从那时候开始的。此后每年夏收，他都会如期从村人们手里赊走新摘下树的梅果，那厂子还带动了村里的富余劳动力，带动了一个规模不小的车队和装卸队，源源不断的果品销售，让全体村民每天都生活在一种美好的希冀之中。

是的，他的回归，对于云鹤村可绝对是起死回生的挽救。事实上那可绝不仅是几千桶雕梅的稳定销路，更是山外几个酿酒厂和几十个饭庄革命性提升的大事特事，最终成了云鹤村十万亩山地梅林的存亡拐点，甚至直接带动了整个宁湖县梅果产业的复兴。接下来的十几年间，他更是凭着自己的冲劲和闯劲，以及一个读书人对云鹤村悠久梅文化的谙熟，同时凭借扎实过硬的产品质量和自己的诚信，将云鹤村甚至整个宁湖的梅果产业，笔直带上了脱贫致富奔小康的"高速公路"。从此，各种高档的家用电器、手机、电脑、新潮衣服，早早进入了寻常百姓家，还有鳞次栉比的小洋楼、各种小轿车、畅通无阻的水泥路和一年人流不断的村集，让云鹤村成为了远近闻名的"小上海"。

那时的玲花，则作为他最忠实的精神后盾，挺着一个大肚子，在村子里买货收货，又常常得陪着村里的妇人们一起熬夜赶货，完了还得千万百计把大小货物带到宁湖县城，再发往省城的夜班车。患难夫妻，就是在一年年一月月的打拼中，真正做到了和谐互爱与患难与共。

真正走上经营之路后，罗万春不计劳苦，四处奔波，一年时间差不多有半年时间闯荡在外，而作为一个刚走出校园不久的大学生，他更是有着开阔的视野和长远的战略目标，带领村民修路拓路、种梅育梅，搞合作社，盖厂房，建分厂，一方面扩大生产规模，提高产品档次；另一方面则是千方百计扩大营销渠道，为此他还买电脑、架网线，结果凭借互联网的优势，居然把小小的梅果和产品卖到了广东上海，卖到了日韩西欧。多少次他出门，云鹤村人都对他翘首以盼，因为他总能带来一个个令人无比振奋的好消息，不是这里多了几十万的订单，就是那里又多了十几吨的货源。

可村人们从未想过的是，居然有一天，他罗万春外出是为了逃债。是啊，给他们一百颗心或一百副脑子，他们也不敢想象，他罗万春居然也会有把生意做砸的一天。于是老老少少，不禁一起心疼起了罗万春。

转眼太阳西斜，罗万春却一直不见回来，有的人开始在厂子中央喊他的名字，一声不应喊两声，有的开始打了电话，想不到关机几个月的电话终于通了，悦耳的铃声在晒台上面响起，"喂！"那疲惫不堪的声音，也是中气饱满的声音。大伙循声望去，原来他正从晒架上的一叠麻袋中醒来，打着沉沉的呵欠，抱歉地说："让大伙开会，可我怎么却自己睡着了呢？"

他揉了揉蒙眬的睡眼，继续打着连绵的呵欠，显露满脸疲态，突然像是想到什么似的，转身向后面大声嚷道："账本，快让玲花把账本拿来！"

玲花赶紧把账本送上。村人们才发现他枕下那个熟悉的黑皮包中，装着满满当当的钞票。他于是又像往年一样，当众给村人们发钱。在这经济极不景气的年月，自己的梅果还能卖钱，并且还能和往年一样收到钱。有的人激动不已，有的人大声言谢，有的人甚至泪流满面。特别是琼婆，在收到几千块钱后不敢相信自己的眼睛，后来连续数了几次，才确信这一切都是真的，掏出一张手帕，将钱一张一张叠整齐，再小心地包裹好后存到贴身的内衣兜里。

事后有人说起，罗万春上年的订单亏了八百多万。但他同样还有好几百万的债权。这些天他一直流落在外，当然不是躲债，而是到各个债务点巡回要债了。但因疫情停产、居民消费下降、餐饮业萎缩等多种原因，他几乎都收不到钱。换作其他年份，罗万春大可以不闻不问。但如今的他可谓泥菩萨过河，自身难保。特别是想到村民们那一双双充满希冀的眼睛，一直巴望着这点钱买米买粮，供儿养女，他也只能充当起了恶人，死皮赖脸地住到大大小小的厂子里。特别是那个位于国境线上的白酒厂，就是罗万春几百万元债务中最大的一单。来到当年教书的地方，各级政府严密的防控措施，早已让疫情防控形势趋于平缓，但他还是带着核酸检测阴性证明，同时佩戴着崭新的 N95 口罩。

在敲开当年老厂长家的大门时，说实话一向见多识广的他都有些艳羡。

那是一栋气势非凡的大别墅，建在半坡之上，既是一家老小的起居室，又是接见客户的接待室。六层的通高和大小几十个房间，装修得像是宫殿一般。可见这几年厂子的效益的确非同一般。通过技术革新，白酒厂产能不断扩大，利润也不断上升，于是他们与罗万春的合作也越来越紧密，说是抱团取暖也好，说是互利共赢也罢，总之每年都会从他这里买走几十万元的雕梅产品。

故人相见，老厂长倍感高兴，呼儿唤女，迅速做出一大桌子饭菜来。厂长的四儿子后来考上了大学，但最终还是回到了父亲身边，如今正是厂里的销售主管，同时还负责原料采购。与罗万春的合作，从头到尾都是他在负责。两人关系特殊，又都珍视名节和信誉，他们彼此信任，于是每年结一次账，成了十几年不变的定律。

然而最近这几年来，学生的货款开始逐渐难结了。罗万春也知道生意难做，在这样的艰难年月，只能携手共济。然而短短几年间，这收不到的款便成了一个越积越大的雪球，压得罗万春都快喘不过气了。

一路旅途奔波，特别又因为先前到过六七个合作伙伴那里，都没要到一分钱，所以罗万春情绪也有些激动。老厂长邀他入席，他却坚决不坐，把头扭到一边，大声说道："兴许老厂长也知道我此行的目的，我那里实在是撑不下去了。如果再不将这几年的货款给我结了，那我只能厚着脸皮，在您这豪华别墅中长久地住下去了！"

说话间他一个身子激动得像是筛糠一般，声音也好似老牌唱片机卡带一般极其尖锐。老厂长被他说得愣了半天，方才听懂他的言外之意。但他却显得更加生气，一张日渐苍老的脸孔，仿佛一个褶皱分明的老南瓜一般，同时充满了不被信任的懊恼。当即让老伴打开保险柜取出账本，放在罗万春面前，一页一页细细翻阅给罗万春看，他双手颤抖，满口爆粗，甚至还有些居高临下的训斥。罗万春这时知道，为防止兄弟相煎，老厂长早在数年之前，便将自己辛苦挣下的厂子折成股份，平均分给了四个儿子，同时让他们在生产、销售、后勤和技术保障方面各管一块，而他老人家则独揽财务大权，十几年来厂子里出入的每一分钱，都得过他的手。虽然年事已高，却始终记忆力超强，而且他自有一套完整的账本，存在他脑海深处，任凭岁月流逝，却无法将之删除。

　　从账目上可见，十几年来，酒厂与罗万春之间的账务无一疏漏。但天地良心，罗万春却还有一百多万元的余款尚未收到，偏偏他又拿不出证据。这么多年来，他和学生老四的生意，与其说是买卖，还不如说是交情。出货进货，凭借的是诚信和信誉，几乎从来不会有什么借条、欠条、保证金、滞纳金之类。一下子，他变得激动异常，甚至还有些上当受骗的感觉："你们、你们怎能这样啊？……"

　　他声音嘶哑，面色苍白，目光四下搜寻，终于看到一面硬实的柱台，就一头撞过去——在性格上，罗万春像极了妻子玲花的刚烈。幸亏老厂长眼疾手快，一把将他抱住，才没有酿成大错。倒是满桌子酒菜却被两人带翻了，杯盘碗筷，噼里啪啦地落满一地，其中不仅有上好的陈醇，还有为迎接他到来专门炖上的壮羊。老厂长紧紧抱住他的身体，突然提高音量，抬头往门外高声一喊："快把老四喊来！"

　　很快四儿子到了，刚一进门，便见他一张年轻俊秀的脸早已经变成一张白纸。很快问题明晰了。原来老四看到旁边好几个人都在买房卖房，似乎一夜工夫，几十万甚至上百万的钱就赚到手了。于是他也动了心，悄悄动用向客户支付的货款，在州城买房，以期迅速挣上一笔快钱进来。谁知这一两年间，一路高挺的房市突然跌入深谷，而在这个类似"击鼓传花"的游戏中，老四抽身不及，数百万元资金被押在几套房子上面。于是他左躲右闪，在老师面前死活不肯露面，终于在今天酿成了如此大祸。

　　老厂长是个通明人，问清了事情始末，同时问老四打算如何向老师还款，老四支支吾吾，答不上话，一个大脑袋差不多直接垂到裤裆底。面对当年的授课恩师，他羞愧难当，汗如雨下，恨不能找一道缝直接钻进去。

老厂长于是厉声一喝："跪下！"

老四吓得立马跪倒在地。老厂长把他呵斥一通，并责令他向罗万春道歉，同时郑重决定："授业恩师，比若父母。何况作为一个生意人，诚信是你的立命之基。你财迷心窍，亏得罗老师还对你如此信任。如今你欠罗老师的债务，由公司暂时替你分期垫付。但条件有三：第一，这钱得从你工资和年度分红里扣；第二，你若卖了房子，立马把资金链给我补上；第三，你今年的奖金，也将全部停发，一起提前预付给罗老师吧！……"

罗万春最终从老厂长那里结算到了五十多万元的款项，急忙回村给村人们结算了。虽然这对于他赊欠下的巨额梅款，仅是九牛一毛，但在这样的年景，他还如此诚信，已经把村人们的心一直暖到肚里。据说他还把宁城的房子挂到了网上，只是经济疲软，一时还找不到下家。

"万春不愧是我们云鹤村的好儿子，他心里时常装着咱们呢！"

"是啊，换着其他外地人，你把梅子赊给他了，这样的年景你找谁要钱？"

"要是以后谁还胆敢与他为难，先问问我老头儿答不答应！"

"今年我那地里的几万斤梅子，还赊给万春，即便他给得了钱，我也不会向他要半分利息！"

"你说这梅子不卖给他，我们还能卖给谁？"

……

这样的说议，在村子里不胫而走，到处都是村人们对罗万春的称赞。

六

夏收临近，梅子一天熟似一天，可村人们却又焦心地发现，回来结过部分梅款的罗万春又急急出门而去。经济下行，加之疫情肆虐，以往梅熟时节那么多出入村子的梅老板完全不见了踪影，一下子让村人们更是心急如焚。

但这一次，罗万春并没让大伙等得太久。一个星期后，他又回到故乡云鹤村，让玲花在群里喊话："招工了招工了，到广东广西梅园里摘梅子，愿意来的带上行李到我家厂子里集合，包吃包住，包接包送，每天还能挣一百五十块，今天就走，今天就走！……"

听到讯息，毛国林、李海军、李四喜、刘云章……许多对罗万春一直较为信赖的人纷纷响应，于是村民们争先恐后，不大一会儿就将罗万春的厂院挤满了，他赶紧让玲花在笔记本上认真登记下。

这些年，罗万春的梅产品生意早已经做到全国各地，就在他四处收账的时候，广东广西的亚热带梅园早已熟透。但苦于疫情，各地各处均不同程度地出现了严重的"用工荒"，同时因为地区劳动力价格差距较大，在当地完全请不到价格合适的摘果工。而近年梅果价格的低廉，让梅园主完全没有了摘果的兴致，索性将两个十万株级的梅园，以每株人民币五元的价格一次性转卖给他。罗万春于是火速联系到了县里的卫健防疫、人社和交运部门，组织了云鹤和附近村落里四百多人的采摘大军，由十几辆大客车运送到火车站，在第二天后午就到达了两广的梅园。

对于云鹤村民，徒手摘果是他们与生俱来的本领和技艺。特别是五十岁以上的人，说白了也差不多是半老之人，这样的年纪，修房架桥筑路，他们早已经做不动了。或者即使自己做得动，也不会有哪个包工头放心大胆地把他们给招走。然而来到两广梅园，他们却感觉自己还是年轻人。他们出生在那个艰苦年代，几十年来习惯了与梅为伴，每年爬高上低，像个猴子一样钻到树窝里，把一颗颗梅子摘到手中，放到随身携带的小桶里，再平安无恙地带下树来。十几分钟时间，一棵梅树的价值，就从五块钱直接升到了二十元甚至三十元。

梅果和梅果不一样，特别是两广的亚热带梅果，素以个大汁多著称，是制作话梅的理想原料。但梅果是抖下来，或是摘下来，也完全不一样。一颗新鲜梅果破损与否，直接影响它的价格。结果四百多人的摘梅大军，在两大梅园朝夕奋战二十多余日，除了每个人都带回三千多元的收入，还为罗万春挣回了五十万元的现款。在这样的艰难年月，实在是件惊天动地的大事。

回到村子，罗万春又和村民结了一次账，接着便开始组织村民采收梅果了。但这一次，他不再坐镇厂子中心等村人们自行前来交售，而是高薪请来十几位网络直播导演，对云鹤村的梅果采收做现场直播。

云鹤村常年云遮雾绕，白鹤飞舞，至今依然好似桃源世界一般诱人前往。远处的罗坪山脉，起伏连绵，层峦叠嶂，茂密的植被，如同波涛汹涌的大海，将一个高海拔山村层层包围，而且越是到了盛夏时节，天气越是怡爽，云鹤村就成为一个胜若仙乡的唯美消夏胜地。

更难能可贵的是，即便到了科技力量空前发达的今天，云鹤村的十万亩梅树依然是纯天然的生态种植。生活在这里的白族山民手挖脚刨，人背马驮，晨耕暮息，起早贪黑，纯粹的手工劳作中常常伴随着浓郁的乡歌俚语，还有地道的山村小调和热情奔放的山乡唢呐，以及村人们日常穿戴的民族服饰，总是在细枝末节中，让白族山村的风土民情纤毫毕现。

罗万春就是在两广梅园中，看到了村民们在一天天忙碌之后，又唱起了欢悦的乡歌，还载歌载舞肆情庆贺。嘹亮的歌声和熟悉的旋律，常常湿润了他的双眼。是的，乡音浓郁的歌声，是村人们寡苦生活中的大欢与大乐。他在那时候常常自豪地想到，这就是他最亲爱的乡亲父老，一起看着他长大的伯父伯母、叔叔婶婶、哥哥嫂嫂，还有无比可亲的弟弟妹妹，他在心里热爱着那片生养他的土地，也从心底里热爱着这片土地上生息的人们。作为这块土地的儿子，他有责任也有义务，带领这块土地的父老乡亲一起共赴小康，振兴乡村。

那个时候，他突然想到了网络直播。回到村中，便组织一部分熟悉地况的村民，走遍了梅花谷的坎坎角角，将那些树龄超过一百年的古梅树全部统计出来，登记造册。同时让玲花组织云鹤村的妇人们，精心编排了十几个独具地方和民族特色的歌舞节目。玲花读书不多，但她却有着与生俱来的艺术天赋，从小到大，都是云鹤村各种节庆演出中缺之不得的女主角。

当天的采摘活动，在这浓郁的乡歌声中拉开序幕，一场场原汁原味的山村歌舞，恰似这块土地上土生土长的山民，率真、淳朴、善良、真诚、炽热、和谐、友爱，瞬间勾起了人们对这块神奇土地的向往。但节目正酣，罗万春却一下掉转了镜头，把人们的视线带到幽远神秘的罗坪山梅园，将梅花谷十万亩梅园中，树龄最长的十棵百年古梅一一展示出来，其中有的是唐梅，有的植于两宋，有的生于盛元，饱浸岁月沧桑的枝干，透视着整个村落的悠久历史，以及人与梅相济共生的特殊地域文化。是的，这正是整个采收节中最核心的内容：现场拍卖百年古梅的十年采摘权。

虽然这还是大姑娘上轿——头一回的事，直播之中错漏不断，但云鹤村原生态的种植方式和近乎纯粹的自然生态，以及那么多有着悠久历史和民族智慧的风味果品，一下子吸引了数以千万计的粉丝在网上围观，最终十棵古梅树的十年采摘权全都爆到了十万元以上，这在经济下行和梅果品市场较为萧条的大背景下，实在算得上是一个氢弹级的轰动效应。

接下来十几天时间，各种丰富多彩的文艺表演还在继续，而云鹤村的青梅采收活动依旧如火如荼，吸引了上百名网络达人涌入，还吸引了大量的电商平台，许多青梅果刚下树，便被各种平台抢购一空。云鹤村的青梅采收，从来没有这样热闹过，村民们的青梅售卖，也从未这样简单、轻松和欢天喜地。一颗颗青梅能够迅速变为现钞，沉沉地塞饱了村人们的钱包，这在之前是让他们想都没有想过的事。

半年前的梅花节给罗万春留下了惨痛的教训，所以这次采收节，他提前做了周密的策划，比如腾空的厂子用来停车，还按规范的尺寸用石灰线划定了车位，同时架设了十几个摄像头，几十天来车来车往，人出人进，相较于梅花节人流更多，时间更长，但从头到尾没有出过一件事故，相反还给他带来了数万元的停车收入。

采收节结束，疲惫不堪的罗万春竟意想不到地被选为云鹤村的总支书记，同时当选为村委会主任。这的确让人感觉有些意外，但这一切恰恰又是那么顺理成章。作为此次采收活动的总策划，罗万春当然是出尽了风头。事实上自打他从学校辞职回家以后的这十几年间，他在村人们心中一直是这样一个缺之不得的角色。只是前些年他的事业实在是太顺了，呼风唤雨，移山填海，无所不能。要不是因为这几年梅果市场出现了断崖式下跌，谁又会想到，他竟还有如此破茧成蝶一般的能耐。

七

当上村支书后，罗万春却变得有些迷茫了。一边是自己的工作，他必须尽职尽责，为村民服务；可一边又是自己的事业，那是父亲留给他的厂子,其中不仅搭上了长兄万吉的一条性命,还饱含着自己十几年的辛勤汗水,他总不能眼睁睁地看着它这样荒弃吧?

可即便不荒弃,他又能怎样?经过先前的折腾,网上采收节活动轰轰烈烈,村人们将树上的梅果采收一空,并通过电商迅速售卖出去,他一个厂子竟然收不到任何一颗梅果了。没有了原料,他还做什么事?当什么老板?

在迷茫之中,他又骑着那辆钟爱的弯梁摩托车去了梅花谷。在这样道路不平的山地上,最适宜的还是他这辆老牌摩托车,记得当时的购价还不超过六千块钱。但却非常实用耐用,他常常信马由缰,把车开到梅园、山箐、涧底、梁子上头,或是隔壁几个与云鹤村毗邻的山区村落。在弯弯曲曲的盘山公路上,他甚至可以把两个手柄完全放掉,溜出几百米远,常常看得山地里种梅摘果的农人惊出一身冷汗,直待车子过去很久了,还像一只只伸长脖子的大羊僵在那里。

但现在,他却不敢那样了。当然他不是怕死,而是不甘心。要紧的是他还始终想着,自己辛辛苦苦地经营起了这个果品厂,怎么一下子亏空了那么多?害得他大半年时间都只能外出要债,直到现在还没把坑填平。要是自己一不小心出了什么事,谁替他还债?谁来帮他养儿育女?谁来替他照顾那个和他一直心心相印、甘苦与共的妻子玲花?要紧的是老大万吉早已经去世,老二万顺至今一事无成,到头来谁又能替他照顾那一双早已经年迈的父母?

更重要的是,他如今一个败军之将,却被全体村民推选为村支书和村主任,偏偏如今云鹤村和宁湖县的梅果产业,又像当年的父兄们那样,再次走到了一眼望不到边的泥滩里,面对乡亲父老这一份沉甸甸的信任,他岂能像当年的父亲一样避而远之,视而不见?

不!他信念的字典里,绝对翻不到一个输字。

摩托车又把他带到了梅花谷，径直来到盲叔门口。这车真是像极了一匹懂事的好马，出门时他脑袋空空，根本不知道自己将去何方。但摩托车却总会把他带到想去的地方，每次都是这样。

这时他方才知道，原来自己的心一直都在梅花谷。

大黑不知从哪里蹿出来，对他一阵亲昵地扑跳，像是一个听话的孩子，差不多直接扑进他的怀里。他停好车就随大黑往梅园里走。盲叔正坐在林下的柴房门口抽他的草烟。从狗的欢唱声中，他知道来者正是罗万春，随手递给他一个树墩让他坐下："又遇上什么烦心事了？"

"谁说我有烦心事了？我脸上又没写着。"

罗万春有些没好气。在盲叔面前，他像一个永远长不大的孩子，可以撒娇斗气，可以无休无止地发嗔抱怨。

"即便写着我也看不见！"盲叔哈哈一笑，顺手从桌子下面抽出酒瓶，给他倒了一杯酒，"这么多年来，你哪回不是遇上什么不顺心的事了，就来我这里喝酒解闷？"

多少年来一直都是这样。但这一次和以往不同，一进屋，喝上两口酒，他便连珠炮似的向盲叔说道："我终于还是想清楚了，任何地方的发展，如果仅仅凭借单一产业，风险应对能力就实在太差，稍有不慎，便有可能是灭顶之灾。偏偏我们云鹤村，自改革开放以来走的路就是梅果产业。老百姓们都以为，只要把梅果做通，这天下事就全通了。可事实完全不是这样，如今改革开放已进入了深水区，我们偏远的云鹤村其实和全中国甚至全世界都连在一起，外面的世界都打雷下雨发洪灾了，我们怎能够独善其身、安然无事？"

盲叔被他说得有些蒙。罗万春于是又抿了一口酒，继续说道："村人们既然选我当支书、当村主任，我怎能辜负村民们的这一信任。为了破除单一产业不可预见的风险，我想以后，村里首先要做的是要习惯几到他们会以这样一种方式"重见"。而她唱的歌居然是罗万春当年为她写的词。虽然如今的她早已经变得无比成熟，但罗万春却能听得出其中的味道。他无法想象，十几年逐梦的路上，她曾留下多少悲苦辛酸？都说男儿有泪不轻弹，可那一刻，罗万春却为她的一首歌流下了重泪。

八

　　秋天的阳光下，大地像是被画家着上油墨一般，变得无比丰盈和多彩。在这个丰收的时节，云鹤村同样喜庆不断，一是从前好几个失去联系的企业，又重新和罗万春取得了联系，青梅木瓜、果脯梅坯、雕梅果醋，省内省外该有的订单一件都没有少。二是罗万春扩大了收购范围，把目光从以往的云鹤村和宁湖县，一下子放到了整个滇西——大理、保山、德宏、丽江、迪庆、楚雄，甚至还有产梅重地——两广川黔闽赣。有了大量的原料和订单，厂子又重新焕发出生机，从前好几笔赊账都得到了解决，还解决了大量的劳动力。三是好几部电影电视都在梅花谷取景，梅花谷的文旅融合发展之路，已经迈出了实质性步伐。

　　当上村支书和村主任的罗万春，如今最磨他心的，是新年梅花节又怎样筹办。确切地说，他已经锁定了为他代言和站台的人，那就是咏梅。如今连收音机里都能听到她的歌声，可想而知，现在的她绝对已是个炙手可热的大明星了。当年她悄无声息地离去，并且告诉他不用等她也不用去找她了，等到成功的那一天，她自会来找他的。

　　"春如旧，人空瘦，泪痕红浥鲛绡透。"记得才华横溢的咏梅还特别喜欢吟词写诗。爱屋及乌，罗万春一个数学老师不禁也会背上几首。于是当年的离愁别绪，又再次涌上心头。

　　冬天越来越近，梅花谷树叶凋落，但枝头却早已经缀满无数的花蕾，很快又将迎来汪洋绽放。然而连续好几天，罗万春像是患了一场大病，昏昏沉沉地躺在床上起不了身。他想睡觉，可却睡不着。脑子里反复琢磨的是，他该怎样去找咏梅？或者他该不该去找咏梅？而且他还得考虑玲花的感受，毕竟朴实真诚的玲花，才是那个陪他走出低谷，接着又伴着他攀上另一种事业高峰的女人。

他在这样的矛盾之中反复失眠。那天他好不容易进入梦乡，却被一个电话突然惊醒，接完电话，他立即翻身起床出去了。而且一走就是一个多月，很快春节临近，村人们又像去年一样，每天都焦急无比地等他回来。如今彼此账务已清，但村人们对他的期盼似乎更胜从前。

有人说罗万春是被学生老四给叫走的。那个对他无比尊重却又曾经害得他很惨的学生，一直在寻找一个能够戴罪立功的机会，居然找到了他旧日情人袁咏梅的下落。当然他同时也是袁咏梅的学生，在这个通讯发达、信息发达的时代，你真要找一个人，事实上也不是什么难事。

很快又有一种声音在村子里悄然传开：罗万春这么长时间不见踪影，显然是去和他的旧情人相会去了。说不好，他和玲花的缘分就将走到尽头！

这样的消息很快传到玲花耳里，起先她根本不在意，但传的人多了，竟让她有些忐忑不安了，便在一天下午寻到梅花谷盲叔那里，未及开口，已是泪水婆娑。盲叔听到她的抽噎，给她比了一个手势，坚决地说："放心吧，万春和你一样是我身边长大的孩子。虽然我不知道他现在在哪里，但我相信他很快会回来的，因为他的心在梅花谷，而且他心里还装着云鹤村的人们，我们应该坚信，他会给梅花谷带来一次新的绝响！"

图书在版编目（CIP）数据

ISBN 978-7-5213-0260-0

定　价：52.00元